Mxxxx

SUE GRAFTON

Américaine originaire du Kentucky, Sue Grafton est diplômée de littérature anglaise. Elle a débuté sa carrière d'écrivain en 1967 en publiant son premier roman, et a écrit de nombreux scénarios pour la télévision américaine, parmi lesquels deux adaptations de romans d'Agatha Christie.
C'est en 1982, avec *A comme Alibi*, suivi trois ans plus tard de *B comme Brûlé*, que Sue Grafton commence son étonnant abécédaire du crime, et qu'elle crée le personnage de Kinsey Millhone, détective privé que l'on retrouve dans les quinze volumes déjà parus. Traduite dans le monde entier, Sue Grafton est considérée comme l'une des figures les plus originales du roman noir américain.

“ B ” comme Brûlée

DU MÊME AUTEUR
CHEZ POCKET

L'abécédaire du crime,
les enquêtes de Kinsey Millhone :

A COMME ALIBI
B COMME BRÛLÉE
C COMME CADAVRE
D COMME DÉRAPAGE
E COMME EXPLOSIF
F COMME FUGITIF
G COMME GIBIER
H COMME HOMICIDE
I COMME INNOCENT
J COMME JUGEMENT
K COMME KILLER
L COMME LEQUEL
M COMME MACHINATION
N COMME NAUSÉE
O COMME OUBLI
P COMME PÉRIL
Q COMME QUERELLE

SUE GRAFTON

“ B ” comme Brûlée

POCKET

Titre original américain :
"B" IS FOR BURGLAR
publié par Henry Holt and Compagny, Inc.

Traduit de l'américain
par Joëlle Girardin

Ce roman a été précédemment
publié sous le titre de Fausse Piste
aux éditions de Villiers.

ISBN 978-2-266-13098-4

CHAPITRE PREMIER

Il n'y a pas vingt minutes que je suis arrivée à mon bureau. J'ouvre les portes-fenêtres donnant sur le balcon du deuxième étage pour laisser entrer un peu d'air matinal et je mets la cafetière en route. Nous sommes en juin à Santa Teresa, ce qui veut dire que le matin nous baignons dans un brouillard frisquet et l'après-midi dans la brume. Il n'est pas encore tout à fait neuf heures. Je suis en train de trier le courrier de la veille quand on frappe légèrement à la porte et qu'une femme entre en coup de vent.

— Ah, vous êtes là, dit-elle. Parfait. Vous devez être Kinsey Millhone. Je suis Beverly Danziger.

Nous nous serrons la main et elle se laisse tomber sur un siège avant de se mettre à fouiller dans son sac. Elle finit par dénicher un paquet de cigarettes à bout filtre qu'elle secoue pour en faire sortir une.

— J'espère que la fumée ne vous dérange pas, dit-elle en frottant une allumette sans attendre ma réponse.

Elle inhale un bon coup puis éteint l'allumette, la bouche pleine de fumée, cherchant vaguement du regard un cendrier. J'en prends un sur le haut de l'armoire de classement, l'époussette et le lui tends en même temps que je lui propose un café.

— Oh, bien sûr, dit-elle en riant. Je suis déjà une vraie boule de nerfs ce matin, alors pourquoi pas? J'arrive de Los Angeles en pleine heure de pointe.

Je lui verse une tasse de café en la détaillant rapidement. Menue, énergique et très soignée, elle doit approcher la quarantaine. D'un noir brillant, ses cheveux sont coupés au carré avec une telle précision qu'ils encadrent son visage à la manière d'un bonnet de bain. Les yeux sont d'un bleu lumineux, les cils noirs, le teint clair, avec juste une petite touche de blush sur chaque pommette. Elle porte un chandail bleu pâle à col bateau et une jupe en popeline assortie. Le sac posé sur ses genoux est d'un très beau cuir, avec une foule de pochettes à fermeture Eclair contenant Dieu sait quoi. Ses ongles sont longs et effilés, vernis de rose et son alliance s'orne de rubis. Elle respire la confiance en soi mais, mine de rien, elle doit avoir le plus grand souci de l'effet qu'elle produit sur les autres.

D'un signe de tête elle refuse crème et sucre, dont je me sers généreusement avant d'entrer dans le vif du sujet.

— Que puis-je faire pour vous?

— J'aimerais que vous retrouviez ma sœur pour moi.

Elle s'est remise à fouiller dans son sac pour en sortir un carnet d'adresses et une longue enveloppe blanche qu'elle pose sur le bord de mon bureau. Je n'ai jamais vu quelqu'un d'aussi égocentrique mais cette Beverly Danziger n'a rien d'antipathique. Elle m'adresse un sourire rapide, comme si elle avait deviné ma pensée, et ouvre son carnet d'adresses qu'elle tourne vers moi en indiquant un nom d'un index rose.

— Voici ses coordonnées, dit-elle. Son nom est Elaine Boldt. Elle a un appartement Via Madrina et un autre à Boca, en Floride, où elle passe plusieurs mois chaque année.

J'ai une impression un peu bizarre mais je note les deux adresses pendant qu'elle sort de l'enveloppe quelque chose qui ressemble à un document juridique. Elle en étudie rapidement le contenu, comme s'il avait pu changer depuis la dernière fois qu'elle l'avait lu. Je demande :

— Depuis combien de temps votre sœur a-t-elle disparu ?

Beverly Danziger me jette un regard un peu gêné.

— En fait, je ne sais pas si elle a vraiment disparu. J'ignore tout simplement où elle est et j'ai ces papiers à lui faire signer. Je me rends bien compte que ça a l'air idiot. Il ne lui revient qu'un neuvième de la somme, ce qui ne fera probablement pas plus de deux ou trois mille dollars, mais tant que nous n'aurons pas la signature d'Elaine certifiée devant notaire l'argent ne pourra pas être partagé. Tenez, regardez par vous-même.

Je prends le document et en parcours le texte. Emanant d'une étude de notaire de Colombus, dans l'Ohio, il regorge d'attendu que, a décidé que, a ordonné de, et ainsi de suite, dont il ressort qu'un dénommé Sydney Rowan est mort et que les personnes citées ont droit à une fraction de son patrimoine. Beverly Danziger figure en troisième position, avec une adresse à Los Angeles, et Elaine Boldt occupe la ligne suivante, avec une adresse à Santa Teresa.

— Sydney Rowan était un vague cousin, enchaîne-t-elle avec volubilité. Je crois bien ne l'avoir jamais rencontré mais j'ai reçu ce papier et j'imagine qu'Elaine a dû le recevoir aussi. J'ai signé le document, je l'ai fait légaliser et je l'ai renvoyé. Puis je n'y ai plus pensé. Vous constatez d'après le cachet de la poste que tout cela date de six mois. Et voilà que la semaine dernière je reçois un coup de fil du notaire... il s'appelle comment déjà ?

Je jette un coup d'œil au document.

— Wender.

— Oui, c'est ça. Je ne sais pas pourquoi, mais je n'arrive pas à retenir ce nom. Bref, le secrétariat de ce M. Wender m'a appelé pour dire qu'Elaine ne s'était jamais manifestée. Evidemment, je me suis dit qu'elle avait dû comme d'habitude partir pour la Floride, mais en oubliant de faire suivre son courrier. Alors j'ai pris contact avec la gérante de son immeuble là-bas. Elle n'a pas vu Elaine depuis des mois.

— Avez-vous essayé de la joindre par téléphone en Floride ?

— D'après ce que j'ai compris, le notaire a essayé plusieurs fois. Il semblerait qu'une amie d'Elaine séjournait avec elle et M. Wender lui a laissé son nom et son numéro de téléphone mais Elaine n'a jamais rappelé. Tillie n'a pas eu plus de chance.

— Tillie ?

— La dame qui s'occupe de l'immeuble où Elaine a sa résidence principale. Tillie faisait toujours suivre le courrier et m'a dit qu'Elaine lui laissait en général un petit mot, environ une fois par semaine, mais elle n'a aucune nouvelle depuis le mois de mars. Franchement, c'est plus ennuyeux qu'autre chose mais je n'ai pas le temps de me mettre à sa recherche moi-même.

Beverly tire une dernière bouffée de sa cigarette et l'écrase dans le cendrier à petits coups nerveux. Je continue à prendre des notes mais le scepticisme doit se lire sur mon visage.

— Que se passe-t-il ? Ce n'est pas le genre d'affaires dont vous vous occupez ?

— Si, bien sûr, mais je prends trente dollars de l'heure, plus les frais. Comme il n'y a que deux ou trois mille dollars en jeu, je me demande si c'est vraiment rentable pour vous.

— Oh, j'ai bien l'intention de me faire rembourser ces dépenses par le notaire sur la part d'Elaine, puisque c'est elle qui me cause tous ces ennuis. Voyez-vous, tant que nous n'aurons pas sa signature, tout sera bloqué. A vrai dire, tout cela est typique de la façon dont elle s'est toujours comportée dans la vie.

— Supposez que je doive suivre sa trace jusqu'en Floride ? Même si je ne vous facture que la moitié de mon tarif horaire habituel pour le temps du voyage, ça vous coûtera une fortune. Ecoutez, madame Danziger...

— Je vous en prie, appelez-moi Beverly.

— Entendu, Beverly. Ce n'est pas que je refuse de

faire ce travail, mais honnêtement vous pourriez parfaitement vous débrouiller toute seule. Je serais même ravie de vous donner quelques conseils sur la manière de vous y prendre.

Beverly a alors un drôle de sourire, un sourire dur, celui d'une femme visiblement habituée à obtenir toujours ce qu'elle veut. Le bleu de ses yeux a maintenant la dureté et la transparence du verre. Les cils noirs se mettent à battre machinalement.

— Elaine et moi n'étions pas dans les meilleurs termes, dit-elle doucereusement. J'estime avoir déjà consacré suffisamment de temps à cette histoire mais j'ai promis à M. Wender de retrouver ma sœur pour que la succession puisse être réglée. Les autres héritiers font pression sur lui, et lui sur moi. Si vous voulez, je vous verse une avance.

Elle se remet à fourrager dans son sac d'où elle sort cette fois un carnet de chèque. Elle décapuchonne son stylo en bois de rose et me regarde fixement.

Sept cent cinquante dollars, ce sera suffisant ?

Je tends la main vers le tiroir du bas de mon bureau.

— Je vais vous préparer un contrat.

Je dépose le chèque à la banque puis je vais chercher ma voiture sur le parking situé derrière mon bureau et prends la direction de Via Madrina.

Je me dis que ce n'est qu'un petit problème de routine que je résoudrai en un jour ou deux et je pense déjà avec regret au moment où il me faudra retirer de la banque la moitié de l'argent que je viens d'y déposer pour rembourser Beverly Danziger. Et comme les affaires ne se bousculent pas en ce moment, la perspective n'a rien de réjouissant.

Le quartier où vit Elaine Boldt se compose de bungalows assez modestes, style 1930, et de quelques immeubles. Jusque récemment, les petits cottages à charpente de bois et en stuc dominaient, mais peu à peu ils cèdent la place à des locaux commerciaux. S'y installent des chiropracteurs et des dentistes qui vous proposent une quasi-anesthésie pour vous détartrer les dents. POSE DE DENTIER EN UNE JOURNÉE — CRÉDIT ACCEPTÉ. Inquiétant, non ? Qu'est-ce qu'ils peuvent bien faire à ceux qui sautent une traite pour le paiement des dents du haut ?

Le quartier est encore plus ou moins intact — avec des retraités qui étayent obstinément leurs buissons d'hortensias — mais les promoteurs immobiliers ne tarderont pas à les faire déguerpir. Ce n'est pas l'argent qui manque à Santa Teresa et la plus grande partie sert à entretenir le standing de la ville. Ici, pas d'enseignes au néon, pas de bidonvilles, pas de cheminées d'usines crachant la fumée pour vous gâcher le paysage. Rien que du stuc, des toits de tuile rouge, des bougainvillées, des poutres artificiellement vieillies, des murs d'adobe, des fenêtres en ogives, des palmiers, des fougères, des fontaines, des allées bordées d'arbres et de fleurs. Les restaurations historiques se multiplient. Et le tout vous met singulièrement mal à l'aise : le luxe et le raffinement sont tels, qu'ailleurs tout vous paraît minable.

Je gare ma voiture devant l'immeuble où habite Elaine Boldt, en prenant le temps d'examiner les environs. Drôle d'endroit. L'immeuble lui-même est en forme de fer à cheval, avec de grands bras qui ouvrent sur la rue ; trois étages, un parking en sous-sol, mélange curieux de modernisme et de style faussement hispanique.

Je traverse l'allée et me retrouve dans un hall aux parois de verre, avec des boîtes aux lettres et un interphone sur la droite. A gauche, à travers d'autres portes de verre apparemment fermées à clé, j'aperçois deux ascenseurs et une sortie donnant sur l'escalier de secours. D'immenses plantes vertes dans leurs jardinières jalonnent très joliment l'entrée. Droit devant moi, une porte donnant sur un patio et qui me permet de distinguer une piscine bordée de transatlantiques jaune vif. Je jette un coup d'œil à la liste des locataires. Vingt-quatre appartements en tout. La gérante, Tillie Ahlberg, occupe le numéro 1. Une « E. Boldt » figure en face du numéro 9. J'en déduis qu'il s'agit du deuxième étage.

Je commence par un coup de sonnette à « E. Boldt ». Si elle répond, j'aurais accompli ma mission. Il m'est déjà arrivé des choses plus bizarres et je ne tiens pas à me ridiculiser en cherchant dans tous les coins une femme qui pourrait fort bien se trouver tranquillement chez elle. Mais comme personne ne répond je tente ma chance auprès de Tillie Ahlberg.

Au bout de dix secondes, sa voix éraillée me parvient dans l'interphone.

— Oui ?

— Madame Ahlberg, je m'appelle Kinsey Millhone et je suis détective privée, ici, à Santa Teresa. La sœur d'Elaine Boldt m'a chargée de la retrouver et je me demandais si je pourrais vous parler.

Il y a un petit grésillement puis une réponse, pas très enthousiaste.

— Je pense que oui. J'allais sortir mais je peux quand même vous accorder dix minutes. Je suis au rez-de-chaussée. Prenez la porte à droite de l'ascenseur puis suivez le couloir jusqu'au fond à gauche.

L'interphone émet un bourdonnement léger et je pousse les portes de verre.

Tillie Ahlberg a laissé entrebâillée sa porte d'entrée pendant qu'elle prend une veste légère, son sac et un caddie posé contre la table du hall. Je frappe un petit coup au battant et elle apparaît sur ma gauche.

Tillie Ahlberg doit avoir dans les soixante ans. Ses cheveux abricot ont l'air fraîchement permanentés mais elle ne doit pas apprécier beaucoup d'être frisée comme un caniche puisqu'elle est en train de s'enfoncer sur la tête un bonnet au crochet. Une mèche rebelle refuse toutefois de se laisser emprisonner. Elle a les yeux noisette et le visage parsemé de taches de rousseur atténuées tant bien que mal par une couche de poudre. Vêtue d'une jupe informe qui lui descend en dessous des genoux, tennis aux pieds, elle a encore l'air très costaud pour son âge.

— J'espère ne pas avoir été discourtoise, dit-elle. Mais si je ne vais pas au marché tôt le matin, après je n'en ai plus le courage.

— De toute façon, cela ne sera pas long, dis-je. Pouvez-vous me dire quand vous avez vu Mme Boldt pour la dernière fois? Au fait, c'est Mademoiselle ou Madame?

— Madame. Elle est veuve, bien qu'elle n'ait que quarante-trois ans. Son mari possédait une chaîne d'usines dans le Sud. D'après ce que j'ai compris, il est mort subitement d'une crise cardiaque il y a trois ans en lui laissant un joli paquet de dollars. C'est à ce moment-là qu'elle a acheté cet appartement. Tenez, asseyez-vous, si vous voulez.

Tillie me conduit dans une salle de séjour meublée de copies d'ancien. Une clarté dorée filtre à travers les rideaux jaune pâle et je sens encore des relents de petit déjeuner: café, bacon et une vague odeur de cannelle.

Ayant établi qu'elle était pressée, Tillie semblait prête maintenant à me consacrer tout le temps que je voudrais. Elle prit place sur une ottomane et moi sur un fauteuil à bascule.

— J'ai cru comprendre qu'à cette époque de l'année elle se trouve en Floride, dis-je.

— Oui, en effet. Elle a un autre appartement là-bas, à Boca Raton, ou quelque chose comme ça. Près de Fort Lauderdale, je crois. Je ne suis jamais allée en Floride, pour moi ces endroits ne sont que des noms. Bref, elle descend généralement là-bas vers le début de février et revient en Californie fin juillet ou début août. Elle dit qu'elle aime la chaleur.

— Et vous faites suivre son courrier pendant son absence?

— Une fois par semaine environ, oui. Ça dépend de la quantité. Et tous les quinze jours elle m'envoie un petit mot. Une carte postale, vous voyez, juste pour dire bonjour, quel temps il fait et si elle a besoin que je fasse venir quelqu'un pour nettoyer les rideaux ou des choses comme ça. Cette année, elle m'a écrit vers le 1er mars et depuis plus un mot. Vous savez, ça ne lui ressemble pas du tout.

— Est-ce que par hasard vous auriez gardé les cartes postales ?

— Non, je les ai jetées, comme je le fais toujours. Je ne suis pas du genre à entasser et si vous voulez mon avis, il y a bien trop de paperasserie qui s'accumule de par le monde. Je les ai lues puis jetées sans plus y penser.

— Elle n'y faisait pas allusion à un voyage ou à quelque chose de ce genre ?

— Non, pas du tout. Mais bien sûr, ça ne me regarde pas.

— Semblait-elle préoccupée ?

Tillie a un sourire navré.

— Vous savez, il n'y a pas tellement de place sur le côté correspondance d'une carte postale pour y exprimer ses inquiétudes. Moi, je l'ai trouvée très bien.

— Avez-vous une idée de l'endroit où elle peut se trouver ?

— Pas la moindre. Tout ce que je sais, c'est que ça ne lui ressemble pas du tout de ne pas écrire. J'ai essayé quatre ou cinq fois de lui téléphoner. Une fois, une femme qui disait être une de ses amies a décroché mais elle s'est montrée très sèche et depuis, plus rien.

— Qui était cette amie ? Vous la connaissiez ?

— Non, mais j'ignore qui elle fréquente en Floride. Cela aurait pu être n'importe qui. Je n'ai pas noté son nom et même si vous le mentionniez maintenant devant moi je ne m'en souviendrais pas.

— Et son courrier ? Les factures continuent d'arriver ?

Tillie a un vague haussement d'épaules.

— Ça en a l'air, oui. Je n'y ai pas fait très attention. Je me contentais de faire suivre ce qui arrivait. Il me reste quelques lettres que j'étais sur le point de réexpédier. Vous voulez les voir ?

Elle se lève pour se diriger vers un secrétaire en chêne dont elle ouvre les portes vitrées en tournant une clé dans la serrure. Elle en sort un paquet d'enveloppes qu'elle trie avant de m'en tendre quelques-unes.

— Voilà. C'est le genre de courrier qu'elle reçoit habituellement.

Je jette un coup d'œil rapide. Visa, Master Card, Saks Fifth Avenue, un fourreur du nom de Jacques avec une adresse à Boca Raton, une facture d'un certain John Pickett, D.D.S. Inc., dont les bureaux sont juste au coin de la rue. Aucune lettre personnelle.

— Pensez-vous qu'elle ait pu se faire arrêter ?

Ma question la fait beaucoup rire.

— Oh non. Pas elle. Ce n'était vraiment pas son style. Elle ne conduit pas mais je suis sûre qu'elle ne devait même jamais traverser en dehors des clous.

— Et un accident ? Ou une maladie ? L'alcoolisme ? La drogue ?

Je me fais vraiment l'impression d'un toubib interrogeant un patient lors de son check-up annuel.

Tillie a l'air sceptique.

— Evidemment, il se peut qu'elle soit à l'hôpital, mais elle nous l'aurait fait savoir. Pour vous dire la vérité, je trouve ça très bizarre. Si sa sœur n'était pas venue, j'aurais prévenu moi-même la police. Il y a quelque chose qui cloche là-dedans.

— Mais il peut y avoir une foule d'explications à son silence, dis-je. Elle est adulte, elle a visiblement de l'argent et ne semble pas avoir d'affaires urgentes en cours. Elle n'a pas à prévenir qui que ce soit de ses déplacements si elle ne le souhaite pas. Elle a pu partir en croisière, ou faire une fugue amoureuse. A moins que son amie et elle n'ait décidé tout à coup de s'offrir un petit voyage. Il est probable qu'il ne lui est même pas venu à l'esprit que quelqu'un puisse essayer de la joindre.

— Oui, c'est pour cela que je n'ai rien fait jusqu'à présent. Mais cette histoire me met mal à l'aise. Je ne pense pas qu'elle serait partie sans prévenir personne.

— Ecoutez, dis-je. Je vais voir ça d'un peu plus près. Je ne veux pas vous retenir plus longtemps mais j'aimerais jeter un coup d'œil à son appartement bientôt.

Je me lève et Tillie en fait aussitôt autant. Nous nous serrons la main et je la remercie de son aide.

— Gardez son courrier pour le moment, si vous voulez bien. Je vais étudier d'autres possibilités mais je repasserai vous voir dans un jour ou deux pour vous dire ce que j'aurai trouvé. Je ne pense pas qu'il y ait lieu de s'inquiéter.

— Je l'espère, dit Tillie. Elaine est quelqu'un de formidable.

Je donne une de mes cartes à Tillie puis nous nous séparons. Je ne suis pas vraiment inquiète mais cette conversation a éveillé ma curiosité et j'ai hâte d'en savoir plus.

CHAPITRE II

Avant de retourner à mon bureau, je m'arrête à la bibliothèque municipale pour consulter l'annuaire de Boca Raton. L'adresse d'Elaine Boldt que m'a donnée Beverly Danziger correspond, le numéro de téléphone également. Je note les noms de plusieurs locataires des appartements voisins, avec leur numéro de téléphone. Apparemment, il s'agit d'une résidence comportant plusieurs immeubles, ainsi qu'un bureau de vente, des courts de tennis, un club de remise en forme, et diverses autres activités de loisirs. Je relève le maximum de renseignements : ça m'évitera toujours un deuxième voyage.

En arrivant au bureau, j'ouvre un dossier au nom d'Elaine Boldt, consignant le temps passé jusqu'ici sur cette affaire, et les informations recueillies. Je compose le numéro d'Elaine Boldt en Floride. Après avoir laissé sonner une bonne trentaine de fois sans résultat, j'appelle le bureau de vente de la résidence de Boca Raton, qui me donne le nom du gérant de l'immeuble d'Elaine Boldt, un certain Roland Makowski, qui décroche à la première sonnerie.

— Makowski à l'appareil.

Je lui explique aussi brièvement que possible qui je suis et pourquoi j'essaie de joindre Elaine Boldt.

— Elle n'est pas venue cette année, dit-il. D'habitude elle est là à cette période-ci, mais elle a dû changer ses projets.

— Vous en êtes sûr ?

— C'est-à-dire que je ne l'ai pas vue. Vous savez, je passe mon temps à aller et venir dans cet immeuble et autour et je ne l'ai pas croisée une seule fois. Son amie, cette Pat, est ici, mais Mme Boldt est partie ailleurs d'après ce qu'on m'a dit. Peut-être pourra-t-elle vous dire où elle est. Je viens juste de la voir en train de pendre des serviettes de bain sur la rambarde, ce qui est interdit. Les balcons ne sont pas des sèche-linge, je le lui ai dit. Ça ne lui a pas plu du tout.

— Pouvez-vous m'indiquer son nom de famille ?

— Quoi ?

— Pouvez-vous me dire le nom de famille de Pat ? L'amie de Mme Boldt ?

— Ah ! Usher. Comme ça se prononce. Elle dit qu'elle est en sous-location. C'est comment votre nom, déjà ?

Je lui redonne mon nom et aussi le numéro de téléphone de mon bureau pour le cas où il voudrait me joindre. La conversation ne m'a pas menée loin. Cette Pat Usher est pour l'instant mon seul lien avec Elaine Boldt et il me semble urgent d'avoir un petit entretien avec elle.

Je refais une fois de plus le numéro d'Elaine en Floride, je laisse sonner jusqu'à en avoir plein les oreilles, mais toujours rien. Si Pat Usher se trouve toujours dans l'appartement, elle est manifestement bien décidée à ne pas répondre au téléphone.

Je prends ensuite la liste des appartements voisins et essaie d'abord le numéro d'un certain Robert Perreti, qui habite apparemment juste à côté. Pas de réponse non plus. Je tente alors ma chance avec un numéro correspondant à l'appartement situé de l'autre côté de celui d'Elaine et je laisse sonner dix fois, comme nous le recommande la compagnie du téléphone. Une femme finit par répondre, une femme très âgée d'après le son de sa voix.

— Oui ?

Je me surprends à parler très fort, comme quand on s'adresse à une personne dure d'oreille.

— Madame Ochsner ?

— Oui.

— Je suis Kinsey Millhone et je vous appelle de Californie. J'essaie de joindre une dame qui habite l'appartement contigu au vôtre, le 315. Est-ce que par hasard vous sauriez si elle est chez elle ? Je viens de l'appeler et j'ai laissé sonner trente fois en vain.

— Vous avez des troubles de l'audition ? me demande-t-elle. Vous parlez très fort, savez-vous.

Je ris et reprends ma voix normale.

— Je suis désolée. Je ne savais pas si vous m'entendiez bien ou non.

— Oh, j'entends très bien. J'ai quatre-vingt-huit ans et je ne peux pas faire trois pas toute seule mais mes oreilles sont en parfait état. J'ai compté chacune de ces trente sonneries de l'autre côté de la cloison et j'ai bien cru devenir folle.

— Pat Usher est-elle sortie ? Je viens d'avoir le gérant au bout du fil et il m'a assuré qu'elle était chez elle.

— Oh, elle y est toujours. Je le sais parce qu'elle vient de claquer la porte. Que lui vouliez-vous, si ma question n'est pas trop indiscrète ?

— En fait, j'essaie de joindre Elaine Boldt, mais on m'a dit qu'elle n'était pas venue cette année.

— C'est exact, et j'en ai été fort déçue. Elle est notre quatrième au bridge quand Mme Wink et Ida Rittenhouse sont ici et nous comptions sur elle. Nous n'avons pas réussi à faire une seule partie depuis Noël et si vous voulez tout savoir, Ida en est très contrariée.

— Avez-vous une idée de l'endroit où peut se trouver Mme Boldt ?

— Non, et j'ai l'impression que la femme qui habite son appartement est sur le point de faire ses valises. Le règlement de la résidence interdit les sous-locations et je suis surprise qu'Elaine ait autorisé cela. Nous nous sommes plaints à maintes reprises au gérant et je crois que M. Makowski ne va pas tarder à lui demander de vider les lieux. Mais cette Pat Usher prétend que son accord avec Elaine prévoit qu'elle peut rester jusqu'à fin juin. Si vous voulez lui parler, vous feriez bien de ne pas trop tarder. Je l'ai vue ramener des cartons de l'épicerie et je crois... ou plutôt j'espère qu'elle est en train de faire ses paquets en ce moment même.

— Merci. Je suivrai peut-être votre conseil. Vous m'avez bien aidée. Si je descends en Floride, je passerai vous voir.

— Je ne pense pas que vous jouiez au bridge, ma chère, n'est-ce pas ? Depuis six mois, nous en sommes réduites à jouer à la bataille et Ida tire une tête pas possible. Mme Wink et moi ne supporterons pas cette situation longtemps encore.

— En vérité, je n'ai jamais joué au bridge, mais je pourrais essayer, dis-je.

— Un penny le point, réplique-t-elle si brusquement que je me mets à rire.

J'appelle ensuite Tillie. Elle a l'air essoufflée, comme si elle avait couru pour venir décrocher.

— Bonjour, Tillie. C'est encore moi, Kinsey.

— Je reviens juste du marché, dit-elle en haletant. Attendez que je reprenne mon souffle. Oh là là. Que puis-je faire pour vous ?

— Je crois que je vais devoir jeter un coup d'œil à l'appartement d'Elaine.

— Pourquoi ? Qu'est-ce qui se passe ?

— Eh bien, les gens que j'ai joints en Floride me disent qu'elle n'est pas là-bas, alors j'espère que nous pourrons découvrir où elle a pu aller. Si j'arrive maintenant, vous pourriez me faire entrer dans l'appartement ?

— Je pense, oui. Je n'ai rien à faire, si ce n'est ranger les provisions, mais j'en ai pour deux minutes.

De retour à la résidence, j'appelle Tillie par l'interphone. Elle me rejoint près de l'ascenseur avec la clé de l'appartement d'Elaine. Pendant que nous montons au deuxième étage, je lui fais part de ma conversation avec M. Makowski.

— Vous voulez dire que personne là-bas ne l'a vue ? s'étonne-t-elle. Alors, si vous voulez mon avis, il y a quelque chose qui cloche. Je sais qu'elle est partie et je sais qu'elle avait bien l'intention de se rendre en Floride. Je regardais par la fenêtre quand elle est montée dans le taxi. Elle avait son beau manteau de fourrure avec la toque assortie. Elle a pris un vol de nuit, ce qu'elle n'aimait pas faire, mais il faut dire qu'elle ne se sentait pas très bien. Elle pensait que le changement de climat arrangerait ça.

— Elle était malade ?

— Pas vraiment. Ses sinus lui jouaient des tours et elle avait un rhume terrible, ou une allergie, ou je ne sais quoi. Je ne veux pas en dire de mal, mais elle avait un côté hypocondriaque. Elle m'a appelée pour me dire qu'elle avait décidé de partir, comme ça, sous le coup d'une impulsion. En fait, son départ n'était prévu que deux semaines plus tard, mais le docteur lui avait dit que ça lui ferait du bien et je pense qu'elle a fait une réservation sur le premier vol où il restait de la place.

— Savez-vous si elle était passée par une agence de voyages ?

— J'en suis presque sûre. Probablement même une agence des environs. Comme elle ne conduisait pas, elle préférait toujours faire ses courses là où elle pouvait aller à pied. Tenez, c'est là.

Tillie s'est arrêtée devant l'appartement numéro 9, situé juste au-dessus du sien. Elle déverrouille la porte et me suit à l'intérieur.

L'appartement est plongée dans une semi-obscurité, les rideaux tirés, une odeur de renfermé flottant dans l'air. Tillie traverse la pièce et ouvre les fenêtres.

— Tillie, pensez-vous que quelqu'un soit entré ici depuis son départ ? Une femme de ménage ? Un livreur ?

— Pas que je sache.

Nous passons rapidement les lieux en revue. D'après Tillie, rien ne semble anormal. Rien ne semble avoir été déplacé. Elle redescend chez elle et je continue seule, en prenant mon temps.

C'est un appartement d'angle, au premier étage sur rue, avec des fenêtres sur les deux côtés. Je prends une minute pour regarder dans la rue. Pas de voitures en vue. Une espèce de punk est adossé contre une voiture garée juste en dessous. Il a le crâne rasé sur les deux côtés et ce qui lui reste de cheveux est d'un rose que je n'ai pas vu depuis que les panties sont passés de mode. Il doit avoir dans les seize ou dix-sept ans et porte un pantalon de parachutiste d'un rouge vif, des rangers et un débardeur orange orné d'un slogan que je n'arrive pas à lire d'où je suis.

Je le regarde rouler puis allumer un joint et me tourne vers l'autre fenêtre. Elle donne sur une petite maison à charpente de bois dont le toit a visiblement été rongé par le feu. Les avant-toits pointent lamentablement, comme les arêtes d'un poisson trop cuit. Des planches sont clouées en travers de la porte et les vitres brisées, probablement sous l'effet de la chaleur. Un panneau « A VENDRE » est fiché dans l'herbe roussie. Pas terrible comme vue. Et cette pauvre Elaine qui a dû lâcher une bonne centaine de milliers de dollars pour cet appartement...

Je commence par faire un tour à la cuisine. Le sol a visiblement été lavé et ciré. Dans les placards, des boîtes de conserve s'empilent en bon ordre. Il y a un peu de tout, même de la nourriture pour chat. Le réfrigérateur est vide, à l'exception des traditionnels bocaux d'olives, de moutarde et de confiture. La cuisinière électrique a été débranchée, la poubelle vidée et nettoyée. Tout semble indiquer qu'Elaine Boldt se préparait à une longue absence.

La visite de la salle de bain me donne la même impression. Dans le salon, rien de particulier non plus. Un canapé, des fauteuils, un téléviseur et un bureau qui contient ce qu'on s'attend généralement à y trouver : des stylos, du papier à lettres, des blocs-notes et des chemises cartonnées dont je ne juge pas utile pour le moment d'examiner le contenu. Je tombe sur sa carte de sécurité sociale dont je relève le numéro.

Dans la chambre aussi, il règne un ordre impeccable. Les placards sont vastes, quelques cintres sont vides et il manque certains articles dans les piles bien nettes sur les rayonnages. Rien d'intéressant dans les tiroirs, et rien, nulle part, qui indique que les lieux aient été le théâtre d'un départ précipité, d'un cambriolage, d'un acte de vandalisme, d'une maladie, d'un suicide, d'un abus d'alcool ou de drogue, d'une bagarre. Rien qui laisse préjuger non plus d'une récente occupation de l'appartement. La poussière elle-même a l'air intacte.

Je quitte l'appartement, referme la porte à clé derrière moi et redescends voir Tillie pour lui demander si elle a des photos d'Elaine.

— Pas que je sache, dit-elle. Mais je peux vous la décrire, si vous voulez. Elle a à peu près ma taille, c'est-à-dire environ un mètre soixante-cinq et doit peser dans les soixante kilos. Des cheveux blonds avec des mèches généralement tirés en arrière. Des yeux bleus, des... Oh, mais attendez, je crois que j'ai une photo. Je viens juste de m'en souvenir. J'en ai pour une minute.

Elle disparaît dans sa chambre et revient quelques instants plus tard avec un cliché Polaroïd qu'elle me tend. Sur la photo, deux femmes sourient à l'objectif. Je reconnais immédiatement Elaine, rieuse et élégante dans un ensemble-pantalon de très bonne coupe. L'autre est du genre boulotte, avec des lunettes à monture de plastique bleu et des frisettes qui n'ont rien de naturel. Elle doit avoir dans les quarante ans.

— Elle a été prise l'automne dernier, explique Tillie. A gauche, c'est Elaine.

— Et qui est l'autre femme?

— Marty Grice, une de nos voisines. C'est horrible ce qui lui est arrivé. Elle a été tuée... oh, mon Dieu... ça devait être il y a six mois. Oui, six mois déjà...

— Que lui est-il arrivé?

— Eh bien, on pense qu'elle a surpris un cambrioleur chez elle et qu'il l'a assassinée avant de mettre le feu à la maison pour effacer les traces. C'était horrible. Vous avez dû lire ça dans les journaux.

Je hoche la tête. Il m'arrive de ne pas ouvrir un journal pendant un bon bout de temps, mais je me souviens de la maison d'à côté, avec son toit carbonisé et ses vitres cassées.

— C'est vraiment moche, dis-je. Ça vous ennuie que je la garde?

— Je vous en prie.

Je jette encore un coup d'œil à la photo. Oui, c'est vraiment moche. Deux femmes qui il y a peu souriaient gaiement, loin de se douter de ce qui les attendait. Aujourd'hui, l'une d'elles est morte et l'autre a disparu. Et ça ne me plaît pas du tout.

— Elaine et cette femme étaient très amies?

— Non, pas vraiment. De temps en temps, elles jouaient au bridge ensemble mais leurs relations s'arrêtaient là. Elaine est quelqu'un d'assez distant et Marty la trouvait un peu bégueule. Non qu'elle me l'ait jamais dit mais je me souviens qu'elle s'est montré assez sarcastique une fois ou l'autre. Il faut dire qu'Elaine ne se refuse rien et ne semble pas se rendre compte des réactions qu'elle suscite chez les gens qui ne peuvent pas s'offrir le même train de vie. Tenez, son manteau de fourrure, par exemple. Elle savait que Leonard et Marty avaient du mal à joindre les deux bouts mais elle mettait ce manteau pour aller jouer au bridge. Pour Marty, c'était de la pure provocation.

— Etait-ce le manteau qu'elle portait la dernière fois que vous l'avez vue?

— Oui, en effet. Un lynx à douze mille dollars avec la toque assortie.

— Mazette !

— Comme vous dites. Qu'est-ce que je ne donnerais pas pour en avoir un comme ça...

— Vous souvenez-vous d'autre chose à propos de son départ ce soir-là ?

— Pas vraiment. Elle avait un bagage — un bagage à main, je pense — et le chauffeur de taxi a descendu le reste.

— Vous souvenez-vous quelle compagnie de taxis ?

— Je n'ai pas fait très attention sur le moment. D'habitude, elle appelait City Cab ou Green Stripe, quelquefois Tip Top, mais ceux-là elle ne les aimait pas beaucoup. J'aimerais vous aider davantage. Je veux dire, si elle est partie d'ici pour aller en Floride et qu'elle n'y est jamais arrivée, où a-t-elle pu passer ?

— C'est ce que j'aimerais bien savoir.

J'adresse à Tillie un sourire que j'espère rassurant mais je ne me sens pas très à l'aise.

De retour à mon bureau, je fais un rapide calcul des frais engagés jusqu'ici ; environ soixante-quinze dollars pour le temps passé avec Tillie et à visiter l'appartement d'Elaine, plus celui passé à la bibliothèque et au téléphone, et les coups de fil en Floride. J'ai connu des détectives privés qui menaient leurs enquêtes de bout en bout au téléphone mais je ne trouve pas ça très malin. Rien ne vaut un petit entretien entre quatre yeux.

J'appelle une agence de voyages et demande une réservation aller-retour pour Miami. Je trouve un vol à quatre-vingt-dix-neuf dollars : départ en pleine nuit, rien à manger, rien à boire. J'espère qu'il y aura quand même des toilettes. Dans la foulée, je réserve une voiture de location bon marché qui m'attendra à Miami.

Comme mon avion ne décolle pas avant plusieurs heures, je rentre chez moi, m'offre cinq kilomètres de jogging, fourre une brosse à dents et du dentifrice dans mon sac, et considère mes bagages comme faits. A mon retour, je me mettrai à la recherche de l'agence de voyages qu'a contactée Elaine. J'apprendrai peut-être qu'elle a pris un billet pour le Mexique ou les Caraïbes. En attendant, il ne me reste plus qu'à espérer mettre la main sur l'amie qui habite chez elle en Floride. Si elle se fait la malle avant que je débarque, elle emportera aussi dans ses bagages le seul lien qui me rattache à Elaine Boldt.

CHAPITRE III

Il fait encore nuit quand mon avion atterrit à Miami à 4 h 45. L'aéroport quasi désert est à peu près aussi éclairé qu'un dépôt mortuaire. Toutes les boutiques sont fermées. C'est à peine si j'ai réussi à fermer l'œil pendant le vol et je préfère ne pas savoir quelle tête je peux avoir.

Dès que j'ai récupéré ma voiture de location et un plan de la région, je prends la direction du nord par la U.S. 1. Trente-cinq kilomètres jusqu'à Fort Lauderdale, vingt deux de plus jusqu'à Boca Raton. L'aube naissante teinte le ciel d'un gris perle translucide et des nuages s'accumulent à l'horizon comme des têtes de choux-fleurs sur un étal au bord d'une route. Des deux côtés de l'autoroute, le paysage est plat comme une crêpe, sa monotonie interrompue seulement çà et là par des touffes d'herbes sèches, parfois par un cyprès. L'air est déjà humide et odorant. La journée promet d'être chaude. Pour tuer le temps, je m'arrête dans une cafétéria où je m'offre de drôles de biscuits marrons et jaunes à la consistance de rations de survie mais qu'un carton de jus d'orange finit par faire descendre.

Quand j'arrive à la résidence où Elaine Boldt possède un appartement il est presque 7 heures. Un système d'arrosage automatique balaie la pelouse d'une pluie rafraîchissante. Il y a là six ou sept immeubles de trois étages chacun et à l'architecture sans fioritures. Je m'engage lentement dans une large allée bordée d'hortensias rouges et blancs qui débouche sur des courts de tennis.

Chaque immeuble semble disposer de sa propre piscine et malgré l'heure matinale quelques transatlantiques sont déjà occupés. Quand j'ai repéré l'adresse que je cherche, je me gare sur le parking juste en face. L'appartement du gérant se trouve au rez-de-chaussée, la porte d'entrée ouverte mais grillagée, protection contre les assauts des grosses bestioles qui infestent la Floride en été.

Je frappe contre le cadre en aluminium.

— Je suis là, dit une voix de femme qui me semble curieusement proche.

Je mets une main en cornet et plisse les yeux pour voir à qui j'ai affaire derrière le grillage.

— M. Makowski est-il là ?

C'est alors que j'aperçois une femme, dont le visage est à la hauteur de mes genoux.

— Attendez. J'étais en train de faire mes abdominaux et je n'arrive pas encore à me relever. Bon sang que ça fait mal.

Elle finit par se redresser sur les genoux en s'accrochant au bras d'un fauteuil et ajoute :

— Makowski est en train de réparer les toilettes du 208. Je peux faire quelque chose pour vous ?

— J'essaie d'entrer en contact avec Elaine Boldt. Avez-vous une idée de l'endroit où elle peut se trouver ?

— Vous êtes ce détective qui a appelé de Californie ?

— Oui, c'est moi. Je me suis dit que je ferais bien de parler à quelqu'un ici pour voir si je pouvais retrouver sa trace. A-t-elle laissé une adresse pour faire suivre son courrier ?

— Non. J'aimerais vous aider mais je n'en sais pas beaucoup plus que vous. Voilà, vous pouvez entrer, dit-elle en se remettant sur ses pieds pour m'ouvrir la porte. Je suis Charmaine Makowski, ou ce qu'il en reste. Vous faites de la gymnastique ?

— Un peu de jogging, et c'est à peu près tout, dis-je.

— Vous avez bien raison. Si vous voulez un conseil

d'amie, ne vous lancez jamais dans les abdominaux. J'en fais cent par jour et ça me fait toujours mal.

Elle en est encore tout essoufflée, ses joues rosies par l'effort. Elle doit approcher de la cinquantaine et porte un survêtement jaune vif qui moule son ventre arrondi par une grossesse. Un pamplemousse de Floride bien mûr, voilà à quoi elle me fait penser.

— Vous avez deviné, dit-elle. Encore un de ces petits tours que vous joue parfois la vie. Je croyais que c'était une tumeur, jusqu'à ce qu'elle commence à donner des coups de pieds. Vous vous rendez compte ? Makoswki et moi étions persuadés de ne pas pouvoir avoir d'enfants. J'ai presque cinquante ans et il en a soixante-cinq. Mais qu'est-ce que ça peut bien faire ? C'est sûrement plus drôle que la ménopause, non ? Vous avez parlé à cette femme là-haut, au 315 ? Elle s'appelle Pat Usher, mais vous le savez probablement déjà. Elle affirme qu'Elaine lui a sous-loué l'appartement, mais j'en doute.

— Pourquoi ça ? Mme Boldt ne vous a jamais parlé d'un tel arrangement ?

— Absolument pas. Tout ce que je sais, c'est que cette Usher s'est pointée il y a quelques mois et a emménagé ici. Au début, personne n'a trouvé à y redire. Nous pensions qu'elle était venue passer une quinzaine de jours chez Elaine. Les gens de l'immeuble peuvent recevoir qui ils veulent pour de courtes périodes mais le règlement interdit la sous-location. Les acheteurs potentiels sont triés sur le volet et si nous autorisions la sous-location n'importe qui pourrait venir s'installer ici. La résidence tout entière ne serait plus qu'un ramassis de je ne sais quoi. Bref, au bout d'un mois, Makowski est monté lui dire deux mots, seulement elle a prétendu avoir payé Elaine pour six mois et elle n'a pas l'intention de partir avant. Makowski, ça le rend fou.

— Elle a un bail signé ?

— Elle a un reçu qui prouverait qu'elle a versé de l'argent à Elaine, mais sans qu'il y soit précisé pourquoi.

Makowski lui a signifié son expulsion par lettre, mais elle prend son temps pour vider les lieux. Je suppose que vous n'êtes pas encore allée la voir?

— Non, mais j'ai l'intention de le faire immédiatement. Savez-vous si elle est chez elle?

— Probablement. Elle ne sort pas beaucoup, sauf pour aller à la piscine entretenir son bronzage. Dites-lui de la part de la gérance d'aller se faire foutre.

Le 315 est un appartement d'angle au troisième étage de l'immeuble en forme de L. Avant même d'avoir appuyé sur la sonnette j'ai l'impression d'être épiée par le judas. Au bout d'un moment, la porte s'ouvre autant que le permet la chaîne de sécurité mais je ne vois apparaître aucun visage.

— Pat Usher?

— Oui.

— Je m'appelle Kinsey Millhone et je suis détective en Californie. J'essaie de retrouver Elaine Boldt.

— Pour quoi faire?

Le ton est neutre, méfiant, dénué de toute chaleur.

— Sa sœur a tenté de la joindre pour lui faire signer un document notarié. Pouvez-vous me dire où elle se trouve?

Il s'ensuit un silence prudent.

— Vous êtes venue me présenter ce document?

— Non.

Je sors une photocopie de ma licence et la glisse par l'interstice. Le papier disparaît sans bruit, comme une carte bancaire avalée par un distributeur automatique. Au bout d'un moment il réapparaît.

— Un instant. Je vais voir si je peux trouver son adresse.

Elle laisse la porte entrebâillée, toujours maintenue par la chaîne de sécurité. Je sens naître en moi un faible espoir. Après tout, je suis peut-être en train de progresser. Si j'arrive à mettre la main sur Elaine Boldt d'ici un jour ou deux, je pourrais être fière de moi, ce qui est parfois plus satisfaisant que de se remplir les poches. Pour le moment, j'attends en fixant le paillasson. Un paillasson à poils si durs qu'on doit s'y arracher la semelle de ses chaussures. Ils ont donc tellement de boue en Floride ? Entre-temps, Pat Usher est de retour mais ne se décide toujours pas à ouvrir la porte.

— Je ne retrouve pas cette adresse, dit-elle. Aux dernières nouvelles, Elaine était à Saratosa.

Je commence à en avoir assez de parler à travers la fente de la porte.

— Ça vous ennuierait que j'entre ? Il s'agit du règlement d'une succession. Elle pourrait ramasser deux ou trois mille dollars si je pouvais avoir sa signature.

C'est un truc que j'utilise souvent, et qui marche presque à tous les coups. Cette fois, c'est même la vérité et ma voix vibre des merveilleux accents de la sincérité.

— C'est le gérant qui vous envoie ?

— Allons, cessez un peu d'être paranoïaque, voulez-vous ? Je cherche Elaine Boldt et je souhaite vous parler. Jusqu'ici, vous êtes la seule personne que j'ai rencontrée à sembler avoir une idée de l'endroit où elle se trouve.

Silence. Je ne sais pas à quoi elle réfléchit, mais moi j'ai une furieuse envie de mordre.

— D'accord, finit-elle par dire à contrecœur. Laissez-moi simplement le temps de m'habiller.

Quand elle se décide enfin à ouvrir, elle porte un de ces caftans imprimés qu'on enfile quand on la flemme de mettre autre chose. Son nez s'orne d'un pansement adhésif et ses yeux gonflés sont cerclés d'ecchymoses dont le subtil dégradé va du vert au bleu. Son bronzage a quelque chose de terne et de délavé qui fait plutôt penser à une jaunisse.

— J'ai eu un accident de voiture et je me suis fracturé le nez, dit-elle. Je n'ai pas très envie qu'on me voie dans cet état.

Elle s'écarte de la porte, son caftan se gonflant comme

une voile. Je la suis à l'intérieur et referme le battant derrière moi. L'endroit est meublé de rotin et décoré dans des couleurs pastel. Une vague odeur de moisi flotte dans l'air. Les fenêtres coulissantes du salon donnent sur le devant de l'immeuble.

Pat Usher prend une cigarette dans un coffret de cristal posé sur la table basse et l'allume avec un briquet assorti. Puis elle se laisse tomber sur le canapé.

— Asseyez-vous, si vous voulez.

Ses yeux sont d'un étrange vert électrique, probablement dû à des lentilles de contact colorées. Ses cheveux ont une nuance fauve et un brillant qu'avec la meilleure volonté du monde je n'ai jamais réussi à obtenir des miens. A présent, elle me dévisage avec intérêt, l'air vaguement amusé.

— De quelle succession s'agit-il ?

C'est une question, et pourtant le ton n'a rien d'interrogateur. Bizarre, cette façon d'affirmer les choses tout en attendant visiblement une réponse. Je ne sais pas pourquoi, mais je deviens aussitôt plus méfiante.

— Un cousin, à ce qu'il paraît. Quelqu'un qui vivait dans l'Ohio.

— N'est-il pas un peu excessif d'engager un détective privé simplement pour mettre la main sur deux ou trois mille dollars ?

— Il y a d'autres héritiers en cause, dis-je.

— Vous avez un formulaire, ou quelque chose dans ce genre, à faire signer à Elaine.

— Je voudrais d'abord lui parler. Des gens s'inquiètent de son absence. J'aimerais porter dans mon rapport quelques renseignements sur ses déplacements depuis son départ.

— Grands dieux, un rapport maintenant ! Elaine ne tient jamais en place. Elle est en voyage. Inutile d'en faire tout un plat.

— M'en voudrez-vous de vous poser quelques questions sur vos relations avec elle ?

— Non, pas du tout. Nous sommes amies. Je la connais depuis des années. Elle a eu envie d'un peu de compagnie pendant son séjour en Floride cette année.

— Quand était-ce ?

— Vers la mi-janiver.

Elle marque un temps, le regard fixé sur la cendre de sa cigarette. Quand elle lève à nouveau les yeux sur moi, j'y décèle une expression lointaine.

— Et depuis, vous séjournez ici ?

— Bien sûr. Pourquoi pas ? Le bail de mon appartement venait d'être résilié et Elaine m'a dit que je pouvais m'installer ici.

— Pourquoi est-elle partie ?

— C'est à elle qu'il faudrait le demander.

— Quand avez-vous eu de ses nouvelles pour la dernière fois ?

— Il y a une quinzaine de jours.

— Et elle était à Saratosa à ce moment-là ?

— Exactement. Elle séjournait chez des amis qu'elle avait rencontrés là-bas.

— Pouvez-vous me dire de qui il s'agit ?

— Ecoutez, elle voulait que je lui tienne compagnie, pas que je sois sa nourrice. Elle a bien le droit de fréquenter qui elle veut, non ? Donc je n'ai pas posé la question.

J'ai un peu l'impression que nous jouons à un jeu de société, un jeu auquel je n'ai aucune chance de gagner. Et cette Pat Usher a l'air d'en avoir parfaitement conscience, ce qui me met en rogne. Je change de tactique.

— Pouvez-vous me dire autre chose susceptible de m'aider ?

— Je n'ai pas l'impression de vous avoir tellement aidée jusqu'ici, dit-elle avec un petit sourire suffisant.

Elle commence à m'énerver sérieusement.

— J'essayais une approche optimiste, dis-je sèchement.

Pat Usher hausse les épaules.

— Désolée d'éteindre votre petite lueur d'espoir. Je vous ai dit tout ce que je savais.

— Dans ce cas, je crois que nous allons devoir en rester là. Je vous laisse ma carte. Si elle rappelle, voulez-vous lui demander de m'appeler?

— Bien sûr. Ne vous en faites pas.

Je sors une carte de mon portefeuille et la pose sur la table en me levant.

— J'ai cru comprendre que les gens de la résidence vous cherchaient des noises.

— Oui, vous vous rendez compte? Qu'est-ce que ça peut bien leur faire, hein? Je paie mon loyer. Pas de soirées dansantes, pas de musique bruyante. Je mets mon linge à sécher dehors et voilà que le gérant en fait toute une histoire. Vraiment, ça me dépasse.

Elle se lève et me raccompagne jusqu'à la porte. En passant devant la cuisine, je remarque des cartons entassés près de l'évier. Elle se retourne et suit mon regard.

— Je vais finir par m'installer dans un motel du coin, si ça continue. Une visite du shérif est bien la dernière chose dont j'ai besoin en ce moment. Au début, j'ai cru que vous en étiez. Parce qu'ils ont des femmes shérifs maintenant, vous savez? Des shérifettes.

— Oui, je suis au courant.

— Et vous? s'enquiert-elle. Comment êtes-vous devenue détective? C'est une drôle de façon de gagner sa vie, non?

Maintenant que je suis sur le point de partir, elle a l'air tout à fait disposée à tailler une bavette. Je me demande si je ne vais pas en profiter pour lui soutirer quelques informations supplémentaires.

— C'est un peu par hasard que je suis devenue détective, dis-je. Mais c'est plus amusant que de vendre des chaussures. Et vous, vous ne travaillez pas?

Oh que non! Côté travail, j'ai largement assez donné et je n'ai pas l'intention de m'y remettre un jour.

— Vous avez de la chance. Moi je n'ai pas le choix. Si je ne travaille pas, je ne mange pas.

Elle sourit pour la première fois.

— J'ai passé ma vie à attendre de pouvoir souffler un peu. Jusqu'au jour où j'ai compris qu'il fallait faire son bonheur soi-même. Dans la vie, personne ne vous fait de cadeau, vous ne croyez pas ?

J'acquiesce mollement en jetant un coup d'œil vers le parking.

— Il faut que j'y aille, dis-je. Mais puis-je vous poser une dernière question ?

— Laquelle ?

— Connaissez-vous d'autres amis d'Elaine ? Il doit bien y avoir quelqu'un qui sache comment la joindre, non ?

— Là, vous frappez à la mauvaise porte. D'habitude, c'est elle qui venait me voir à Lauderdale, donc je ne sais pas qui sont ses amis ici.

— Comment vous a-t-elle contactée cette fois ? On m'a dit qu'elle était partie pour la Floride sous l'impulsion du moment.

Un bref instant, elle a l'air déconcertée, mais très vite elle reprend son sang-froid.

— Oui, c'est exact. Elle m'a appelée de l'aéroport de Miami puis elle est passée me prendre avant de venir ici.

— Dans une voiture de location ?

— Oui. Une Oldsmobile Cutlass. Blanche.

— Combien de temps est-elle restée ici avant de repartir ?

Pat hausse les épaules.

— Je n'en sais rien. Pas longtemps. Quelques jours, je crois.

— Semblait-elle nerveuse ou inquiète ?

La question l'agace visiblement.

— Attendez un instant. Où voulez-vous en venir ? Si vous voulez que je vous aide, vous feriez mieux de me dire ce que vous avez derrière la tête.

— Je n'en sais trop rien, dis-je d'une voix apaisante. Pour l'instant, je tâtonne, j'essaie de comprendre ce qui se passe. Les gens qui la connaissent à Santa Teresa trouvent curieux qu'elle soit partie sans prévenir personne.

— Mais elle m'a bien prévenue *moi*. Je vous l'ai dit. Ce n'est tout de même plus une gamine obligée de dire à maman toutes les cinq minutes où elle va et ce qu'elle fait. Où est le problème ?

— Il n'y a pas de problème. Sa sœur a besoin de la joindre, un point c'est tout.

— D'accord, d'accord. Il m'arrive de m'énerver pour un rien. J'ai été très stressée ces derniers temps. Désolée que ça tombe sur vous. Elle appellera probablement un de ces jours et je lui donnerai votre nom et votre numéro. Ça vous va ?

— Parfait. Ce serait très aimable à vous.

Je lui tends la main, qu'elle serre brièvement. Ses doigts sont secs et froids.

— J'ai été ravie de vous connaître, dis-je.

— Moi de même, répond-elle.

J'hésite, puis me retourne.

— Si vous vous installez dans un motel, comment Elaine saura-t-elle où vous joindre ?

Le sourire narquois est de retour, mais il y a aussi autre chose dans son regard.

— Et si je laissais ma nouvelle adresse à ce cher M. Makowski ? Comme ça vous pourrez me contacter vous aussi. Ce n'est pas une bonne idée ?

— Si, excellente. Merci encore.

CHAPITRE IV

Je me dirige vers l'escalier. Je sens son regard dans mon dos puis j'entends la porte se refermer. J'hésite avant d'aller voir Mme Ochsner, qui occupe l'appartement voisin. Mieux vaut attendre un peu. Je reprends ma voiture au parking et démarre. Quelque chose dans ce que m'a dit Pat Usher me trouble, et ce n'est pas seulement le fait qu'elle ne m'ait pas dit la vérité. Etant moi-même une menteuse née, il y a longtemps qu'on ne me la fait plus. Un bon menteur colle le plus près possible à la vérité. Il vous lâche quelques informations mais les sélectionne soigneusement. Pat était allée trop loin et s'était mise à broder alors qu'elle pouvait fort bien se taire. Elle s'était bien payé ma tête en me racontant qu'Elaine Boldt était venue la chercher à Fort Lauderdale dans une Cutlass blanche de location. Tillie m'a dit qu'Elaine ne conduisait pas. Ce mensonge a certainement une signification, mais laquelle ? Il faudra y réfléchir. Et puis, il y a quelque chose de vulgaire chez Pat. D'après ce que m'ont dit Tillie et Beverly, Elaine Boldt est plutôt du genre snob. Bizarre qu'elle ait choisi pour amie une femme ayant aussi peu de classe.

Deux immeubles plus loin, je trouve une cabine téléphonique d'où j'appelle Mme Ochsner, au 317. Elle répond à la huitième sonnerie.

— Allô ?

Je me présente et lui annonce que je suis en Floride.

— Je viens de chez Pat Usher et je ne veux pas qu'elle

sache que je vous ai contactée. Pouvons-nous nous retrouver quelque part ?

— Oui, ce serait amusant, dit Mme Ochsner. Comment faire ? Si je descendais jusqu'à la buanderie par l'ascenseur. C'est tout près du parking. Vous pourriez passer me prendre là-bas.

— Entendu. J'y serai dans dix minutes.

— Disons un quart d'heure. Je suis plus lente que vous ne le pensez.

La vieille dame que j'aide à monter dans ma voiture est sortie en clopinant de la buanderie, appuyée sur une canne. Elle est menue, avec une bosse de la taille d'un sac à dos et des cheveux blancs qui se dressent sur sa tête, comme du pissenlit. Son visage est tout fripé, les rhumatismes ont déformé ses mains et ses chevilles sont enroulées dans des bandages. Sa robe d'intérieur a l'air de pendre sur son corps décharné et elle porte deux vêtements sur le bras gauche.

— Je vais déposer ça à la blanchisserie, dit-elle. Vous pourrez les y amener. Et il faut que je m'arrête aussi au marché. Je n'ai plus de céréales ni de crème.

Le comportement est énergique, la voix chevrotante mais vibrante d'excitation. Je me remets au volant et démarre en jetant un coup d'œil au troisième étage pour m'assurer que Pat Usher ne fait pas le guet derrière ses rideaux. Apparemment, non. Mme Ochsner me dévisage avec une curiosité non déguisée.

— Je ne vous imaginais pas du tout comme ça, dit-elle. Je vous voyais blonde, avec les yeux bleus. Ils sont de quelle couleur, gris ?

— Noisette, dis-je en abaissant mes lunettes de soleil. Où se trouve la blanchisserie ?

— Première rue à droite. Ça s'appelle comment, votre coupe de cheveux ?

Je jette un coup d'œil à mon reflet dans le rétroviseur.

— Je ne crois pas qu'elle porte un nom. Je fais ça

moi-même toutes les six semaines avec des ciseaux à ongles. Comme je n'aime pas me compliquer la vie, je les garde courts. Pourquoi, vous trouvez que ça ne me va pas ?

— Je ne vous connais pas encore assez pour le dire. Et moi ? Je suis telle que vous l'imaginiez ?

Je la regarde.

— Au téléphone, vous avez l'air d'un vrai démon.

— Je l'étais quand j'avais votre âge. Maintenant je fais attention. Je ne tiens pas à passer pour une vieille piquée. Tous mes meilleurs amis sont morts. Il ne me reste plus que les grincheux. Pour Elaine, vous avez un peu avancé ?

— Pas beaucoup. Pat Usher prétend qu'elle est vraiment venue passer quelques jours à Boca puis qu'elle est repartie.

— Non, elle n'est pas venue.

— Vous en êtes sûre ?

— Evidemment. En arrivant, elle frappait toujours à la cloison. C'était notre petit code. Elle le fait depuis des années. Elle passait aussi me voir dans l'heure qui suit et on convenait d'une date pour un bridge parce qu'elle savait combien c'était important pour moi.

Je me gare devant la blanchisserie et je prends les deux robes.

— Je suis de retour dans une minute.

Quand j'ai fini les courses de Mme Ochsner, nous bavardons un bon moment dans la voiture. Je lui relate ma conversation avec Pat Usher.

— Madame Ochsner, que pensez-vous d'elle ?

— Elle est trop agressive, dit-elle. Au début, elle a essayé de se concilier mes bonnes grâces. Parfois, quand je prenais le soleil sur mon balcon, elle engageait la conversation. Elle empestait le tabac.

— De quoi parliez-vous ?

— Oh, ça ne volait pas bien haut, croyez-moi. La plupart du temps, elle parlait de nourriture, mais je ne l'ai jamais vue avaler quoi que ce soit. Et d'un égocentrisme... ! Je ne me souviens pas qu'elle m'ait un jour posé une question sur moi-même. Ça ne lui est tout bonnement pas venu à l'esprit. L'écouter m'ennuyait à mourir et j'ai fini par l'éviter le plus possible. Maintenant, elle se montre grossière parce qu'elle sait que je ne l'apprécie pas. Les gens peu sûrs d'eux sont très sensibles à tout ce qui confirme la médiocre opinion qu'ils ont d'eux-mêmes.

— A-t-elle mentionné le nom d'Elaine?

— Oui. Elle m'a dit qu'Elaine était en voyage, ce qui m'a semblé bizarre. Jamais elle n'est venue ici pour repartir aussitôt après. Pourquoi l'aurait-elle fait ?

— Connaissez-vous d'autres personnes avec qui Elaine aurait pu rester en contact? Des amis ou des parents dans la région?

— A priori, je ne vois pas. J'imagine que ses amis les plus proches sont en Californie, puisqu'elle vit le plus souvent là-bas.

Nous bavardons encore une bonne heure, de choses et d'autres. Un peu avant 11 heures, je la remercie et la reconduis au parking en lui laissant ma carte de visite pour qu'elle puisse me rappeler en cas de besoin, puis je la regarde claudiquer jusqu'à l'ascenseur.

Je descends ensuite à la plage où je m'installe sur un banc pour noter tout ce dont je me souviens. Quand j'ai fini, je retire mes chaussures pour faire un peu trempette. Dommage que je n'aie pas le temps aussi de faire un petit somme au soleil.

Je déjeune somptueusement dans un snack-bar au bord de la route d'une soupe aux haricots noirs et d'une bolsa — une sorte de petit sac en pâte feuilletée et garni d'une viande hachée affreusement épicée. A quatre heures de l'après-midi je suis dans l'avion qui me ramène en Californie. J'aurai passé moins de douze heures en Floride et il n'est pas évident que je sois tellement plus avancée dans mes recherches. Pat Usher a peut-être dit la vérité en affirmant qu'Elaine était à Saratosa, mais j'en doute. Pour le moment, je suis surtout pressée de rentrer chez moi et je dors comme une souche jusqu'à Los Angeles.

Quand j'arrive au bureau le lendemain matin à neuf heures, je commence par remplir un formulaire destiné au service des permis de conduire de Tallahassee, en Floride, et un autre à celui de Sacramento. On ne sait jamais. Elaine a peut-être appris à conduire au cours des six derniers mois. J'adresse aussi des demandes similaires aux services des immatriculations des deux endroits, mais sans grand espoir. Ensuite, je sors l'annuaire pour y chercher les agences de voyages proches de l'appartement d'Elaine. Je saurai au moins si elle a pris une réservation et si son billet a été utilisé. Jusqu'à présent, seule la parole de Pat Usher prouve qu'Elaine est arrivée à Miami. En fait, elle n'est peut-être jamais arrivée à l'aéroport de Santa Teresa, à moins qu'elle n'ait fait escale en route. A vérifier point par point. Dans la vie d'un détective privé, il n'y a pas de place pour l'impatience, la négligence ou les états d'âme. Exactement comme pour les mères de famille.

La plupart de mes enquêtes se font ainsi. D'interminables prises de notes, des vérifications et des contre-vérifications sans fin, la poursuite méticuleuse de pistes qui parfois ne mènent nulle part.

Difficile de garder l'anonymat de nos jours. S'informer sur quelqu'un est un jeu d'enfant : dossiers de crédits sur micro-fiches, livrets militaires, procès, mariages, divorces, testaments, naissances, décès, permis de conduire ou de port d'arme, immatriculation de véhicules. Si vous voulez jouer les invisibles, payez tout en espèces et si vous prenez des libertés avec la loi, arrangez-vous pour ne pas vous faire pincer. Sinon, n'importe quel détective digne de ce nom, ou même un simple particulier, curieux, futé et patient, finira par vous mettre la main dessus. Je m'étonne que les gens ne soient pas plus paranoïaques. La plupart de nos données personnelles figurent dans des fichiers publics. Il suffit de savoir où et comment chercher. Et ne vous croyez pas à l'abri parce que l'Etat ignore certains détails sur vous: votre voisin de palier en fera profiter n'importe qui, souvent pour moins d'un dollar. En conclusion, si le droit chemin ne me conduit pas à Elaine Boldt, je prendrai un chemin de traverse. D'après Tillie, elle est partie pour Boca il y a deux semaines, par un vol de nuit, et elle n'aimait guère cela. Elle avait dit à Tillie qu'elle était malade, qu'elle quittait la Floride sur ordre de son médecin, mais jusqu'ici rien ne confirme ce point. Elaine a pu mentir à Tillie. Tillie a pu me mentir à moi. Et d'après Pat Usher, Elaine est à Saratosa. Quant à moi, je ne suis pas au bout de mes peines.

Après avoir limité ma liste à six agences de voyages possibles, j'appelle Beverly Danziger pour lui rendre compte de mon voyage en Floride. J'ai aussi quelques questions à lui poser.

— Et votre famille? Vos parents sont-ils encore en vie?

— Non, ils sont morts depuis des années. D'ailleurs nous n'avons jamais été une famille très unie. Je ne crois même pas qu'Elaine ait gardé le contact avec aucun de nos oncles ou cousins.

— Et professionnellement? Quel métier exerce-t-elle?

Beverly éclate de rire.

— Vous n'avez pas encore compris quel genre de fille est Elaine. Elle n'a jamais levé le petit doigt de sa vie.

— Mais elle a bien une carte de sécurité sociale? Si elle a travaillé, même très brièvement, j'aurai une piste de plus.

— Sûrement. Seulement elle n'a jamais travaillé. Elaine était une enfant gâtée. Elle s'imaginait que tout lui était dû et ce qu'on ne lui offrait pas sur un plateau, elle le prenait, sans complexes.

Comme je ne suis pas d'humeur à écouter Beverly étaler ses griefs passés j'oriente la conversation dans un autre sens.

— Venons-en à l'essentiel. Je pense que nous devrions alerter le bureau de recherche dans l'intérêt des familles. Nous élargirons ainsi notre champ d'activité et cela nous permettra d'éliminer certaines possibilités. Croyez-moi, au point où nous en sommes, n'importe quoi peut nous aider.

Le silence est si absolu que je crois un instant qu'elle a raccroché.

— Allô?

— Oui, je suis toujours là, dit-elle. Je ne comprends tout simplement pas pourquoi vous tenez à tout prix à prévenir la police.

— Parce que c'est la seule chose logique à faire. Il se peut qu'elle soit en Floride, mais supposez qu'elle n'y soit pas. Car pour l'instant nous n'avons que la parole de Pat Usher pour étayer cette hypothèse. Pourquoi ne pas faire des recherches à grande échelle? Demandons au service des personnes disparues à Boca Raton de faire une enquête ou je ne sais quoi à Saratosa et voyons ce que ça donne. En tout cas, on saura au moins si elle n'est pas malade, morte ou en prison.

— Morte?

— Oui, je suis désolée. Je sais que c'est horrible à entendre mais c'est une éventualité. Quoi qu'il en soit, les flics peuvent avoir accès à des informations sur lesquelles je n'ai aucune chance de mettre la main.

— Pas question. Je veux simplement sa signature. Je vous ai engagée parce que je pensais que c'était le moyen le plus rapide de la retrouver. Je ne pense pas que ça regarde la police. Je ne veux pas que vous fassiez cela, vous comprenez?

— Oui, mais alors qu'est-ce que je fais? Vous ne

pouvez pas me demander de retrouver votre sœur tout en me privant des moyens d'y parvenir.

— Et pourquoi pas, si je le juge utile ? Je ne comprends pas que vous vous obstiniez à ce point.

Cette fois, c'est de mon côté que vient le silence. Qu'est-ce qui peut bien la mettre aussi mal à l'aise ?

— Beverly, ai-je commis une erreur quelque part ? Me demandez-vous d'abandonner ?

— Eh bien, je n'en sais rien. Laissez-moi y réfléchir et je vous rappellerai. Je ne pensais pas que ça poserait problème et je ne suis pas sûre de vouloir que vous continuiez. Peut-être M. Wender peut-il régler cette succession sans la signature d'Elaine. Peut-être trouvera-t-il une astuce pour bloquer simplement sa part jusqu'à son retour.

— Ce n'est pas ce que vous aviez l'air de penser il y a deux jours, dis-je.

— J'étais peut-être dans l'erreur. Oublions tout ça pour le moment, d'accord ? Je vous rappellerai si je veux que vous poursuiviez les recherches. En attendant, si vous m'envoyiez votre rapport et le détail de vos frais ? Il faut que je parle à mon mari de ce qu'il convient de faire maintenant.

— D'accord, dis-je, passablement perplexe. Mais permettez-moi de vous dire que je suis inquiète.

— Eh bien, il n'y a pas de quoi, dit-elle.

Et là-dessus elle raccroche.

Qu'est-ce que c'est que cette embrouille ? Elle est angoissée, c'est un fait, et le message est clair. Je ne suis pas virée, elle m'a simplement mise en attente et je ne suis donc pas censée poursuivre sans ses instructions.

Je m'installe derrière ma machine à écrire sans le moindre entrain et tape mon rapport. Je dresse aussi la liste de mes frais, ce qui me donne un total de neuf cent quatre-vingt-seize dollars. Possible qu'à présent elle se lave complètement les mains de cette affaire. A mon avis, l'idée d'engager un détective privé l'a amusée, histoire de créer des ennuis à Elaine, cette vilaine fille qui avait refusé de signer comme on le lui demandait. Et voilà que Beverly se rend compte tout à coup qu'elle s'est fourrée dans un fameux guêpier.

Je ferme le bureau et poste mon rapport avant de rentrer chez moi. Elaine Boldt figure toujours au nombre des personnes disparues et cette idée ne me plaît pas. Mais alors pas du tout.

CHAPITRE V

Mon téléphone se met à sonner à deux heures huit du matin. Je décroche machinalement, encore complètement abrutie de sommeil.

— Kinsey Millhone?

C'est une voix d'homme, parfaitement neutre. Je comprends tout de suite que j'ai un flic au bout du fil. Ils parlent tous sur ce ton-là.

— Oui. Qui est à l'appareil?

— Madame Millhone, ici le patrouilleur Benedict de la police de Santa Teresa. On nous a appelé pour un 594 au 2097 de Via Madrian, appartement 1, et une certaine Mme Tillie Ahlberg vous demande. Vous serait-il possible de nous aider? Nous avons envoyé une femme policier sur les lieux mais cette Mme Ahlberg ne veut avoir affaire qu'à vous.

Je me dresse sur un coude tandis que mon cerveau se remet lentement à fonctionner.

— C'est quoi, un 594? Vandalisme?

— Oui, madame.

Le patrouilleur Benedict n'a manifestement pas l'intention de me donner de détails. Je risque quand même une autre question.

— Tillie va bien?

— Oui, elle n'est pas blessée mais elle est sous le choc. Nous ne voudrions pas vous déranger mais le lieutenant nous a autorisés à vous contacter.

— J'arrive dans cinq minutes, dis-je, et je raccroche.

Je repousse le couvre-lit, attrape mon jean et mon chandail et enfile mes bottes sans même me lever. Je dors généralement nue, enroulée dans le couvre-lit parce que j'ai toujours la flemme de déplier le canapé-lit. Dans la salle de bain, je me brosse les dents et me passe un peu d'eau sur le visage. Je me passe les doigts dans les cheveux tout en attrapant mes clés au vol et cours vers ma voiture. Comme les rues sont pratiquement vides à cette heure-là, j'arrive chez Tillie en un temps record, d'autant plus que je n'ai pas perdu une seule occasion de brûler les feux rouges. Il y a une voiture de police garée devant le 2097 et les lumières sont toutes allumées chez Tillie mais pour le reste tout a l'air calme. Pas de lumière rouges clignotantes, pas de voisins massés sur le trottoir. Je m'annonce par l'interphone et quelqu'un me fait entrer. Quelques locataires en pyjama et robe de chambre sont sortis dans le couloir, mais un patrouilleur en uniforme s'efforce de les renvoyer au lit. En m'apercevant, il s'approche, les mains sur les hanches. Le visage est très jeune et le regard curieusement vieux. J'ai déjà remarqué ces yeux-là chez ceux qui en ont vu plus qu'un homme normal ne peut supporter.

Je lui tends la main.

— Vous êtes Benedict ?

— Oui. Madame Millhone, je suppose ? Ravi de vous connaître. Et merci d'être venue. On peut entrer, si vous voulez. L'agent Redfern est avec elle.

Je le remercie et le suis dans l'appartement. Le salon a l'air d'avoir été dévasté par une tornade. Je passe dans la cuisine où Tillie est assise à la table, les mains serrées contre les genoux, ses taches de rousseur ressortant sur son visage pâle comme des grains de poivre. Une femme policier d'environ quarante ans est assise en face d'elle et prend des notes. D'après son badge, elle s'appelle Isabelle Redfern et parle à Tillie d'une voix basse et grave, comme elle parlerait à un candidat au suicide pour l'empêcher de sauter du parapet d'un pont.

Quant Tillie m'aperçoit, ses yeux se remplissent de larmes et elle se met à trembler, comme si elle n'avait attendu que ma visite pour se laisser enfin aller. Je m'agenouille à côté d'elle et lui prends les mains.

— Tout va bien maintenant. Que s'est-il passé ?

Elle ouvre la bouche mais il n'en sort qu'un sifflement poussif, comme si quelqu'un venait de marcher sur un canard en plastique. Finalement elle réussit à articuler quelques phrases.

— Quelqu'un s'est introduit chez moi. Je me suis réveillée et j'ai vu une femme sur le seuil de ma chambre. Mon Dieu, j'ai cru que mon cœur allait s'arrêter de battre. J'étais si terrifiée que je ne pouvais même pas bouger. Et puis... et puis elle a commencé. Elle s'est mise à couiner et s'est ruée dans le salon. Elle a tout démoli, tout piétiné.

Tillie porte un mouchoir à sa bouche et ferme les yeux. L'agent Redfern et moi échangeons un regard. Vraiment bizarre, cette histoire. Je passe un bras autour des épaules de Tillie.

— Allons, Tillie, c'est fini et vous êtes en sécurité.

— J'ai eu si peur. Si peur. J'ai cru qu'elle allait me tuer. Elle avait l'air complètement folle. Elle haletait et hurlait en fracassant tout ce qui lui tombait sous la main. J'ai claqué la porte de ma chambre et je l'ai verrouillée puis j'ai composé le 911. Et tout à coup ça a été le silence, mais je n'ai pas ouvert ma porte avant l'arrivée de la police.

— Vous avez été formidable, Tillie. Je sais que vous avez eu peur, mais vous avez fait exactement ce qu'il fallait. Et maintenant tout va bien.

L'agent Redfern se penche vers elle.

— Avez-vous bien pu voir cette femme ?

Tillie hoche la tête et se remet à trembler.

Cette fois c'est la femme policier qui lui prend les mains.

— Respirez un bon coup et détendez-vous. Tout va

bien. Avez-vous des calmants sous la main, ou de l'alcool ?

Je me lève et ouvre au hasard un des placards de la cuisine, puis un autre. Pas la moindre boisson alcoolisée en vue. Je finis par trouver une bouteille d'extrait de vanille dont je verse le contenu dans un pot à confiture.

Tillie l'avale sans même voir ce que c'est. Et presque aussitôt elle se calme.

— Je n'ai jamais vu cette femme de ma vie, dit-elle bien distinctement. C'était une folle. Une cinglée. Je ne sais mêmc pas comment elle est entrée.

L'agent Redfern lève la tête de son carnet.

— Madame Ahlberg, il n'y a aucun signe d'effraction. Cette femme possédait donc une clé. En avez-vous donné une à quelqu'un récemment ? Quelqu'un qui serait venu arroser vos plantes en votre absence, par exemple ?

Tout d'abord Tillie hoche la tête, puis se fige et me regarde, les yeux soudain remplis de frayeur.

— Elaine. Elle est la seule personne à avoir jamais eu une clé.

Elle se tourne vers la femme policier.

— C'est une voisine. Elle occupe l'appartement au-dessus du mien. Je lui ai donné une clé l'automne dernier quand je suis partie en voyage à San Diego.

J'explique le reste : la disparition d'Elaine, le fait que sa sœur m'ait engagée pour la retrouver.

Quand Redfern et Benedict ont enfin fini il est 3 heures du matin et Tillie est épuisée. Ils lui demandent de venir au commissariat dans la matinée pour signer une déposition. Quant à moi, j'annonce que je vais rester avec elle jusqu'à ce qu'elle soit remise du choc.

Une fois les flics partis, Tillie et moi nous regardons un bon moment sans rien dire. Puis je me décide tout de même à poser une question.

— Cela pouvait-il être Elaine ?

— Je ne sais pas, dit-elle. Je ne crois pas, mais il faisait sombre et je n'avais pas toute ma tête.

— Et sa sœur? Avez-vous déjà rencontré Beverly Danziger? Ou une certaine Pat Usher?

Tillie hoche la tête sans rien dire. Elle est encore très pâle et maîtrise difficilement le tremblement de ses mains.

Je me lève pour aller dans le salon et estimer les dégâts d'un peu plus près. Le grand secrétaire à portes vitrées a été renversé et s'est écrasé sur la table basse qui n'a pas l'air d'avoir résisté au choc. Le canapé éventré vomit de la mousse. Les rideaux sont déchirés, les vitres brisées, les lampes et les magazines ont été jetés à terre et baignent dans l'eau des pots de fleurs cassés en petits morceaux. Folie pure ou rage meurtrière? En tout cas, le lien avec la disparition d'Elaine me paraît évident. Je me demande s'il y a moyen de savoir où Beverly Danziger a passé la nuit. Avec ses airs de poupée de porcelaine, difficile de l'imaginer en cyclone dévastateur, mais qu'est-ce que je sais d'elle, au fond? Elle vient peut-être tout juste de s'échapper d'un asile?

Je retourne dans la cuisine. Tillie n'a pas bougé mais le regard qu'elle lève sur moi est apeuré et suppliant.

— Mettons un peu d'ordre là-dedans, dis-je. De toute façon, ni vous ni moi ne dormirons plus cette nuit. Où rangez-vous le balai et la pelle?

Elle m'indique un placard d'un geste puis se lève avec un soupir et nous nous mettons au travail.

Quand l'appartement a repris un aspect à peu près normal, je dis à Tillie que j'aimerais avoir la clé de l'appartement d'Elaine.

— Pour quoi faire? demande-t-elle craintivement.

— Je voudrais vérifier quelque chose. Elle est peut-être passée là-bas.

— Je viens avec vous, propose-t-elle très vite.

Je me demande vaguement si elle a l'intention de me suivre comme un toutou jusqu'à la fin de ses jours. Mais je la serre un bref instant contre moi et lui dis de m'attendre, le temps que j'aille jusqu'à ma Volkswagen. Elle secoue la tête et me suit dehors.

Je sors mon semi-automatique de la boîte à gants. Dans la vie d'un privé, les fusillades sont infiniment plus rares que les heures de recherches de base, mais dans certaines circonstances la pointe d'un stylo à bille ne sert vraiment à rien. Je glisse l'arme dans la poche arrière de mon jean et retourne à l'ascenseur, Tillie toujours sur mes talons.

— Je croyais qu'il était illégal de porter une arme cachée comme ça, dit-elle, mal à l'aise.

— C'est pourquoi j'ai un permis.

— Mais on m'a toujours dit que ces engins étaient dangereux.

— Evidemment qu'ils sont dangereux ! C'est même leur raison d'être. Vous ne voudriez tout de même pas que j'entre avec un journal roulé à la main.

L'explication ne la rassure visiblement pas, mais que faire ? Je sors mon automatique puis glisse la clé dans la serrure et pousse la porte. Tillie se cramponne à ma manche comme une petite fille. J'attends un instant, le cœur battant. Pas un bruit à l'intérieur. Je cherche l'interrupteur à tâtons, j'allume. Toujours rien. Je fais signe à Tillie de m'attendre sur le seuil pendant que je fais rapidement le tour de l'appartement. Apparemment, personne n'y est venu depuis ma dernière visite. Je retourne vers l'entrée, fais signe à Tillie de me suivre et verrouille la porte derrière nous.

En fouillant rapidement le bureau d'Elaine, je trouve son passeport dans le troisième tiroir. Il est toujous valide mais n'a pas été utilisé depuis un séjour au Mexique trois ans plus tôt. Je glisse le passeport dans ma poche. Si Elaine est toujours dans les parages, je ne tiens pas à ce qu'elle se serve de son passeport pour filer à l'étranger. Il y a autre chose qui me turlupine mais je suis incapable de savoir quoi. Peu importe, ça me reviendra en temps utile.

Je raccompagne Tillie jusqu'à sa porte.

— Ecoutez, dis-je, dès que vous en aurez l'occasion, passez soigneusement votre appartement en revue et regardez s'il manque quelque chose. Quand vous irez au commissariat, ils vous demanderont la liste des objets volés. Votre assurance couvre-t-elle ce genre de dommages ?

— Je ne sais pas, dit-elle. Je vais vérifier. Vous voulez une tasse de thé ?

Elle a l'air tout triste et se cramponne à ma main.

— Tillie, j'aimerais beaucoup, mais il faut que j'y aille. Je sais que ça a été dur pour vous, mais tout ira bien. Y a-t-il quelqu'un dans l'immeuble qui puisse vous tenir compagnie ?

— Peut-être la dame du 6. Je sais qu'elle se lève tôt. Je vais essayer. Merci, Kinsey. Merci de tout cœur.

— J'ai été heureuse de pouvoir vous aider. On se voit bientôt. Essayez de dormir, si vous le pouvez.

Elle me regarde partir d'un air malheureux. Je monte dans ma voiture, remets mon automatique dans la boîte à gants et démarre, direction la maison. Les questions se bousculent dans ma tête mais je suis vraiment trop vannée pour y réfléchir. Quand je m'enroule enfin à nouveau dans mon couvre-lit l'aube pointe à l'horizon.

Il n'est que huit heures quand la sonnerie du téléphone me vrille de nouveau les oreilles. Je venais juste de plonger dans un de ces sommeils merveilleusement lourds, où le système nerveux se transforme en plomb et où on a l'impression qu'une force magnétique vous plaque sur le lit. Arracher quelqu'un à un sommeil pareil, devrait être puni par la loi.

Je marmonne un vague « quoi » mais à part de la friture sur la ligne je n'entends rien. Et si c'était un obsédé sexuel appelant de très loin. Je risque quand même un « allô » bien net.

— Ah, c'est vous ! Je croyais m'être trompée de numéro. Ici Julia Ochsner, en Floride. Je vous réveille ?

— Non, ne vous inquiétez pas, dis-je. Qu'est-ce qui se passe ?

— Je suis tombée sur une information dont je me suis dit qu'elle pourrait vous intéresser. On dirait que la dénommée Pat Usher dit vrai en affirmant qu'Elaine était venue en Floride en janvier, du moins jusqu'à Miami.

— Vraiment ? dis-je en m'asseyant péniblement. Qu'est-ce qui vous fait croire ça ?

— J'ai trouvé son billet d'avion dans la poubelle, dit-elle fièrement. Vous n'imaginerez jamais ce que j'ai fait. Elle faisait ses bagages et elle a laissé plusieurs cartons pleins de vieilleries et d'ordures dans le couloir. J'étais descendue chez le gérant et c'est en remontant que j'ai remarqué le billet. Il était pratiquement sur le dessus, à moitié caché et j'ai voulu savoir à quel nom il avait été établi. Je pouvais difficilement frapper à sa porte et lui poser la question, alors j'ai attendu qu'elle descende au parking avec un tas de vêtements et j'ai volé le billet.

— Julia, pourquoi avoir fait une chose pareille ? Et si elle vous avait surprise ?

— Et alors ? Je me suis follement amusée. En rentrant chez moi, j'ai dû m'allonger un moment tellement j'avais le fou rire.

— Alors tant mieux. Mais vous ne devinerez jamais ce qui m'est arrivé entre-temps, dis-je. J'ai été virée.

— Virée ?

— Plus ou moins. La sœur d'Elaine m'a dit de tout arrêter pour l'instant. Quand je lui ai conseillé de prévenir la police ça l'a rendue très nerveuse.

— Je ne comprends pas. Pourquoi y verrait-elle une objection ?

— Ne me le demandez pas à moi. Quand Elaine a-t-elle quitté Santa Teresa ? Vous avez la date ?

— On dirait le neuf janvier. Le retour est resté ouvert.

— Eh bien, voilà qui nous aide un peu. Vous pourriez

m'envoyer le billet par la poste ? Beverly va peut-être me virer pour de bon.

— Ce serait ridicule ! Et si Elaine a des ennuis ?

— Que puis-je faire ? Je suis payée pour suivre des instructions. Je ne peux pas folâtrer à ma guise.

— Et si je vous engageais moi-même ?

J'hésite, interloquée par cette idée, mais pas hostile du tout.

— Je ne sais pas. Ça pourrait devenir délicat. Evidemment, je pourrais mettre un terme à mes relations avec elle, mais en aucun cas je ne pourrais vous communiquer des informations que j'aurais découvertes pour elle. Vous et mois devrions recommencer depuis le début.

— Tout à fait d'accord.

— Je pense que dans la mesure où il n'y a pas de conflit d'intérêt, je peux travailler pour vous. Je mettrai Beverly au courant mais je ne vois pas comment elle pourrait s'y opposer. Etes-vous sûrc dc vouloir dépenser votre argent pour une affaire pareille ?

— Absolument. J'en ai beaucoup et je veux savoir cc qui est arrivé à Elaine. En plus, je n'ai jamais rien vécu d'aussi excitant. Vous me tiendrez au courant, n'est-ce pas ?

— Evidemment. Je vais aller flairer un peu à droite à gauche et je vous rappelle. Et entre-temps, Julia, faites-moi un grand plaisir : faites très attention à vous.

Pour toute réponse, elle se met à rire.

CHAPITRE VI

Je reste sous la douche jusqu'à épuisement de l'eau chaude puis j'enfile un jean, un pull de coton et mes bottes préférées. Juste avant de partir, je m'enfonce sur la tête un chapeau de cuir souple à bride et j'étudie l'effet dans le miroir. Pas mal.

Je commence par faire un tour au bureau où je rédige la lettre qui met fin à mes relations avec Beverly Danziger. Je suis sûre que ça va lui en boucher un coin, ce qui me donne un agréable sentiment de satisfaction. Je passe ensuite dans les bureaux de la California Fidelity Insurrance, juste à côté, pour faire une photocopie de la liste de mes notes de frais que je glisse dans une enveloppe avec la lettre et un exemplaire de mon dernier rapport. Ma prochaine étape est pour le poste de police de Floresta où je fais enregistrer par un certain sergent Jonah Ross une déclaration de disparition concernant Elaine Boldt.

Quand il a fini de taper, il lève vers moi un regard bleu mâtiné de vert. Il a la quarantaine et avec dix kilos de moins il serait tout à fait appétissant.

— Vous voulez ajouter quelque chose ?

— Sa voisine de palier en Floride doit m'expédier un billet d'avion qu'elle a manifestement utilisé. J'y jetterai un coup d'œil pour voir s'il nous apprend quelque chose. Une amie à elle, Pat Usher, jure ses grands dieux qu'elle a passé quelques jours avec Elaine Boldt avant son départ pour Saratosa mais je doute qu'elle dise la vérité.

— Elle finira par refaire surface. C'est toujours comme ça. Avant, vous étiez flic, n'est-ce pas?

— Pas longtemps, dis-je. Ça n'a pas marché. Sans doute n'avais-je pas suffisamment le sens de la discipline. Et vous? Depuis combien de temps faites-vous partie de la maison?

— Huit ans. Avant, j'étais représentant médical. Un jour j'en ai eu assez de faire de la route dans des bagnoles tout juste bonnes pour la casse et de tirer les sonnettes des toubibs. De toute façon, ce n'était jamais que de la publicité. La maladie est un fameux marché. Enfin, j'espère qu'on retrouvera cette dame. On fera ce qu'on pourra.

— Merci, dis-je. Je vous appelle dans le courant de la semaine.

Je ramasse mon sac et me dirige vers la porte.

— Hé, dit-il.

Je me retourne.

— J'aime bien votre chapeau.

Je souris.

En passant devant le bureau d'accueil sur le chemin de la sortie j'aperçois le lieutenant Dolan en discussion avec un jeune agent noir en uniforme. Son regard m'effleure puis se fait plus attentif. Il met fin à l'entretien avec son interlocuteur et se dirige tranquillement vers moi. La cinquantaine bien tassée, Dolan a le visage carré avec sur le sommet du crâne un endroit dégarni qu'il essaie de recouvrir du mieux qu'il peut avec ce qui lui reste de cheveux. C'est bien le seul signe de vanité chez lui, ce qui, d'une certaine manière, me réjouit. Je l'imagine debout devant le miroir de sa salle de bain chaque matin, tentant de limiter les dégâts d'une calvitie galopante. Il porte des lunettes à double foyer sans monture, visiblement neuve car il a du mal à me cibler. Il finit par les retirer et les mettre dans sa poche.

— Salut, Kinsey. Je vous ai pas revue depuis cette fusillade. Comment ça va?

Une sensation de malaise m'envahit. Deux semaines plus tôt, j'ai tué quelqu'un au cours d'une enquête et depuis j'évite le sujet. Jusqu'à ce que Dolan y fasse allusion, j'avais même l'impression de l'avoir complètement évacué de mon esprit. Apparemment ce n'est pas le cas, car le choc est rude.

— Je vais bien, dis-je simplement, mais en détournant les yeux.

En un éclair, je revois la plage cette nuit-là, le rayon de lumière quand la grande poubelle dans laquelle je me cachais s'est ouverte et que j'ai levé les yeux. Mon semi-automatique a sauté dans ma main comme sous le coup d'un réflexe incontrôlé et j'ai pressé la détente plusieurs fois, alors que ce n'était pas vraiment nécessaire pour faire le travail. Dans cet espace confiné, la détonation a été assourdissante et je l'entends encore aujourd'hui. Puis l'image disparaît, aussi vite qu'elle était apparue. D'après la tête de Dolan, il donnerait cher pour retirer ce qu'il a dit.

Mes relations avec Con Dolan ont toujours été conflictuelles, distantes, mais fondées sur un respect mutuel, encore que réticent. Il n'aime pas les détectives privés. C'est une règle chez lui. Les enquêtes doivent être confiées aux professionnels, un point c'est tout. Et pourtant je fantasme sur le jour où nous échangerons des potins sur les affaires criminelles en cours comme deux vieilles dames autour d'une tasse de thé. Evidemment, ce n'est pas demain la veille.

— Désolée, dis-je. Vous m'avez prise au dépourvu et je crois que je n'ai pas encore tout à fait repris le dessus.

En fait, ce qui m'a surprise, c'est de réaliser que j'avais tué quelqu'un et que je m'en moquais un peu. Non, ce n'est pas vrai. Je ne m'en moque pas du tout. Ma vie était en danger et si c'était à refaire je n'hésiterais pas.

— Qu'est-ce que vous êtes venue faire ici ? demande Dolan.

— Je viens de remplir une déclaration au sujet d'une personne disparue pour une cliente, dis-je.

J'hésite à poursuivre. Et s'il avait rencontré Elaine pendant l'enquête qui avait suivi l'incendie en face de chez elle ?

Je poursuis quand même.

— Vous êtes-vous occupé du meurtre de Marty Grice en janvier dernier ?

Il me regarde et son regard s'approche, comme une anémone de mer. Apparemment la réponse est oui.

— Pourquoi ?

— Je me demandais si vous aviez interrogé une certaine Elaine Boldt. Elle habite juste à côté.

— Le nom me dit quelque chose, répond-il prudemment. Je lui ai parlé au téléphone. Elle était censée venir nous voir mais je ne crois pas qu'elle se soit jamais montrée. Une cliente à vous ?

— Non, c'est elle que je recherche.

— Depuis combien de temps a-t-elle disparu ?

Je lui donne les informations que je possède et je vois qu'il passe en revue les mêmes possibilités que moi. Dans le comté de Santa Teresa, on signale chaque année la disparition d'environ quatre mille personnes. La plupart sont retrouvées rapidement mais les autres s'évanouissent pour de bon dans la nature.

Il enfonce les mains dans ses poches en se balançant sur ses talons.

— Quant elle refera surface, rappelez-lui que je l'attends toujours, dit-il.

Là, je suis sidérée.

— L'affaire n'est pas encore classée ?

— Non, je n'ai pas l'intention d'en discuter avec vous. Ça ne regarde que la police, dit-il. (C'est son expression favorite).

— Du calme, lieutenant. Personne ne vous a rien demandé.

Ce chameau pense avoir le droit de mettre la main sur toutes les informations que je possède alors que lui ne m'en donne jamais une miette. J'écume de rage, il le sait et c'est sûrement ce qui le fait sourire.

— Je voulais simplement vous mettre en garde contre cette mauvaise habitude que vous avez contractée de fourrer votre nez dans ce qui ne vous regarde pas.

— Peut-être, mais ça vous a déjà rendu service, dis-je. En attendant, si vous voulez parler à Elaine Boldt, débrouillez-vous donc pour la trouver tout seul.

Là-dessus, je tourne les talons et je me dirige vers la sortie.

Dehors il fait délicieusement doux. Il n'a pas plu depuis des semaines et l'herbe est si sèche qu'elle a l'air artificielle. Quand ma fureur s'est un peu calmée, je me dis que Dolan m'a vraiment ouvert un nouvel horizon et je me demande si le départ d'Elaine coïncide avec le meurtre de Marty Grice ou s'il y est lié d'une manière ou d'une autre. Si la scène de vandalisme chez Tillie l'était, pourquoi pas cela ? Elaine a-t-elle disparu pour éviter de répondre aux questions du lieutenant Dolan ? Connaître quelques dates précises devrait certainement m'aider.

Je prends la direction des bureaux du journal local, six rues plus loin, et demande au préposé aux archives de me retrouver les articles sur la mort de Marty Grice. Il n'y en a qu'un seul. C'est à peine plus qu'un entrefilet, page 8, en date du 4 janvier. En titre : « Une ménagère tuée par un cambrioleur qui a ensuite brûlé le corps, dit la police. » Et le texte : « Une habitante de Santa Teresa a été frappée à mort, probablement durant un cambriolage, dans le quartier ouest la nuit dernière. Selon la brigade criminelle, Martha Renée Grice, âgée de quarante-cinq ans et domiciliée 2095 Via Madrina a été atteinte à plusieurs reprises par un instrument contondant et arrosée d'un liquide inflammable. Le corps de la victime, horriblement brûlé, a été découvert dans l'entrée partiellement détruite d'un pavillon de Santa Teresa après que les pompiers eurent lutté contre l'incendie pendant une demi-heure. Le feu a été détecté par des voisins à 21 h 55. Deux maisons contiguës ont dû être évacuées mais on ne signale pas d'autres blessés. »

Je trouve curieux qu'un crime aussi spectaculaire n'ait pas fait coulé plus d'encre. Peut-être les policiers n'avaient-ils aucun indice, ce qui les aurait poussés à minimiser la chose. Ceci expliquerait aussi l'attitude de Dolan. Son manque de coopération était peut-être simplement dû à un manque de preuves. Il n'y a rien que les flics détestent davantage. Je recopie l'article dans mon carnet puis je fais un crochet par la bibliothèque municipale où je consulte l'édition du printemps dernier de l'annuaire de Santa Teresa. Marta Grice figure bien au 2095 Via Madrina, de même qu'un certain Leonard Grice, entrepreneur du bâtiment. Probablement le mari. L'article ne parle pas de lui et je me demande où il se trouvait au moment du meurtre. Je trouve aussi dans l'annuaire le nom des voisins du 2093, Orris et May Snyder. Lui est retraité mais l'annuaire ne précise pas de quoi. Je note les noms et numéros de téléphone. Il serait intéressant de savoir si Elaine n'avait pas vu quelque chose dont elle ne tenait pas à parler. Et plus j'y pense, plus l'idée me plaît. Me voilà avec une piste toute neuve.

Je reprends ma voiture sur le parking derrière mon bureau et retourne Via Madrina. Il est près de midi quand j'arrive devant la maison des Grice. Avant l'incendie, c'était sûrement une maison blanche, en forme de L, avec un porche reposant sur deux gros piliers de brique. Maintenant, on dirait qu'elle a été soulevée avec un cric et qu'elle peut s'effondrer à tout moment. Un panneau a été planté dans l'herbe roussie pour interdire l'accès des lieux. Je me demande si on a déjà vidé la maison. J'espère que non, mais ce serait vraiment trop exiger de la chance. Ce que j'aimerais, c'est voir cet endroit tel qu'il était la nuit de l'incendie. Et je veux aussi avoir une petite conversation avec Leonard Grice. Seulement, rien n'indique que la maison soit habitée.

En me dirigeant vers l'appartement d'Elaine, je vois quelqu'un sortir de la petite remise en bois dans la cour des Grice. Je m'arrête pour mieux regarder. Un gamin, dans les dix-sept ans. Une coupe de cheveux à la punk : sept ou huit centimètres de ce qui ressemble à du foin rose pâle, avec un sentier tracé sur les deux côtés. Il a la tête penchée en avant, les mains enfoncées dans les poches d'un treillis de l'armée. Et soudain je me souviens l'avoir déjà vu — depuis la fenêtre de l'appartement d'Elaine, la première fois que j'y suis allée. Il se roulait un joint juste en bas. Et maintenant, qu'est-ce qu'il est en train de faire ? J'accélère le pas pour que nos chemins se croisent au moment où il franchira l'enceinte de la maison.

— Salut, dis-je.

Il me fixe, l'air étonné, puis arbore ce genre de sourire poli que les gosses réservent aux adultes.

— Salut.

Son visage ne va pas avec le reste. Il a les yeux profondément enfoncés dans les orbites, d'un vert jade, avec des longs cils noirs et des sourcils sombres et touffus qui se rejoignent au sommet de son nez. Le teint est clair, le sourire engageant, les dents un peu de gingois. Il jette un coup d'œil sur le côté, prêt à bifurquer. Je le rattrape par la manche.

— Je peux vous parler ?

Il regarde brièvement par-dessus son épaule.

— Vous, me parler à moi ?

— Oui. Je vous ai vu sortir de la remise. Vous habitez le coin ?

— Quoi ? Oui, c'est sûr. A quelques rues de là. Ça, c'est la maison de mon oncle Leonard. Il m'a chargé de garder un œil dessus, pour voir si personne ne fourre le nez dans ses affaires.

— Quel genre d'affaires ?

Les yeux vert jade me dévisagent avec curiosité.

— Vous êtes de la police ?

— Non, détective privée. Je m'appelle Kinsey Millhone.

— Hé, c'est fantastique ! dit-il. Moi, c'est Mike. Vous surveillez cet endroit ou quelque chose comme ça ?

Je hoche la tête.

— Je m'occupe d'une autre affaire mais j'ai entendu parler de l'incendie. C'est votre tante qui a été tuée ?

— Oui. C'était horrible. Remarquez, moi et elle on n'a jamais été très proches, mais mon oncle, ça lui a flanqué un sacré coup. C'est presque devenu un légume. Il vit avec une autre de mes tantes.

— Pouvez-vous me dire comment je peux le joindre ?

— Eh bien, ma tante s'appelle Lily Howe. Je n'ai pas le numéro en tête, sinon je vous aiderais volontiers.

Il s'est mis à rougir et l'effet est curieux. Des cheveux roses, des yeux verts, des joues roses, un treillis vert. Il a l'air d'un gâteau d'anniversaire. Et il a l'air aussi soudain très mal à l'aise. Je me demande pourquoi.

— Que faisiez-vous dans la remise ?

Il hausse les épaules et regarde derrière lui d'un air gêné.

— Je vérifiais le cadenas. Vous savez, je crois que je deviens un peu parano. L'oncle Leonard me paie dix dollars par mois et je ne veux pas bâcler le travail. Vous vouliez autre chose ? Parce qu'il faut que j'aille manger un morceau et après j'ai mes cours. D'accord ?

— Bien sûr. On se reverra peut-être plus tard.

— Oui, ce serait chouette. Quand vous voulez.

Il me sourit puis s'éloigne, d'abord à reculons, son regard rivé au mien. Enfin il se retourne et je le regarde disparaître. Quelque chose me gêne chez ce garçon, mais je serais incapable de dire quoi. Oui, quelque chose cloche chez lui. Peut-être son côté à la fois innocent et rusé. Un gosse dont la conscience est sûrement parfaitement transparente… pour la bonne raison qu'il n'en a pas. Je m'occuperai sûrement de lui plus tard. En attendant, je retourne à la résidence où vit Elaine Boldt.

CHAPITRE VII

Je trouve Tillie en train de passer l'allée à l'arrosoir, un monceau de feuilles et de débris divers se propulsant en avant sous la force du jet. En me voyant, elle sourit et coupe le robinet. Avec son jean et son tee-shirt, elle a l'air d'une jeune fille malgré ses soixante ans.

— Bonjour, Tillie. Vous avez réussi à dormir un peu ?

— Non, je n'ai pas l'intention de retourner dans cet appartement avant qu'on ait réparé les vitres. Et je vais peut-être faire installer aussi un système d'alarme. En attendant, j'essaie de m'occuper. Passer le tuyau d'arrosage est reposant, vous ne trouvez pas ? C'est l'un des plaisirs de l'âge adulte. Quand j'étais petite, mon père m'interdisait d'y toucher.

— Etes-vous déjà allée au poste de police ?

— Oh, je vais le faire dans un petit moment, mais je n'en ai pas follement envie.

— J'y suis allée ce matin pour faire une déclaration au sujet de la disparition d'Elaine.

— Qu'est-ce qu'ils ont dit ?

Je hausse les épaules.

— Pas grand-chose. Qu'ils feront ce qu'ils peuvent. Je suis tombée aussi sur un policier de la criminelle qui s'est occupé du meurtre de Marty Grice. Il dit qu'Elaine devait venir le voir pour faire une déposition mais qu'elle ne s'est jamais montrée. Vous souvenez-vous combien de temps après le meurtre elle est partie pour la Floride ?

— Je ne sais plus bien. La même semaine, en tout cas.

Elle avait été terriblement choquée par ce meurtre. C'est d'ailleurs une des raisons pour lesquelles elle est partie. Je croyais vous l'avoir dit.

— Vous m'avez dit qu'elle était malade.

— Elle l'était, mais il y avait toujours quelque chose qui ne tournait pas rond chez elle. Elle disait que ce crime la rendait folle de peur et pensait qu'en quittant la ville elle se sentirait mieux. Vous croyez qu'elle savait quelque chose sur la mort de Marty ?

— Je pense que ça vaut la peine de s'en assurer, dis-je. L'une de ses fenêtres donne droit sur l'entrée de la maison des Grice. Peut-être a-t-elle vu le cambrioleur.

Tillie a l'air sceptique.

— Dans l'obscurité ?

— Oui, c'est assez peu vraisemblable, seulement pour le moment je ne vois rien d'autre.

— Mais pourquoi ne serait-elle pas allée à la police si elle savait qui c'était ?

— Parfois les gens paniquent et ne savent plus où ils en sont. Ils n'aiment pas être impliqués dans ce genre d'affaire. Peut-être se sentait-elle en danger elle aussi.

— Oui, on peut dire qu'elle était nerveuse. Mais nous étions tous un paquet de nerfs cette semaine-là. Vous voulez entrer une minute ?

— Oui, j'aimerais bien. J'aimerais jeter un coup d'œil aux factures d'Elaine. Nous saurons au moins si elle a utilisé ses cartes de crédit récemment, et où elle l'a fait. Il est arrivé d'autre courrier ?

— Deux ou trois petites choses. Je vous les ferai voir.

Elle déverrouille sa porte d'entrée et nous pénétrons dans le salon. Elle se dirige vers le secrétaire. Comme les vitres en ont été brisées, elle ne l'a pas refermé à clé. Et soudain je la vois hésiter et porter un index à sa joue, comme quelqu'un qui poserait pour une photo.

— Ça par exemple ! fait-elle.

— Qu'y a-t-il ?

Je m'avance vers le secrétaire et regarde à l'intérieur.

Nous y avions remis les livres en place la nuit dernière et il n'y a rien d'autre sur les rayonnages, à l'exception d'un petit éléphant de cuivre et de la photo dans son cadre d'argent d'un petit chien avec un bâton dans la gueule.

— Je ne vois pas les factures d'Elaine et pourtant elles devraient être ici, dit-elle. C'est vraiment étrange.

Elle examine encore les rayonnages, ouvre les tiroirs un à un, fourrage à l'intérieur. Ensuite elle va à la cuisine et fouille dans le sac en plastique noir dans lequel nous avions jeté la nuit dernière les éclats de verre et débris divers. Rien ici non plus.

— Kinsey, elles étaient dans le secrétaire hier. Je les ai vues. Où ont-elles pu passer?

Elle lève les yeux vers moi. Inutile d'avoir un cerveau de génie pour arriver à une conclusion aussi évidente.

— Se pourrait-il qu'*elle* les ait emportées? demande Tillie. La femme qui s'est introduite ici hier? Est-ce pour ça qu'elle est venue?

— Je ne sais pas, Tillie. Quelque chose dans cette histoire m'a semblé bizarre sur le moment. Je ne vois pas pourquoi quelqu'un aurait pénétré chez vous par effraction en votre présence simplement pour tout saccager. Etes-vous sûre que ces factures étaient là?

— Absolument. J'ai mis les dernières arrivées avec les autres sur l'étagère. Elles étaient juste ici. Et je ne me souviens pas les avoir vues quand nous avons fait le ménage. Et vous?

Je fouille ma mémoire un instant. J'ai vu ces factures une seule fois, la première fois que j'ai parlé à Tillie. Mais pourquoi quelqu'un se donnerait-il la peine de les voler? Cela n'avait aucun sens.

— Peut-être vous a-t-elle délibérément terrorisée pour vous tenir à l'écart pendant qu'elle fouillait partout, dis-je.

— Dans ce cas, elle a réussi. Je ne serais pas sortie de ma chambre pour tout l'or du monde. Mais pourquoi a-t-elle fait ça? Je ne comprends pas.

— Moi non plus. Je peux toujours me procurer des copies de ces factures, mais ça va être sacrément compliqué et j'aimerais autant l'éviter.

— Moi, je veux savoir qui a une clé de mon appartement. Cette idée me fait froid dans le dos.

— Je vous comprends. Ecoutez, Tillie. Rien ne me met plus en rogne que des douzaines de questions sans réponses. Je vais voir ce que je peux trouver à propos du meurtre de Marty Grice. Il doit y avoir un rapport quelconque. Avez-vous parlé à Leonard Grice récemment ?

— Oh, je ne l'ai même pas vu depuis que cette chose est arrivée. Il ne vit plus ici.

— Et les Snyder ? Ceux qui habitent de l'autre côté ? Vous croyez qu'ils pourraient m'être utiles ?

— Peut-être. Vous voulez que je leur parle ?

— Non, ne vous donnez pas cette peine. J'irai les voir. Ah, encore une chose. Leonard Grice a un neveu, un gamin avec une tête de punk.

— Mike.

— Oui. Serait-il possible que ce soit lui le vandale de la nuit dernière ? Je viens de lui parler. Il n'est pas très grand ni très costaud. Dans l'obscurité, il pourrait passer pour une femme.

Tillie n'a pas l'air convaincu.

— Je ne crois pas, dit-elle. Je n'en jurerais pas, mais je ne crois pas que c'était lui.

— Oh, c'était juste une idée. Je n'aime pas faire des hypothèses en l'air mais il faut bien que ça ait été quelqu'un. Je vais aller bavarder un peu avec les Snyder. Faites bien attention à vous.

Le 2093 n'est pas très différent de la maison incendiée. Aussi mal proportionné, de dimensions à peu près identiques, même charpente de bois, même façade de brique rouge. Le devant s'orne d'un panneau « à vendre », sur lequel on a collé en diagonale, visiblement tout récemment, une affichette portant le mot « vendu ». Je gravis les quelques marches du porche et frappe à la porte d'entrée. Elle est en verre dépoli, avec un rideau blanc tout simple tendu entre deux tringles. Au bout d'un moment, quelqu'un écarte très légèrement le rideau.

— Monsieur Snyder?

Le rideau se remet en place et la porte s'ouvre de quelques centimètres. L'homme est corpulent, dans les soixante-dix ans, le visage affable. Je lui tends ma carte.

— Je m'appelle Kinsey Millhone. Pouvez-vous m'accorder quelques instants? J'essaie de retrouver Elaine Boldt qui habite la résidence juste en face et Tillie Ahlberg m'a suggéré de passer vous voir. Acceptez-vous de m'aider?

M. Snyder libère la chaîne de sécurité.

— Je ferai de mon mieux. Entrez.

L'intérieur de la maison est sombre comme un four et sent le poireau.

Une voix stridente retentit depuis une pièce du fond.

— Qu'est-ce que c'est? Qui est là, Orris?

— Quelqu'un que nous a envoyé Tillie.

— Qui?

— Attendez un instant, me dit-il. Elle est sourde comme un pot. Asseyez-vous.

M. Snyder s'éloigne en trottinant. Je m'installe dans un fauteuil capitonné aux accoudoirs de bois, dont les ressorts ont rendu l'âme depuis longtemps et qui dégage une odeur de vieille poussière. Le reste du mobilier est à l'avenant et dans tous les coins s'entasse le plus incroyable des bric-à-brac: vieux livres, magazines, journaux, un nombre invraisemblable de crayons aux gommes mâchouillées, boîtes de médicaments, vases de toutes dimensions dont le plus curieux, en cristal, a la forme de deux souris étroitement enlacées.

De mon fauteuil, j'entends M. Snyder s'expliquer bruyamment avec sa femme.

— Personne n'est venu vendre quoi que ce soit,

aboie-t-il. C'est une jeune femme que Tillie nous a envoyée et qui cherche Elaine Boldt. Cette veuve qui habite au-dessus de chez Tillie et qui jouait de temps en temps aux cartes avec Leonard et Marty.

Il y a un faible petit couinement puis la voix de Snyder baisse d'un ton.

— Non, il est inutile que tu sortes de ta chambre. Repose-toi. Je m'en occupe.

Il réapparaît, hochant la tête, les bajoues empourprées.

— Allumez cette lampe, là, me dit-il. Elle est grippe-sou comme il n'est pas permis. Je passe la moitié du temps dans le noir.

Je tends la main vers une lampe posée par terre et tire la chaînette. L'ampoule, de quarante watts maximum, n'éclaire pas grand-chose.

Un pas lourd et saccadé se rapproche dans le couloir et Mme Snyder apparaît, en appui sur deux béquilles. Elle est toute menue et sa mâchoire ne cesse de tressauter. Je me lève et prends ma voix de stentor.

— Voulez-vous vous asseoir avec nous ?

Elle balaie le mur d'un regard chassieux, essayant de découvrir l'origine du son, l'air complètement désarçonné.

— Quoi ? fait-elle.

Il y a quelque chose de désespéré dans ce simple mot. Probablement parce que personne ne lui répond plus depuis longtemps.

Snyder agite des doigts impatients dans ma direction.

— Elle va bien. Ne vous occupez pas d'elle. De toute façon, le docteur voudrait qu'elle se remue davantage.

Je jette un coup d'œil gêné à Mme Snyder. Elle est toujours debout à la même place, roulant des yeux étonnés, comme un bébé qui aurait appris à se dresser sur ses jambes pour s'agripper aux barreaux de son parc, mais pas encore à se rasseoir.

M. Snyder, ignorant complètement sa femme, s'installe sur le canapé, genoux écartés. Son impressionnante bedaine remplit l'espace entre ses jambes comme un sac marin. Il se cale bien confortablement contre le dossier, m'accordant toute son attention, comme si j'étais venue solliciter de lui le récit passionnant de sa vie pour *Life Magazine*.

— Il y a quarante ans que nous habitons cette maison, commence-t-il. Nous l'avons achetée en 1943 pour quatre mille dollars. Je parie que vous n'avez jamais entendu parler d'une occasion pareille. Aujourd'hui, le terrain à lui seul vaut cent quinze mille dollars. Ils peuvent tout raser et construire ce qu'ils veulent. Tenez, Leonard, à côté, il a failli vendre sa maison pour cent trente-cinq mille billets. Pauvre vieux, ça l'a achevé. J'ai vraiment eu de la peine pour lui. Sa maison qui brûle, sa femme qui se fait assassiner. On peut dire qu'il y a des gens qui n'ont pas de veine.

Et il continue à parler. Un vrai moulin à paroles, et une aubaine inespérée pour moi. Dire que j'avais préparé des tas de bobards pour faire dévier mine de rien la conversation sur le meurtre de Marty Grice. Et voilà qu'Orris Snyder m'apporte tout ça sur un plateau. Soudain je m'aperçois qu'il s'est tu et me regarde d'un air interrogateur.

— Vous avez vendu votre maison, monsieur Snyder? J'ai vu le panneau dehors.

— Vendu, parfaitement, dit-il, l'air très satisfait. Dès que tout sera emballé ici, on ira s'installer dans une maison de retraite. On a réservé, et tout. Ma femme est vieille. La moitié du temps, elle ne sait plus où elle est. Si la maison prenait feu, elle resterait tranquillement dans son lit.

Snyder repart dans son discours, comme pour endiguer le flot de questions d'un auditoire invisible.

— Oui, mesdames, messieurs, je l'ai vendue. Si ma femme le savait, elle aurait une attaque, mais la maison est à mon nom, elle est à moi tout seul. Je l'ai payée quatre mille dollars. C'est ce qu'on peut appeler un sacré bénéfice, non?

— Pas mal, dis-je.

Je regarde sa femme, dont les jambes tremblent dangereusement.

— Pourquoi ne retournes-tu pas te coucher, May ? dit Snyder.

Puis, se tournant vers moi d'un air désapprobateur.

— Elle n'entend pratiquement plus rien et à part des formes qui bougent, elle ne voit plus grand-chose non plus. L'autre jour, elle s'est pris une béquille dans la porte du placard à balais, et il lui a fallu une demi-heure pour se dégager, à cette vieille folle.

— Vous voulez que je vous aide à la remettre au lit ?

Snyder roule sur le côté pour pouvoir s'extirper du canapé, se remet debout en soufflant comme un cachalot, puis marche vers sa femme et lui hurle en plein visage :

— Va te recoucher un moment, May, puis j'irai t'apporter un petit gâteau.

Elle le regarde d'un air complètement vide mais je jurerais qu'elle comprend très bien ce qu'il dit.

— Pourquoi tu as allumé ? demande-t-elle. Je croyais qu'on était le jour.

— Faire marcher cette ampoule ne coûte que cinq cents, dit son mari en soupirant.

— Quoi ?

— J'ai dit qu'il faisait nuit dehors et que tu dois retourner au lit, beugle-t-il.

— Bon, dit-elle. Alors je crois qu'il le faut.

Elle reprend laborieusement son chemin en sens inverse. Au passage, son regard m'effleure et elle semble soudain distinguer ma silhouette dans le brouillard.

— Qui c'est, ça ?

— Une dame à qui je parlais des malheurs de Leonard, intervient-il avant que j'aie le temps de dire un mot.

— Tu lui as dit ce que j'avais entendu cette nuit-là ? Tu lui as parlé des coups de marteau qui m'empêchaient de dormir ? Ils accrochaient des tableaux... bang, bang, bang. J'ai dû prendre un cachet, tellement ça m'a donné mal à la tête.

— Ce n'était pas la même nuit, May. Combien de fois te l'ai-je répété ? Ça ne pouvait pas être cette nuit-là puisqu'il n'était pas chez lui et que c'est lui qui fait ce genre de choses. Les cambrioleurs n'accrochent pas de tableaux aux murs.

Il se tourne vers moi en se tapotant la tempe de l'index.

— Bang et bang, répète sa femme, mais ce n'est plus qu'un murmure qu'elle s'adresse à elle-même en s'éloignant, cramponnée à ses béquilles.

— Elle n'a plus une seule faculté intacte, dit Snyder en me regardant par-dessus son épaule. Elle fait pipi dans sa culotte tout le temps. Il faut constamment être derrière elle. Le jour de notre mariage, je lui ai dit que je lui survivrai. Vous ne pouvez pas savoir combien elle me porte sur les nerfs. Autant vivre avec un morceau de viande.

— Qui est à la porte ? s'enquiert-elle d'une voix perçante.

— Personne, hurle-t-il. Je parlais tout seul.

Il la rejoint dans le couloir en trottinant. Malgré la grossièreté de ses paroles, il y a comme un fond de tendresse dans ses aboiements. De toute façon, elle n'a pas l'air consciente de son irritation et de ses petites tyrannies. Tous les mariages finissent-ils ainsi ? Il m'est arrivé de voir des couples âgés déambulant lentement dans la rue, main dans la main, et d'en avoir été émue jusqu'aux larmes. Mais peut-être est-ce le même sournois antagonisme derrière les portes closes. J'ai été mariée deux fois, et j'ai divorcé deux fois. Je n'ai sûrement pas perdu grand-chose au change. Personnellement, je préférerais vieillir seule plutôt qu'avec l'un de ceux qui ont croisé ma route jusqu'à ce jour. Je n'ai pas l'impression de mener une vie solitaire, incomplète ou insatisfaisante, mais c'est un sujet que j'aborde rarement. Ça a l'air d'assommer les gens — surtout les hommes.

CHAPITRE VIII

M. Snyder est de retour dans le salon et se laisse tomber pesamment sur le canapé.

— Bon, maintenant je suis prêt à répondre à vos questions.

— Que pouvez-vous me dire à propos de l'incendie qui a eu lieu à côté? J'ai vu la maison. C'est horrible.

Il hoche la tête et se concentre comme pour une interview télévisée, le regard fixé droit devant lui.

— Eh bien, les pompiers m'ont réveillé à dix heures du soir. Ils étaient deux. Je ne dors pas bien de toute façon et quand j'ai entendu les sirènes se rapprocher je me suis relevé. Les voisins couraient dans tous les sens. Il sortait de la maison une fumée noire comme je n'en ai jamais vue. Les pompiers ont vraiment fait du boulot et tout un côté de la maison a pu être sauvé. Ils ont trouvé Marty, la femme de Leonard, étendue sur le sol. C'était juste là, dit-il en pointant l'index vers la porte. Moi je ne l'ai pas vue, mais Tillie m'a dit qu'elle était carbonisée de la tête aux pieds. Comme un bout de bois.

— Vraiment? Tillie ne m'a pas parlé de ça.

— C'est elle qui a vu la fumée et appelé les pompiers. Le 911. Moi je dormais trop profondément. C'est les sirènes qui m'ont réveillé. Je croyais que les pompiers ne faisaient que passer sur la route mais tout à coup j'ai vu les lumières clignoter. Alors j'ai passé une robe de chambre et je suis sorti. Ce pauvre Leonard n'était même pas chez lui. Il est arrivé à peu près au moment où on éteignait les dernières flammes. Quand il a appris que sa femme était morte, il s'est effondré en plein milieu de la rue. Je n'ai jamais vu un homme aussi secoué. Ma femme, May, elle ne s'est pas réveillée du tout. Elle avait pris un somnifère et de toute façon elle est tellement dure de la feuille... Vous avez pu juger par vous-même. Si le feu prenait ici, elle finirait en méchoui.

— A quelle heure M. Grice est-il rentré chez lui?

— Je ne sais pas exactement. Un quart d'heure ou vingt minutes après l'arrivée des pompiers, je crois. Pour autant que je sache, il était sorti dîner avec sa sœur et en rentrant il a trouvé sa femme morte. Il s'est mis à flageoler sur ses jambes et s'est étalé par terre. En plein sur le trottoir, pas loin de moi. Il est devenu tout blanc et il est tombé, comme si une main invisible venait de l'assommer. Jamais vu quelque chose d'aussi horrible. Ils ont sorti sa femme dans un sac en plastique à fermeture éclair.

Je l'interromps.

— Comment se fait-il que Tillie ait pu la voir? Je veux dire, si elle était enfermée dans un sac en plastique?

— Oh, elle voit tout, cette Tillie. Posez-lui la question. Elle a probablement profité de la confusion pour entrer et a vu le corps. Rien que d'y penser, ça me rend malade.

— J'ai cru comprendre que depuis Leonard vit avec sa sœur?

— C'est ce que j'ai entendu dire aussi. Elle s'appelle Howe et vit à Carolina. Si vous voulez les joindre, vous trouverez le numéro dans l'annuaire.

— Merci. J'essaierai de passer les voir cet après-midi. J'espère qu'il pourra me donner quelques indications sur l'endroit où se trouve Elaine Boldt.

Je me lève et lui tends la main.

— Votre aide m'a été précieuse.

M. Snyder, se remet difficilement sur pied, me serre la main et me raccompagne jusqu'à la porte.

Je pose alors la question qui me trotte dans la tête depuis un moment.

— A votre avis, de quoi votre femme voulait-elle parler en disant avoir entendu des coups de marteau cette nuit-là ? Vous avez une idée ?

Il a un geste impatient de la main.

— Elle ne sait pas ce qu'elle raconte. Tout se mélange dans sa tête.

Je hausse les épaules.

— Eh bien, j'espère qu'en tout cas M. Grice va mieux. Avait-il une bonne assurance ? Dans des circonstances aussi tragiques, c'est tout de même réconfortant.

Il hoche la tête en se caressant le menton.

— Ça m'étonnerait qu'il en tire grand-chose. Lui et moi, on est assuré à la même compagnie, mais d'après ce que je sais, sa police n'était pas très élevée. Entre l'incendie et la mort de sa femme, on peut dire qu'il est ruiné. Il touche des allocations pour incapacité de travail à cause de ses problèmes de dos, vous savez. Financièrement, il dépendait plus ou moins de sa femme.

— Mon Dieu, dis-je, c'est terrible. Je suis vraiment désolée d'apprendre cela.

Puis je tente ma chance.

— Quelle compagnie d'assurances est-ce ?

— California Fidelity.

Il n'en faut pas plus pour faire bondir d'excitation mon petit cœur. Enfin une bonne nouvelle. J'ai travaillé pour eux.

La California Fidelity Insurance est une petite compagnie tout à fait classique : assurances vie, maladie, habitation, automobile, etc. Elle a des succursales à San Francisco, Pasadena et Palm Springs. Santa Teresa est la maison-mère, avec des locaux au deuxième des trois étages d'un immeuble de State Street, une artère du centre ville. Mon coin à moi comprend deux pièces, avec une entrée séparée. Au début de ma carrière, je faisais pour la CFI des enquêtes sur les incendies et les décès suspects. Je continue à me charger de certaines enquêtes pour eux chaque mois, en échange de ce local.

Aussitôt entrée dans mon bureau, je jette un coup d'œil au répondeur. Le voyant lumineux clignote mais à part des sifflements et des bip-bip aigus il n'y a rien sur la bande. Pendant un temps, j'ai eu recours à une permanence téléphonique mais les messages m'arrivaient généralement estropiés. Je ne crois pas que des clients potentiels aiment beaucoup confier leurs ennuis à une quelconque standardiste de vingt ans, incapable d'orthographier un nom ou de noter correctement un numéro. Un répondeur, c'est agaçant, mais mes interlocteurs savent au moins que je suis une femme et qu'on décrochera à la deuxième sonnerie. Comme le courrier n'est pas encore arrivé, je passe à côté pour bavarder avec Vera Lipton, qui s'occupe des demandes d'indemnités.

Le bureau de Vera se trouve au centre d'un labyrinthe de cages de verre dont chacune est équipée d'un bureau, d'une armoire de classement, d'un téléphone et de deux chaises, plutôt dans le genre des cabines de bookmakers. La cage de Vera se repère facilement grâce au nuage de fumée qui en dépasse. Elle est la seule personne de la compagnie à fumer et s'en prive rarement plus de cinq minutes d'affilée. Elle se drogue aussi au Coca-Cola, en moyenne une bouteille à l'heure. A trente-six ans, Vera est célibataire, plaît follement aux hommes et le leur rend bien. Je frappe à la paroi vitrée.

— Salut, Vera. Qu'est-ce que tu as fait à tes cheveux ?

— C'est une perruque. J'ai passé la nuit dehors.

Elle cale une cigarette entre ses dents en la mordillant doucement pendant qu'elle l'allume. J'ai toujours admiré sa façon de fumer. A la fois désinvolte et sophistiquée, délicate et brutale. Elle tapote sa perruque méchée de blond et comme ébouriffée par un coup de vent.

— J'ai l'intention de teindre mes cheveux dans cette couleur. Il y a des mois que je n'ai pas été blonde.

— J'aime bien, dis-je.

D'habitude, elle est auburn, un résultat obtenu grâce à un savant mélange de shampooings colorants dont les nuances vont de bordeaux à jaune d'or. Ses lunettes sont aujourd'hui à monture d'écaille avec de grands verres ronds couleur thé glacé. Elle porte les lunettes avec une classe qui doit donner envie à toutes les femmes d'avoir la vue basse.

— Je parie qu'il y a un nouvel homme dans ta vie, dis-je.

Vera hausse élégamment les épaules.

— En fait, il y en a deux, mais je n'ai pas la tête à ce que tu penses. J'ai lu un bouquin sur les nouvelles technologies. Les lasers et les convertisseurs analogiques-numériques. Et figure-toi que depuis hier je suis passionnée par l'électricité. Il paraît que personne ne sait comment ça fonctionne exactement et si tu veux mon avis, c'est plutôt inquiétant. Avec un peu de chance, je tomberai sur un type à qui en parler. Et toi ? Tu veux un Coca ?

Elle a déjà ouvert le tiroir du bas de son bureau où elle garde un sac isotherme. Elle sort une bouteille de Coca modèle géant et la décapsule d'un geste expert en la coinçant sous la poignée métallique du tiroir. Elle me tend la bouteille mais je fais non de la tête et elle en avale une longue goulée.

— Assieds-toi, dit-elle.

Pour ça, il me faut d'abord retirer de la chaise une pile de dossiers que je pose sur un coin de son bureau. Puis j'entre dans le vif du sujet.

— Que sais-tu d'une certaine Marty Grice assassinée il y a six mois ? Il paraît qu'elle était assurée à la CFI.

Vera se pince délicatement la bouche entre le pouce et l'index.

— Oui, je me suis occupée de cette affaire. Je me suis

rendue sur les lieux deux jours après. Un spectacle horrible. Je n'ai pas encore la preuve du sinistre, mais Pam Sharkey m'a dit qu'elle me la ferait parvenir dans quelques semaines.

— C'est elle l'agent dans cette affaire?

Vera acquiesce en tirant une bouffée sur sa cigarette avant d'envoyer la fumée vers le plafond.

— La grosse police d'assurance-vie était périmée mais il y avait une petite police valide de deux mille cinq cents dollars. Même pas assez pour enterrer un chien. Il y a aussi une assurance habitation couvrant l'incendie mais le type était sacrément sous-assuré. Pam jure ses grands dieux qu'elle lui avait conseillé d'augmenter ses primes, mais il ne voulait pas se coller sur le dos cette dépense supplémentaire. Tu sais comment sont les gens. Ils veulent économiser trois dollars et quand le plancher s'effondre sous leurs pieds ils sont obligés d'en sortir trois cent mille.

— Pourquoi le règlement prend-il autant de temps?

— Va savoir. Le type a un an pour intenter un procès en dommages et intérêts. Pam dit qu'il est complètement paumé depuis la mort de sa femme. C'est à peine s'il arrive encore à écrire son propre nom.

— Elle a laissé un testament?

— Pas que je sache. D'ailleurs tout le dossier est au tribunal des successions depuis environ cinq mois. Qu'est-ce qui t'intéresse là-dedans? Tu enquêtes sur sa mort?

— Pas vraiment. Je cherche une femme qui habitait juste à côté au moment où c'est arrivé. Elle a quitté la ville quelques jours plus tard et depuis personne dans son entourage ne l'a revue. Je suis persuadée que les deux affaires sont liées. J'espérais que tu me dirais qu'il y avait une grosse police d'assurances à la clé.

C'est ce que pensaient aussi les flics. Ton copain le lieutenant Dolan a passé plusieurs jours ici, pratiquement assis sur mes genoux. Je n'arrêtais pas de lui dire:

« Laissez tomber ! Ce type est fauché. » Je crois que j'ai fini par le convaincre parce que je n'ai pas de nouvelles de lui depuis. Qu'est-ce que tu penses ? Que Grice et la nana d'à côté étaient de mèche ?

— L'idée m'en est venue. Je ne le connais pas encore et rien n'indique pour l'instant de relations entre eux, mais tout ça me paraît suspect. D'après ce qu'on m'a dit, elle a quitté la ville précipitamment et elle semblait inquiète. J'ai pensé d'abord qu'elle avait vu quelque chose et qu'elle avait filé pour éviter d'être impliquée dans une histoire louche.

— Peut-être, dit Vera, sans grande conviction.

— Mais tu n'as pas cette impression.

— J'essaie de me mettre à la place du type. S'il a tué sa femme par intérêt, il s'y est pris comme un manche. Pourquoi alors laisser une police d'assurance se périmer ? S'il était malin, il aurait fait grimper la valeur nominale il y a deux ou trois ans, puis laissé passer suffisamment de temps pour que ça ne paraisse pas louche et après... couic, sa femme meurt et il ramasse le pactole. S'il l'a tuée pour des prunes c'est un con.

— A moins qu'il ait juste voulu s'en débarrasser. C'est peut-être tout ce qui l'intéressait. Laisser la police se périmer était peut-être une astuce.

— Comment veux-tu que je le sache ? Je ne suis pas flic à la criminelle.

— Moi non plus. J'essaie simplement d'imaginer pourquoi cette femme a disparu et où elle a pu aller. Même si tu as raison et si Grice est hors du coup, elle a tout de même pu être témoin de quelque chose. Cette histoire de cambriolage ne m'a pas l'air très catholique.

Vera a un sourire cynique.

— Elle l'a peut-être tout bonnement fait elle-même.

— Bon sang, Vera, tu es encore plus méfiante que moi.

— Possible. Tu veux le numéro de Grice ? Je dois l'avoir quelque part.

Vera glisse son mégot dans le goulot de la bouteille de Coca. Il y a un petit crachotement quand le bout incandescent touche le liquide restant. Puis elle tire un dossier du dessous d'une pile et me donne le nom et le téléphone de Grice.

— Merci, dis-je.

Elle me jette un coup d'œil spéculatif.

— Un ingénieur en aérospatiale au chômage, ça t'intéresse ? Il a du fric. Il a inventé des petits machins qu'on utilise maintenant dans les satellites.

— Pourquoi n'en veux-tu pas pour toi-même ?

Vera a tendance à offrir ses candidats de second choix comme une hôtesse un bon dîner. Ma question la fait grimacer.

— Il est agréable pour un petit moment, mais maintenant il traverse une période écolo. Il s'est mis à se goinfrer de pilules aux algues et je ne veux pas embrasser un type qui avale des cochonneries pareilles. Comme tu mènes une vie si saine, je me suis dit qu'il ferait peut-être ton affaire. Vous pourriez faire un jogging ensemble et grignoter des biscuits au varech. Si ça te dit, il est à toi.

— Tu es trop bonne, dis-je. Mais j'ouvrirai l'œil. Il se peut que je trouve quelqu'un pour lui.

— Question mecs, tu es vraiment difficile, Kinsey, dit Vera d'un air désapprobateur.

— Je suis difficile, moi ? Et toi, alors ?

Vera glisse une autre cigarette entre ses dents et je la regarde actionner un minuscule briquet en or avant de répondre.

— Pour moi, les hommes sont comme des boîtes-échantillons de chocolat. J'aime bien goûter un peu de tout avant que la boîte entière ne se gâte.

CHAPITRE IX

Il est maintenant 13 h 30 et je n'ai toujours pas déjeuné. Je me gare devant un fast-food et entre. J'aurais pu brailler ma commande dans la bouche d'un clown et manger dans la voiture tout en conduisant mais j'aime bien montrer que j'ai de la classe. J'engloutis un cheeseburger, des frites et un Coca pour un dollar soixante-neuf et sept minutes plus tard je suis à nouveau à pied d'œuvre.

La maison où Leonard Grice est censé vivre en ce moment se trouve dans un quartier minable, à deux pas de l'autoroute. Les rues sont bordées de basses constructions de briques, alternativement rose et vert pâle, et, de loin en loin, de quelques arbres rachitiques. Il n'y a pratiquement pas une voiture en vue et l'endroit semble curieusement désert. Le tout me fait penser à un village abandonné après une catastrophe naturelle.

La maison des Howe est d'un standing plutôt supérieur à la moyenne du coin. Elle s'enorgueillit même d'un petit jardin. Dommage qu'il soit envahi par les mauvaises herbes. Je gare ma voiture juste devant et m'engage dans la petite allée, ma planchette porte-papiers à la main. La porte du garage des Howe est fermée, les rideaux sont tirés, le silence est absolu. J'appuie sur la sonnette mais aucun « dring-dring » rassurant ne me parvient de l'intérieur. Une minute passe. Je frappe.

La femme qui m'ouvre la porte a des yeux bleu pâle sans éclat qui s'arrêtent sur moi d'un air hésitant.

— Madame Howe ?

— Oui, je suis madame Howe, dit-elle.

J'ai l'impression d'en être à la leçon numéro un d'une méthode d'apprentissage d'une langue étrangère. Le regard est souligné de cernes sombres, la voix plate et sèche comme un cracker.

— On m'a dit que Leonard Grice vivait ici. C'est exact ?

— Oui.

Je lève ma planchette.

— Je travaille pour la compagnie d'assurances et je me demandais si je pourrais lui parler.

Un vrai miracle que Dieu ne m'ait pas aussitôt arraché la langue pour me punir d'un aussi gros mensonge.

— Leonard se repose. Pourquoi ne pas revenir une autre fois ?

Et pour un peu elle me refermerait la porte au nez.

— Ça ne prendra qu'une minute dis-je très vite en glissant ma planchette dans l'interstice.

Elle marque un temps.

— Le docteur continue à lui prescrire des calmants, dit-elle enfin.

L'allusion est discrète mais claire.

— Bien sûr, je vois. Je ne voudrais pas le déranger mais j'ai vraiment besoin de le voir. J'ai fait tout ce chemin pour ça.

J'essaie de prendre des accents suppliants, mais apparemment sans succès car son visage ne change pas d'expression. Ses joues prennent simplement un peu de couleur. Puis elle jette un coup d'œil de côté, comme pour consulter un interlocuteur invisible. Et tout à coup elle tourne les talons et me laisse entrer, avec l'air de quelqu'un qui marmonnerait les pires insultes dans sa barbe. Elle a des cheveux gris coupés au bol et porte un chemisier blanc tout simple sur une jupe de lainage couleur anthracite.

— Je vais voir s'il peut vous recevoir, dit-elle en me plantant là.

J'attends à l'entrée du salon, balayant rapidement du regard le tapis de laine râpé, la cheminée de briques peinte en blanc et surmontée d'un tableau sur lequel des vagues déchaînées s'écrasent contre des rochers. Le canapé et les bergères à oreilles sont du même turquoise que les vagues et capitonnés d'un tissu qui a l'air vaguement humide. Je déteste ce côté de mon travail — m'immiscer dans la vie privée de gens frappés par un deuil et violer leur intimité. J'ai l'impression de faire du porte à porte pour placer des encyclopédies avec bibliothèques en faux noyer.

Quand Leonard Grice fait son entrée, je sens mon cœur se serrer. Il n'a pas l'air d'un homme qui aurait assassiné sa femme, même si l'hypothèse me paraît très séduisante. Il doit avoir tout juste dépassé la cinquantaine mais ses mouvements sont ceux d'un vieillard. Physiquement, il ne serait pas mal, sans ce visage blafard et ces joues affaissées comme après une perte de poids trop rapide. En marchant, il tient ses mains devant lui, comme un aveugle. Il a tout l'air d'un homme qui aurait trébuché sur quelque chose dans le noir, se serait fait très mal, et voudrait être sûr de ne pas être pris par surprise une deuxième fois. Evidemment, il est possible aussi qu'il ait tué sa femme et qu'il se consume de remords et de culpabilité, mais les assassins que j'ai croisés au cours de ma brève carrière avaient rarement cet air abattu. Bien au contraire.

La sœur de Leonard marche à ses côtés, sa main près de son coude, suivant des yeux les mouvements de ses pieds. Elle le guide vers le fauteuil et me jette un regard torve, dans le genre : « Alors, vous êtes contente de vous ? » Et j'avoue que je me fais l'effet d'être la dernière des garces.

Il s'assied, semble reprendre un peu vie et sort machinalement de la poche de sa chemise un paquet de Camel, tandis que sa sœur pose la moitié d'une fesse sur un coin du canapé.

— Je suis désolée de devoir vous déranger, dis-je, mais je viens de parler à la personne chargée du règlement des sinistres à la California Fidelity. Nous avons besoin de clarifier certains détails. Vous voulez bien répondre à quelques questions?

— Il n'a pas vraiment les moyens de se permettre de ne pas coopérer avec la compagnie d'assurances, intervient sèchement Mme Howe.

Leonard s'éclaircit la gorge et essaie par deux fois de craquer une allumette. Sans succès. Ses mains tremblent tellement que même s'il arrivait à produire une flamme, il serait probablement incapable de l'amener jusqu'à sa cigarette. Mme Howe se penche vers lui, prend la boîte et craque l'allumette pour lui. Il inhale une longue bouffée.

— Il faut m'excuser, dit-il. C'est à cause du traitement que me fait suivre le médecin. J'ai des problèmes avec mon dos. Que désirez-vous exactement?

— On ne m'a confié ce dossier que très récemment et je pensais qu'il pourrait m'être utile de connaître votre propre version de ce qui est arrivé cette nuit-là.

— Mais pourquoi, grands dieux, pourquoi? s'exclame sa sœur.

— C'est bon, Lily, c'est bon, intervient Leonard. Ça ne fait rien. Je suis sûr que cette dame a ses raisons.

Sa voix est à présent plus ferme et l'impression de faiblesse qui émanait de lui au début s'estompe. Il tire une profonde bouffée de sa cigarette puis la laisse reposer entre son index et son majeur.

— Ma sœur est veuve, commence-t-il, comme si cela devait expliquer l'hostilité de Lily Howe. Son mari est mort d'une crise cardiaque il y a dix-huit mois. Alors Marty et moi avions pris l'habitude d'emmener Lily dîner dehors une fois par semaine. C'était surtout une manière de garder le contact et une occasion de se rendre visite mutuellement. Ce soir-là, Marty devait se joindre à nous comme toujours seulement elle a dit qu'elle avait l'impression d'avoir un début de grippe et au dernier moment, elle a décidé de rester à la maison. C'était l'anniversaire de Lily et Marty était très déçue parce qu'elle savait qu'on allait nous apporter un gâteau et que les serveurs se mettraient à chanter... enfin vous savez ce que c'est. Elle se réjouissait d'avance de la joie de Lily. Seulement, comme je vous l'ai dit, elle ne se sentait pas bien et comme elle ne voulait pas gâcher la soirée, elle a préféré rester chez nous.

Il marque une pause, tirant une nouvelle bouffée de sa cigarette. Lily pousse un cendrier vers lui juste avant que la cendre ne tombe. Je lui demande si ces dîners avaient toujours lieu le même jour de la semaine.

— Oui, généralement le mardi.

Je note consciencieusement l'information, espérant donner l'impression d'avoir une raison parfaitement légitime de poser toutes ces questions. Je fais semblant de consulter un formulaire ou deux, tourne une page, reviens en arrière. Je trouve que ma planchette fait très bien dans le tableau aussi. C'est apparemment aussi l'avis de Lily qui veille à ce que je note aussi ses interventions à elle.

— C'est le mardi qui me convient le mieux, dit-elle. C'est ce jour-là que je vais chez le coiffeur.

Je note donc : « coiffeur le mardi », puis demande :

— Combien de personnes étaient au courant de ces dîners du mardi ?

Leonard a l'air complètement dérouté par ma question.

— Pardon ? fait-il.

— J'aimerais savoir combien de personnes savaient que vous sortiez le mardi. Si le cambrioleur était quelqu'un que vous connaissiez, il a pu penser que votre femme serait absente.

Une expression d'incertitude passe dans son regard.

— Je ne vois pas le rapport avec le droit à l'assurance, dit-il.

Il vaut mieux que je sois prudente dans la formulation de ma réponse car il a mis le doigt sur la faille de mon petit stratagème. Ma question n'a rien à voir avec rien. Elle doit m'aider à savoir si Elaine a pu voir le meurtrier, un point c'est tout. Pour l'instant, je ne sais même pas ce qui s'est passé cette nuit-là et j'essaie simplement de lui soutirer des informations. Parce que ce n'est sûrement pas le lieutenant Dolan qui va me les donner.

J'arbore un sourire aussi léger que ma voix.

— Bien sûr, il nous intéresse de savoir la vérité sur ce crime, dis-je. Cette affaire doit être résolue pour que nous puissions régler les indemnités.

Lily jette un coup d'œil à Leonard, puis son regard se pose sur moi. L'air soudain méfiant de son frère semble l'inquiéter.

— « Résolue » ? demande-t-elle. Comment cela, « résolue » ? Je ne vois pas ce que vous voulez dire.

Leonard a repris son air apathique.

— Voyons, Lil, dit-il, ça ne peut que les aider. La compagnie d'assurances veut aller au fond de cette affaire, et nous aussi. La police ne fait plus rien depuis des mois.

Il se tourne à nouveau vers moi.

— Il faut excuser Lil.

Sa sœur lui jette un regard torve.

— Ne parle pas de moi comme si je n'étais pas là, dit-elle d'une voix cinglante. Tu es trop confiant, Leonard, c'est là ton problème. Marty aussi était comme ça. Si elle avait été un peu plus prudente, elle serait peut-être encore en vie aujourd'hui.

Elle hésite, serre les lèvres, puis, à ma grande surprise, me fournit spontanément quelques détails.

— Ce soir-là, j'étais en train de lui téléphoner quand quelqu'un a sonné à la porte. Elle a posé le téléphone pour aller voir.

Leonard intervient à son tour.

— D'après la police, c'était peut-être quelqu'un

qu'elle connaissait, ou un rôdeur. Ils disent que le plus souvent les cambrioleurs sonnent quand ils voient de la lumière allumée. Si on vient ouvrir, ils peuvent toujours dire qu'ils se sont trompés d'adresse. Si personne ne répond, ils entrent par effraction.

— Y avait-il des traces de lutte ?

— Je ne pense pas, dit Leonard. J'ai passé moi-même la maison au crible mais je n'ai rien vu qui manquait.

Je m'adresse à nouveau à Lily.

— Pourquoi vous avait-elle appelée ? Ou était-ce vous qui l'aviez appelée ?

— Je l'ai appelée moi-même quand nous sommes arrivés ici, dit-elle. Nous sommes rentrés un peu plus tard que prévu et Léonard ne voulait pas qu'elle s'inquiète.

— Et quand vous lui avez parlé, elle avait l'air inquiet ?

— Non, dit Lily. Pas du tout. Elle avait sa voix normale. Leonard lui a parlé un petit moment, puis j'ai repris l'appareil et nous allions raccrocher quand elle a dit qu'il y avait quelqu'un à la porte et qu'elle devait aller voir qui c'était. Je m'apprêtais à lui proposer de rester en ligne mais nous avions fini de toute façon, alors je lui ai dit au revoir et j'ai raccroché.

Leonard sort un mouchoir de la poche de son pantalon et se tamponne les yeux. Ses mains tremblent violemment et sa voix chevrote un peu.

— Je ne sais même pas à quoi ont ressemblé ses derniers instants, dit-il. La police dit que le type a dû la frapper en plein visage avec une batte de baseball ou quelque chose de ce genre. Elle a dû être terrifiée.

Sa voix se brise. Quant à moi, je suis morte de honte mais je ne dis rien. Bizarrement, aussi cynique que cela puisse paraître, je me dis simplement qu'un coup de batte de baseball en pleine figure, ça ne doit pas laisser le temps d'éprouver grand-chose. Crac ! Et vous passez dans l'autre monde. Ni terreur, ni douleur.

Lily se penche pour poser sa main sur celle de son frère.

— Ils étaient mariés depuis vingt-deux ans.

— De belles années, dit-il sur un ton presque agressif. Nous ne sommes jamais allés nous coucher fâchés. C'était une vieille règle entre nous. Chaque fois que nous avions un différend, nous le résolvions avant d'aller dormir. C'était une femme formidable, plus intelligente que moi, je n'ai pas honte de l'admettre.

Des larmes brillent dans ses yeux, mais qui me laissent curieusement insensible, un peu comme si j'étais la seule personne sobre dans une soirée où tout le monde serait ivre.

— La police a-t-elle mentionné la possibilité d'un témoignage ? De quelqu'un qui aurait pu voir ou entendre quelque chose cette nuit-là ?

Il hoche la tête en s'essuyant les yeux.

— Non, je ne pense pas. Je n'ai jamais rien entendu dire de tel.

J'insiste quand même.

— Mais peut-être quelqu'un dans l'immeuble d'à côté ? Ou un passant ? J'ai cru comprendre que vous aviez des voisins en face de chez vous. Quelqu'un a forcément dû remarquer *quelque chose*.

Leonard se mouche et reprend le contrôle de lui-même.

— Je ne crois pas. En tout cas, la police ne nous en a rien dit.

— Bien. J'ai suffisamment abusé de votre temps et je suis désolée d'avoir réveillé ces terribles souvenirs. J'aimerais voir la maison pour estimer les dégâts, si vous n'y voyez pas d'inconvénients. L'un de nos chargés du règlement des sinistres s'est déjà rendu sur les lieux mais il faut que je me rende compte par moi-même pour rédiger mon rapport.

Leonard acquiesce d'un signe de tête.

— Mon voisin a la clé. Orris Snyder, juste à côté à

droite. Vous pouvez aller le voir de ma part et lui dire que c'est d'accord.

Je me lève et lui tends la main.

— Merci d'avoir accepté de répondre à mes questions.

Leonard se lève machinalement et me serre la main. Il a la poigne solide, la paume presque brûlante.

— A propos, dis-je, comme si l'idée venait juste de me passer par la tête. Avez-vous eu des nouvelles d'Elaine Boldt récemment ?

Il me fixe un instant, visiblement dérouté par le brusque changement de sujet.

— Elaine ? Non, pourquoi ?

— J'essayais de la joindre pour une autre affaire et je me suis rendu compte qu'elle habitait un immeuble juste en face de chez vous, dis-je avec le plus parfait naturel. Quelqu'un m'a dit qu'elle était de vos amies.

— C'est exact. Avant la mort de Marty, nous jouions au bridge ensemble. Je ne l'ai pas revue depuis des mois. Je crois que d'habitude elle est en Floride à cette période de l'année.

— Oh, c'est vrai. Il me semble que quelqu'un m'a dit cela aussi. Bien. Peut-être vous passera-t-elle un coup de fil à son retour. Merci encore.

Quand je regagne ma voiture, je nage littéralement dans la sueur.

CHAPITRE X

Il est maintenant 15 heures et je suis complètement vannée. Je suis debout depuis 2 heures du matin, parce que je ne compte pas les brefs instants de sommeil, à l'aube, qui ont précédé le coup de fil de Mme Ochsner. Comme je n'ai aucune envie de retourner au bureau, je rentre à mon appartement et enfile ma tenue de jogging. Le mot *appartement* doit être pris au sens très large. Je vis en fait dans un ancien garage à une place, d'environ quarante-cinq mètres carrés, et qui fait aujourd'hui office à la fois de salon, de chambre, de cuisine, de salle de bains, w.c. et même buanderie. J'ai toujours aimé les petits espaces. Quand j'étais enfant, pendant des mois, juste après la mort de mes parents, je passais tout mon temps libre dans une boîte en carton que je remplissais d'oreillers et je me croyais alors à bord d'un vaisseau cinglant vers quelque terre inconnue. Pas besoin de psychanalyste pour interpréter ce type de comportement, que j'ai conservé jusque dans ma vie d'adulte et qui se manifeste à présent de manières diverses. Je ne conduis par exemple que de petites voitures. Ce garage reconverti en studio me convient donc parfaitement. Pour deux cents dollars par mois, j'ai tout ce que je veux, y compris un charmant propriétaire de quatre-vingt-un ans, Henry Pitts.

En sortant, je jette un coup d'œil par sa fenêtre de derrière. Il est dans la cuisine, en train de rouler de la pâte feuilletée. C'est un ancien boulanger qui arrondit ses fins de mois en confectionnant du pain et des gâteaux qu'il vend ou troque auprès des commerçants du coin. Je frappe au carreau. Il lève la tête. Henry est ce que j'aime appeler un « beau mec »: grand et mince, avec des cheveux tout blancs coupés ras et des yeux bleus pervenche pétillants de curiosité. L'âge a accentué chez lui un caractère à la fois passionné et prudent, tout empreint d'une ironie désabusée. Je ne dirai pas que les années lui ont apporté de grandes qualités spirituelles, la sagesse, le don de seconde vue ou un esprit plein de profondeur. N'exagérons pas. Disons simplement que c'est un type épatant. Malgré les cinquante ans qui nous séparent, il n'y a rien de pontifiant dans son attitude envers moi ni rien (du moins je l'espère) de la femme-enfant dans mon attitude envers lui. Nous nous observons simplement par-delà le demi-siècle qui nous sépare avec un intérêt très vif, non dénué d'une connotation sexuelle certaine, mais ni l'un ni l'autre n'oserions jamais *rêver* de passer à l'acte.

Cet après-midi-là, il porte un foulard rouge noué autour de la tête, style pirate, ses avant-bras bronzés nus et poudrés de farine. Je me perche sur un tabouret et retire mes chaussures.

— Vous faites des mille-feuilles?

— Oui. Quelqu'un organise un thé deux rues plus haut. Qu'est-ce que vous faites de beau, à part courir?

Je le mets rapidement au courant de mes recherches concernant Elaine Boldt tandis qu'il met au réfrigérateur une première fournée de mille-feuilles. Quand j'arrive au chapitre Marty Grice je vois ses sourcils se dresser.

— Ne vous mêlez pas de ça. Suivez mon conseil et laissez la criminelle s'en occuper. Ce serait de la folie que de mettre votre nez là-dedans.

— Mais si elle a vraiment vu l'assassin de Marty? Si c'est pour cela qu'elle est partie?

— Alors attendez qu'elle rentre et dise ce qu'elle sait. Ce n'est pas une affaire pour vous. Si le lieutenant Dolan vous surprend à fouiner dans cette affaire, ça va chauffer pour votre matricule.

— Oui, vous avez raison. Mais qu'est-ce que je peux faire d'autre? Je ne sais plus dans quelle direction chercher, moi.

— Qui vous dit qu'elle a disparu? Qui vous dit qu'elle n'est pas à Sarasota, en train de siroter du gin-tonic sur la plage?

— Voyons, elle aurait donné de ses nouvelles à quelqu'un. Je veux dire, je ne sais pas si elle mijote quelque chose ou si elle a des ennuis mais tant qu'elle ne réapparaîtra pas, je continuerai à flairer toutes les pistes et à tirer toutes les sonnettes.

— Vous tournez en rond, dit-il. Vous vous mordez la queue.

— Peut-être mais il faut bien que je fasse quelque chose.

Henry me jette un regard sceptique puis ouvre un paquet de sucre en poudre et en pèse un petit monceau.

— Il vous faudrait un doberman.

— Sûrement pas. D'abord, je ne vois pas le rapport et ensuite je déteste les chiens.

— Vous avez besoin de protection. Cette histoire sur la plage ne serait pas arrivée si vous aviez eu un chien.

Voilà que ça recommence. Lorsque j'ai frôlé la mort récemment, la scène s'est déroulée dans un petit espace clos, une poubelle. Et je sanglotais comme une gosse(1).

— J'y repensais justement aujourd'hui. Et vous voulez que je vous dise? Tout ce qu'on raconte sur le besoin de se faire dorloter des femmes c'est de la merde. Ce sont les hommes qui nous serinent ces bobards pour mieux nous tenir en laisse. Si quelqu'un me tombait dessus demain, je recommencerais, sauf que cette fois-ci je crois que je n'hésiterais pas.

Henry n'a pas l'air impressionné.

(1) Voir *Bluff mortel*, polar USA n°6.

— Ça me fait de la peine d'entendre ça. J'espère que vous n'inaugurez pas une série.

— Je parle sérieusement, Henry. J'en ai assez de me sentir désarmée et apeurée.

Il me regarde et je lis clairement dans ce regard. Cause toujours, dit-il. Mais ce n'est pas à moi que tu feras avaler ça. Il casse un œuf sur le comptoir et l'ouvre d'une main, laissant filer le blanc entre ses doigts avant de le faire tomber dans une tasse. Il met le jaune dans un bol, prend un autre œuf et répète le processus, sans me quitter des yeux un instant.

— C'était de la légitime défense, dit-il. Personne ne dit le contraire. Mais laissez tomber vos grandes théories. Ce sont des conneries. Tuer, c'est tuer, et vous feriez bien de réfléchir à ce que vous avez fait.

— Je sais, dis-je, mais avec moins d'énergie. (Son regard me donne envie de disparaître sous terre et son ton ne me plaît pas beaucoup non plus.) Ecoutez, je n'ai peut-être pas encore vraiment surmonté ça. C'est juste que je ne veux plus être une victime. Plus jamais.

Henry serre le bol contre lui et se met à battre les œufs avec l'aisance du professionnel. Quand je fais ça, moi, les œufs finissent toujours par terre.

— Quand avez-vous jamais été une victime? demande-t-il. Vous n'avez pas à vous justifier devant moi. Vous avez fait ce que vous avez fait. Mais n'en tirez pas de conclusions philosophiques, parce que ça sonne faux. Ce n'est pas comme si vous aviez pris une décision rationnelle après des mois de réflexion. Vous avez tué quelqu'un dans le feu de l'action. Vous n'êtes pas sur une tribune en pleine campagne électorale ni à un tournant de votre vie intérieure.

J'ébauche un sourire timide.

— Je suis toujours quelqu'un de bien, n'est-ce pas?

Je n'aime pas le ton nostalgique de ma voix. Je voulais lui montrer que j'étais adulte et capable d'affronter la vérité. Mais jusqu'à ce que ces mots franchissent mes lèvres je ne m'étais pas rendu compte à quel point j'étais peu sûre de moi.

Il ne me rend pas mon sourire. Ses yeux me fixent un moment encore puis se tournent vers les œufs.

— Ce qui vous est arrivé ne change rien à ce que vous êtes, Kinsey, mais vous devez être honnête envers vous-même. On ne peut pas faire sauter la cervelle à quelqu'un puis chasser ça de son esprit. On ne peut pas non plus en faire une doctrine philosophique.

— Non, on ne peut pas, dis-je, sacrément mal à l'aise.

Je revois dans un éclair le visage au-dessus de cette poubelle juste avant que je ne fasse feu. Par Dieu sait quelle distorsion des faits, j'aurais pu jurer avoir vu la première balle étirer la peau comme un élastique, avant de la transformer en bouillie. Je chasse cette image et saute à bas du tabouret.

— Il faut que j'aille courir, dis-je, sentant l'angoisse me monter à la gorge.

Je quitte la cuisine sans me retourner mais j'imagine sans peine l'expression du visage d'Henry. Inquiétude et tristesse.

Une fois dehors, je m'aperçois que les souvenirs sont toujours aussi présents dans ma mémoire. Je fais quelques élongations rapides, me concentrant sur mes mollets. Je ne cours ni assez vite ni assez loin pour justifier un véritable échauffement, ce qui fait hurler les joggers sérieux. Mais pour une fois je mets toute la gomme puis je m'engage sur le front de mer en petite foulée et bientôt j'ai l'esprit complètement vide.

Cet après-midi-là, l'air est à la fois lourd et frais, l'océan calme et grisâtre. Côté terre, les montagnes sont vert sombre. Les nuages s'entassent à l'horizon en rangs de plus en plus serrés. Je cours trois kilomètres, fais demi-tour, refais trois kilomètres, puis rentre à mon appartement en marchant, histoire de récupérer. C'est d'ailleurs ce que je fais le mieux. Une fois chez moi, je prends une douche, me change, puis saute dans ma voiture, direction le bureau de Pam Sharkey, sur Chapel. Pam est l'agent d'assurances qui a établi les polices de Leonard Grice et je tiens à vérifier quelques points. J'ai confiance en Pam mais j'ai la mauvaise habitude de ne jamais rien prendre pour argent comptant. Peut-être Grice a-t-il souscrit une police d'un montant faramineux auprès d'une autre compagnie. Allez donc savoir.

Le Valdez Building se trouve à l'angle de Chapel et Feria, un mot espagnol qui signifie « fête ». Je le sais parce que j'ai regardé dans le dictionnaire. Il y a longtemps que je me dis que je devrais prendre des cours d'espagnol, mais je n'ai pas encore réussi à me décider. Je sais dire *taco* et *gracias* mais côté verbes c'est plutôt juste. Le Valdez est typique de l'architecture de la ville : deux étages de stuc blanc avec un toit de tuiles rouges, de grandes arches, des fenêtres aux grilles de fer forgé. La façade s'orne de gracieuses marquises bleu azur.

Le bureau de Pam Sharkey est au premier étage, dans un labyrinthe de cages de verre semblable à celui de la California Fidelity. On n'a jamais eu beaucoup d'imagination dans les assurances.

La compagnie pour laquelle elle travaille, Lambeth and Creek, est une agence indépendante qui établit des polices pour de nombreuses compagnies, dont la CFI. Je n'ai eu affaire à Pam qu'une fois, à propos d'une affaire de mari volage. Sa femme, ma cliente, était en instance de divorce et espérait trouver dans la preuve de ses liaisons un argument de négociation. Pam m'en a beaucoup voulu, non pas d'avoir découvert son aventure avec cet homme, mais parce qu'il s'est avéré qu'il avait deux autres femmes dans sa vie au même moment. Pam ne m'a toujours pas pardonné d'avoir mis le nez dans cette affaire. Mais Santa Teresa est une petite ville et il arrive que nos chemins se croisent. Nous sommes polies l'une envers l'autre mais ces civilités sont mâtinées de rancune de sa part et d'ironie de la mienne.

Pam est petite et m'a toujours fait irrésistiblement

penser à une version humaine du chihuahua. Elle est la seule femme que je connaisse à avancer sa date de naissance de dix ans pour que tout le monde s'extasie sur son air de jeunesse. Partant de là, elle jure en ce moment avoir trente-huit ans. Elle a le visage étroit, le teint bistré et se tartine la peau de fond de teint de nuances variées dans le vain espoir d'ajouter du creux à ses joues et d'estomper ses cernes. Depuis quelque temps, Pam s'est fait faire une permanente, ce qui donne à ses cheveux châtain pâle un air perpétuellement hérissé, sans doute ce qu'on appelle le look « chambre à coucher ». Aujourd'hui, elle porte un petit ensemble de chasse: veste d'équitation, knickers marrons, chaussettes roses montant jusqu'aux genoux, bottes à talons plats et à boucles. Pour ce qui est de la chasse, elle ne connaît qu'un seul terrain: les bars pour célibataires, suppliant qu'on la saute comme si la saison allait bientôt fermer ou si sa licence était sur le point d'expirer. Bon, d'accord, je pousse le bouchon un peu loin. Je n'ai pas plus de sympathie pour Pam qu'elle n'en a pour moi. Chaque fois que je la vois je me sens mauvaise et mesquine — ce qui n'est pas l'opinion favorite que j'ai de moi-même. Peut-être m'évite-t-elle pour les mêmes raisons.

Sa cage de verre est près de l'entrée — probablement un signe de réussite. Elle m'aperçoit de loin et se jette frénétiquement sur une pile de paperasses. Quand j'ai enfin couvert le chemin qui mène à son bureau elle est au téléphone et glousse d'un rire qui a dû lui demander des répétitions intensives. Elle lève les yeux vers moi avec un air de surprise assez bien imité, la paume tendue en avant pour me faire signe d'attendre.

Elle se détourne de moi en pivotant sur son fauteuil, concluant l'entretien téléphonique par des chuchotements sûrement très intimes. Sur le dessus de la pile de dossiers sur son bureau je remarque un exemplaire de *Cosmopolitan* proposant des articles sur le point G, la chirurgie esthétique des seins et le harcèlement sexuel au bureau.

Pam finit par raccrocher et pivoter vers moi. Tout signe d'animation a quitté son visage. Inutile de se mettre en frais pour moi.

— Je peux vous aider, Kinsey ?

— On m'a dit que vous aviez établi des polices pour Leonard et Marty Grice.

— C'est exact.

Je me fends d'un léger sourire.

— Pouvez-vous me dire où en est la procédure actuellement ?

Je vois bien qu'elle a envie de me dire que ce ne sont pas mes oignons mais elle sait que je travaille à l'occasion pour la California Fidelity.

— Quel est le problème ? s'enquiert-elle.

— Il n'y a pas de problème. Vera Lipton se demandait ce que devenait la demande d'indemnités pour l'incendie et j'aurais voulu savoir si d'autres polices avaient été souscrites.

— Attendez une minute. Leonard Grice est un homme adorable qui vient de passer six mois d'enfer. Si la California Fidelity cherche à lui créer des ennuis, Vera ferait mieux de s'adresser directement à moi.

— Qui vous parle d'ennuis ? Vera ne peut rien entreprendre avant d'avoir établi la preuve du sinistre.

— Cela va sans dire, Kinsey. Mais je ne vois toujours pas ce que vous venez faire là-dedans.

Mon sourire commence à me faire mal à la mâchoire. Je me penche en avant, la main gauche à plat sur son bureau, la droite reposant sur ma hanche. Je me dis qu'il est temps de clarifier les choses entre nous.

— Rien ne m'oblige à vous le dire, Pam, mais je suis sur une enquête très importante en liaison avec cette histoire d'incendie. On ne peut pas vous forcer à coopérer mais si vous ne le faites pas, je fais demi-tour et je présente une décision judiciaire au directeur de cette boîte et quelqu'un ne manquera pas de vous tomber dessus à bras raccourcis. C'est ce que vous voulez ?

Le rouge commence à percer sous la plâtrée de fond de teint.

— J'espère que vous ne croyez pas m'intimider, dit-elle.

— Absolument pas.

Là-dessus je ménage un long silence pour bien lui faire assimiler la menace. Le résultat est assez satisfaisant. Elle se met à fourrager furieusement dans ses papiers.

— Leonard Grice était assuré auprès de la California Fidelity Life et de la California Fidelity Casualty. Il a touché deux mille cinq cents dollars au titre d'une assurance-vie et il en touchera encore vingt-cinq mille pour les dommages causés à sa maison. Le contenu n'était pas assuré.

— Pourquoi seulement vingt-cinq mille pour la maison? Je croyais que cet endroit en valait plus de cent mille? Il n'aura pas assez d'argent pour faire les réparations, n'est-ce pas?

— Quand il a acheté la maison, en 1962, elle valait vingt-cinq mille dollars et c'est pour ce montant-là qu'il l'a faite assurer. Il n'a jamais augmenté le montant des primes et n'a pas souscrit d'autres polices. Personnellement, je ne vois pas comment il pourra remettre les lieux en état. Il a tout perdu et c'est sûrement pour ça qu'il est en pleine déprime.

Maintenant qu'elle m'a dit tout ça, je me sens honteuse d'avoir pensé d'elle pis que pendre.

— Merci, dis-je. Vous m'avez beaucoup aidée. Et... euh... à propos, Vera voulait que je vous demande si vous ne seriez pas intéressée par une rencontre avec un ingénieur de l'aérospatiale, célibataire et plein aux as.

Je vois défiler dans son regard la méfiance, l'avidité sexuelle, la convoitise et Dieu sait quoi encore. Suis-je en train de lui offrir sur un plateau un joli gâteau ou un vilain étron? Je sais ce qui se passe dans sa tête. A Santa Teresa, un célibataire reste rarement sur le marché plus de dix jours.

Elle me lance un regard inquiet.

— Qu'est-ce qui cloche chez ce type-là ? Pourquoi n'en voulez-vous pas pour vous-même ?

— Je viens de rompre avec quelqu'un, dis-je. Je prends un peu de repos.

Ce qui est la stricte vérité.

— Bon, dit-elle. Je vais passer un coup de fil à Vera.

— Parfait. Et merci encore pour vos informations.

Je lui fais un petit signe de la main et tourne les talons. Avec la chance que j'ai, elle risque de tomber amoureuse de ce type et de me demander d'être sa demoiselle d'honneur. Et je me retrouverai engoncée dans une de ces robes idiotes avec des tas de frous-frous à la hanche.

CHAPITRE XI

Ce soir-là, je vais dîner chez *Rosie's*, un petit établissement tout près de chez moi. A la fois bar de quartier et gargote, il est coincé entre la laverie automatique du coin de la rue et une quincaillerie. Ces trois commerces existent depuis plus de vingt-cinq ans et sont aujourd'hui, théoriquement, illégaux. Il paraît qu'ils sont en infraction grave avec le code de construction et d'aménagement du district, du moins aux yeux des gens qui vivent ailleurs. Tous les deux ans à peu près, un citoyen trop zélé pique sa crise et se précipite à la mairie pour dénoncer cette intolérable violation de l'intégrité résidentielle du quartier.

Rosie, qui doit avoir soixante-cinq ans bien sonnés, est hongroise, courte sur pattes, avec des cheveux teints au henné qui lui descendent bas sur le front. Elle porte généralement un rouge à lèvres couleur carotte qui dépasse largement les contours de sa bouche. Elle fait aussi un usage très généreux de son crayon à sourcils, ce qui lui donne un regard sévère et plein de reproche. Le bout de son nez n'est pas loin de toucher sa lèvre supérieure.

Je m'installe dans mon coin habituel au fond de la salle. Il y a un menu ronéotypé sous pochette plastifiée coincée entre la bouteille de ketchup et la boîte de serviettes en papier. Les noms de la plupart des plats sont écrits en hongrois, des mots avec plein d'accents, de *z* et de trémas, évocateurs de saveurs sauvages.

Rosie s'avance vers moi, bloc et crayon à la main, l'air drapé dans sa dignité. J'ai dû faire quelque chose pour l'offenser, mais quoi ? Elle m'arrache le menu des mains, le remet en place et inscrit d'autorité la commande sur son bloc. Si l'endroit ne vous plaît pas, allez voir ailleurs. Quand elle a fini d'écrire, elle louche sur son bloc. Ses yeux évitent les miens.

— Comme vous n'êtes pas venue depuis une semaine, dit-elle, je pensais que vous m'en vouliez. Je parie que vous avez mangé des cochonneries, hein ? Ne répondez pas. Je ne veux pas le savoir. Estimez-vous heureuse que je vous fasse quelque chose de mangeable. Tenez, voilà ce que vous aurez.

Elle consulte à nouveau son bloc d'un œil critique et me lit la commande, comme si elle la découvrait en même temps que moi.

— Salade de poivrons verts. Fantastique. La meilleure, c'est moi qui la fais, alors je sais de quoi je parle. Avec de l'huile d'olive, du vinaigre, une pincée de sucre. Pour le pain, laissez tomber, je n'en ai plus. Henry ne m'en a pas apporté ce matin. Lui aussi m'en veut peut-être. Allez donc savoir. Personne ne me dit jamais rien. Ensuite vous aurez un ragoût aigre à la queue de bœuf.

Elle raye d'un trait la queue de bœuf.

— Trop gras. Mauvais pour vous. A la place je vous donnerai du tejfeles sult ponty, du brochet cuit à la crème, et si vous videz votre assiette vous aurez des cerises frites, même si vous ne les méritez pas. Je vous apporterai le vin en même temps que les couverts. Autrichien, mais pas mal quand même.

Et elle tourne les talons. Sa grossièreté ne manque pas de charme, souvent aussi elle vous porte sur les nerfs, mais cela fait partie du prix à payer pour goûter à la cuisine de Rosie.

Ce soir-là, il n'y a pas grand monde dans son boui-boui. L'aspect pas très net des lieux n'en ressort que davantage. Murs encrassés par les émanations de la cuisine et la fumée de cigarette, moquette pelée, banquettes de skaï fendillées. Et le tout sent la bière, le paprika et le graillon. Mais j'adore cet endroit, qui ne sera jamais envahi par les touristes et où je peux venir dîner seule sans avoir à prendre un livre pour éviter les fâcheux. D'ailleurs, un homme qui draguerait une femme dans un endroit pareil aurait tout lieu de se poser des questions à son sujet.

La porte d'entrée s'ouvre sur la vieille bique qui habite en face, suivie de Jonah Robb, à qui j'ai eu affaire ce matin au service des personnes disparues. Sur le moment, c'est à peine si je le reconnais dans ses vêtements civils. Il porte un jean, une veste de tweed grise et des bottes marron. A en juger par les plis d'emballage et la raideur du col, sa chemise est toute neuve. C'est apparemment pour moi qu'il est venu car il se dirige droit vers ma table et s'assied.

— Bonsoir, dis-je. Prenez un siège.

— J'ai entendu dire que vous veniez souvent ici.

Il balaie la salle du regard, hausse les sourcils, l'air de constater que la rumeur était vraie mais difficile à croire, et poursuit :

— Les services d'hygiène connaissent-ils l'existence de cet endroit ?

Je me mets à rire.

Rosie, qui émerge de la cuisine, aperçoit Jonah et s'arrête pile avant de repartir à reculons, comme tirée par une corde invisible.

— Qu'est-ce qui se passe ? fait Jonah. Elle a compris que j'étais un flic ? Elle a un problème de ce côté-là ?

— Elle est partie vérifier son maquillage. Il y a un miroir accroché à la porte de la cuisine.

Quelques instants plus tard, Rosie réapparaît, minaudant comme une vieille cocotte, avec mes couverts enveloppés dans des serviettes de papier.

— Vous ne m'aviez pas dit que vous attendiez quelqu'un, murmure-t-elle. Votre ami a-t-il l'intention de manger un morceau? Ou de boire quelque chose? Bière, vin, cocktail?

— Une bière, ce sera parfait, dit Jonah. Qu'est-ce que vous avez à la pression?

Rosie croise les mains et me fixe avec curiosité. Elle ne s'adresse jamais directement à un étranger, ce qui nous oblige à jouer ce petit scénario dans lequel j'ai soudain l'impression d'être transformée en interprète aux Nations Unies.

— Il vous reste de la Mich à la pression?

— Bien sûr. Je n'ai que ça.

Je regarde Jonah qui acquiesce.

— Dans ce cas nous prendrons une Mich. Vous mangez quelque chose? La nourriture est extra.

— Alors c'est d'accord, dit-il. Qu'est-ce que vous me conseillez?

— Pourquoi ne pas doubler ma commande, Rosie? Vous pourriez faire ça pour nous?

— Bien sûr, dit-elle en glissant à Jonah un coup d'œil appréciateur et rusé. J'étais loin de me douter...

C'est tout juste si elle ne me pousse pas du coude. Je sais ce qu'elle aime. Les hommes un peu enrobés, bruns et dans le style décontracté. Elle s'éloigne de la table, nous laissant discrètement seuls. Elle est loin d'être aussi aimable quand je suis en compagnie d'une amie.

Je me tourne vers Jonah.

— Qu'est-ce qui vous amène ici?

— L'oisiveté. La curiosité. Je me suis informé un peu sur votre passé pour éviter de fastidieux préliminaires.

— Pour nous permettre d'arriver plus vite à quoi?

— Vous croyez que je vous fais des avances?

— Evidemment. Une chemise neuve. Pas d'alliance. Je parie que votre femme vous a quitté la semaine dernière et que vous vous êtes rasé il y a moins d'une heure. Votre eau de toilette n'est même pas encore sèche derrière vos oreilles.

Il éclate de rire. Il a un visage sympathique et de belles dents. Il se penche vers moi, en appui sur ses coudes.

— Voilà comment ça s'est passé. Je l'ai connue quand j'avais treize ans et jusqu'à notre récente séparation nous ne nous sommes jamais quittés. Je crois qu'elle est devenue adulte et pas moi, du moins pas avec elle. Je ne sais plus que faire. En fait, elle est partie depuis un an. Mais j'ai l'impression que ça fait une semaine. Vous êtes la première femme à qui je m'intéresse depuis son départ.

— Où est-elle ?

— Dans l'Idaho. Avec les enfants. Deux filles. Dix et huit ans. Courtney et Ashley. Moi, j'aurais choisi d'autres prénoms. Sara et Diane, Patti et Jill, des trucs comme ça. Je ne comprends même pas les filles. Je ne sais pas à quoi elles s'intéressent. J'aime vraiment mes enfants, mais dès le jour de leur naissance, c'est comme si elles étaient entrées avec ma femme dans un club très fermé. J'aurais pu faire n'importe quoi, je ne serais jamais devenu membre.

— Comment s'appelle votre femme ?

— Camilla. Merde et merde. Elle m'a mis le cœur en charpie. J'ai pris quinze kilos cette année.

— Il est temps de vous en débarrasser.

— Il est temps de se débarrasser de beaucoup de choses.

Rosie revient avec une bière pour Jonah et un verre de vin blanc pour moi. J'ai l'impression d'avoir déjà entendu cette histoire. Les hommes qui sortent d'un mariage sont dans un sale état et je suis moi aussi dans un sale état. Je connais tout ça : la douleur, le doute, les émotions mal assimilées. Dès que Rosie est repartie, je reviens sur le sujet.

— Je ne vais pas fort moi-même, dis-je.

— C'est ce que j'ai cru comprendre. Je pensais que nous pourrions nous aider mutuellement.

— Ce n'est pas comme ça que ça marche.

— Vous voulez venir au stand de tir vous entraîner de temps en temps?

Je ne peux pas m'empêcher de rire. Il a tout compris.

— Bien sûr. Pourquoi pas? Vous avez quoi comme pistolet?

— Un colt Python avec un canon de six pouces. J'y mets des cartouches de .38 ou de .357 magnum. D'habitude j'ai simplement un Trooper MK III mais quand je suis tombé sur ce Python d'occasion je n'ai pas résisté. Quatre cents dollars. Vous avez été mariée deux fois? Ça me dépasse. Vous comprenez, moi j'ai toujours cru que le mariage était un véritable engagement. La fusion des âmes par-delà la mort et des conneries comme ça.

— Quatre cents dollars, c'est du vol. Qui est-ce qui vous a mis ça dans la tête? Vous êtes catholique ou quoi?

— Non, juste un peu con, je crois. Toutes ces idées me viennent des feuilletons dans les magazines du salon de beauté que tenait ma mère quand j'étais gosse. Le pistolet provient de la succession de Dave Whitaker. Sa veuve a horreur des armes à feu et s'est débarrassé de sa collection à la première occasion. J'aurais payé le prix normal mais elle n'a pas voulu en entendre parler. Vous la connaissez? Bess Whitaker?

Je hoche la tête.

Il lève la tête quand Rosie pose une assiette devant chacun de nous. Je vois à sa tête qu'il ne s'attendait certainement pas à des poivrons verts à la vinaigrette, même délicatement parsemés de persil.

D'habitude, Rosie attend que je goûte et que je me lance dans un grand laïus, style divagations de critique gastronomique, mais cette fois elle s'éloigne sans un mot et aussitôt Jonah se penche sur son assiette.

— Qu'est-ce que c'est que cette merde?

— Mangez d'abord.

— Kinsey, pendant dix ans j'ai vu mes enfants retirer de leur assiette les oignons et les champignons. Sorti des hamburgers, je suis complètement largué.

— Alors une grande surprise vous attend, dis-je. Que mangez-vous depuis le départ de votre femme ?

— Elle m'a rempli le congélateur avant de partir. Tous les soirs, je sors une boîte et je la mets au four. Elle a dû récupérer un lot en solde quelque part. Vous savez, ces dîners d'été tout préparés avec des petits compartiments. Elle tenait à ce que je me nourrisse de façon équilibrée, même si elle m'arnaquait financièrement.

Je prends ma fourchette et le regarde, essayant d'imaginer cette femme en train de congeler 365 repas pour pouvoir se faire la malle la conscience tranquille. Et c'est avec cette femme qu'il aurait voulu passer sa vie entière, comme les hiboux.

Quand il enfourne sa première bouchée de salade de poivrons ses yeux roulent dans leurs orbites. D'après l'expression de son visage, le poivron doit se trouver au creux de sa langue pendant qu'il mastique autour. Je fais la même chose avec les pommes de terre sucrées confites que certaines gens persistent à servir au moment de Thanksgiving. Autant mettre de la confiture de fraise sur des choux de Bruxelles.

Jonah a un hochement de tête philosophique et se met à vider consciencieusement son assiette. Ça ne doit pas lui sembler tellement plus mauvais que les cochonneries que lui a préparées sa Camilla. Je parie qu'elle lui a aussi laissé 365 bocaux de macédoine de fruits pour le dessert.

Il lève les yeux vers moi.

— Qu'y a-t-il ? Pourquoi me regardez-vous comme ça ?

Je hausse les épaules.

— Le mariage est un mystère.

— Je suis bien de votre avis. Au fait, votre affaire avance ?

— J'en suis encore à fureter un peu partout. Pour le moment, je fais une petite enquête parallèle sur un meurtre non résolu. Une de ses voisines a été tuée la semaine où elle a quitté la ville.

— Intéressant. Et quel est le rapport ?

— Je ne sais pas encore. Peut-être aucun. Je trouve simplement troublant que Marty Grice ait été assassinée quelques jours avant la disparition d'Elaine Boldt.

— Qu'a donné l'identification du corps ?

— Celui de Marty ? Aucune idée. Dolan ne veut rien me dire.

— Pourquoi ne pas jeter un coup d'œil à ses dossiers ?

— Vous plaisantez ? Il ne me laissera jamais les approcher.

— Alors ne le lui demandez pas. Demandez-le-moi. Je peux faire des photocopies si vous me dites ce qu'il vous faut.

— Jonah, il vous virerait sur l'heure. Vous n'aurez plus qu'à vendre des godasses jusqu'à la fin de vos jours.

— Pourquoi voulez-vous qu'il l'apprenne ?

— Comment ne l'apprendrait-il pas ? Il sait tout.

— Foutaises. Le dossier se trouve au service des identifications mais je parie qu'il en a une copie dans son bureau. Je n'aurais qu'à attendre qu'il soit sorti pour photocopier ce qu'il vous faut. Ensuite je les remettrai en place.

— Vous n'aurez pas à signer un papier ou quelque chose ?

A sa façon de me regarder il me prend pour quelqu'un qui ne s'est sûrement jamais garé en stationnement interdit. Et il a raison. Je suis peut-être une menteuse née, mais enfreindre le code de la route ou rendre un livre à la bibliothèque avec une semaine de retard me met dans tous mes états. Remarquez, il m'arrive bien de temps en temps de crocheter une serrure, mais seulement si j'ai la certitude *absolue* de ne pas me faire pincer.

— Ne faites pas cela, dis-je. Vous ne le pouvez pas.

— Comment ça, je ne le peux pas ? Bien sûr que si. Vous voulez quoi ? Autopsie ? Rapport de police ? Interrogatoires des témoins ? Rapports de laboratoires ?

— Ce serait fantastique. Vraiment, ça m'aiderait. Mais je ne peux pas vous demander une chose pareille.

— Vous ne me l'avez pas demandé. Je me suis porté volontaire. Arrêtez de jouer les oies blanches. Un jour, vous pourrez me renvoyer l'ascenseur.

Après le dîner, il me raccompagne chez moi. Il n'est qu'un peu plus de 20 heures mais j'ai du travail et à vrai dire il semble un peu soulagé que ce premier contact ne se prolonge pas. Dès que j'entends ses pas s'éloigner, je m'installe à mon bureau pour mettre mes notes au propre.

Je vérifie aussi les fiches que j'ai faites avant, les unes après les autres. Une chose me frappe. J'ai noté très méticuleusement tout ce dont je me souvenais après ma première visite à l'appartement d'Elaine. C'est pour moi un travail de routine, presque un jeu qui me permet de tester ma mémoire. Dans le placard de la cuisine, dit la fiche en question, il y avait des boîtes de nourriture pour chat. Mais pour quel chat ?

CHAPITRE XII

A 9 heures le lendemain matin, je retourne Via Madrina. Comme Tillie ne répond pas à mon coup de sonnette, au bout d'une minute je consulte la liste des locataires et sonne chez un certain Wim Hoover, appartement 10, juste à droite de celui d'Elaine.

— Oui ? dit une voix dans l'interphone.

— Monsieur Hoover ? Je suis Kinsey Millhone, détective privé à Santa Teresa. Je cherche Elaine Boldt. Cela vous ennuierait de répondre à quelques questions ?

— Vous voulez dire là, maintenant ?

— Euh... oui, si vous n'y voyez pas d'inconvénient. J'étais venue parler à la gérante mais elle n'est pas là.

J'entends un murmure de conversations puis la porte s'ouvre. L'appartement 10 se trouve juste en face de l'ascenseur et Hoover m'attend dans le couloir, en peignoir de tissu éponge bleu pâle. Il peut avoir dans les trente-quatre ans. Mince, plutôt grand, il a les cheveux ébouriffés et l'air de ne pas s'être rasé depuis deux jours. Ses yeux sont encore tout embrumés de sommeil.

— Oh, mon Dieu, dis-je. Je vous ai réveillé. Je déteste faire ça aux gens.

— Non, non, j'étais levé, dit-il.

Il se passe la main dans les cheveux et se gratte l'arrière du crâne avec un long bâillement. Je serre les dents pour ne pas bâiller aussi. Il s'efface pour me laisser entrer.

— Je viens de mettre le café en route. Il sera prêt dans une minute. Venez vous asseoir.

Il m'indique la cuisine sur la droite. Son appartement est la réplique parfaite de celui d'Elaine, avec la même vue sur la maison des Grice. Hoover ajuste son peignoir et s'assied sur une chaise de cuisine, les jambes croisées, il a des genoux très mignons.

— C'est comment votre nom déjà? Excusez-moi, je suis encore à moitié dans les vaps.

— Kinsey Millhone, dis-je.

La cuisine sent le café et les dents pas lavées. Les siennes, pas les miennes. Il prend dans un paquet une cigarette brune et l'allume, espérant sans doute dissimuler ses effluves matinales par quelque chose de pire. Il a les yeux couleur tabac, ourlés de cils clairsemés, et le visage très lisse. Il me regarde d'un air à peu près aussi éveillé que celui d'un boa constrictor digérant une famille de marmottes. Le percolateur émet ses derniers crachotements et Hoower sort deux tasses d'un placard. Pour ne pas me laisser gagner par sa léthargie je demande:

— Et vous, comment vous appelle-t-on? William? Bill?

— Wim, dit-il en sortant du réfrigérateur un carton de lait.

Il lui faut une bonne minute pour trouver le sucre et des cuillères. Après la première gorgée de café, j'entre directement dans le vif du sujet.

— Vous connaissiez bien Elaine?

— On échangeait quelques mots en se croisant dans le couloir, dit-il. Nous sommes voisins depuis des années. Qu'est-ce que vous lui voulez? Elle est partie en laissant un monceau de factures impayées?

Je le mets rapidement au courant de la situation, ajoutant que cette absence n'est pas forcément inquiétante, mais tout de même assez troublante.

— Vous souvenez-vous quand vous l'avez vue pour la dernière fois?

— Pas vraiment. Peu avant son départ. Vers Noël, je

crois. Non, pas à Noël, le soir de Nouvel An. Elle m'a dit qu'elle resterait à la maison.

— Savez-vous par hasard si elle avait un chat ?

— Oui, bien sûr. Une superbe bestiole. Un gros persan gris du nom de Mingus. En fait, c'était mon chat à l'origine. Mais je ne suis pratiquement jamais chez moi et comme je pensais qu'il avait besoin de compagnie je le lui ai donné. C'était un chaton à l'époque. Si j'avais su qu'il deviendrait d'une beauté pareille je ne m'en serais jamais séparé. Vous savez, je m'en mords vraiment les doigts, mais que faire ? Un marché est un marché.

— Quel était le marché ?

— Je lui ai fait jurer de ne jamais changer son nom. Charlie Mingus. Comme le pianiste de jazz. Je lui ai fait promettre aussi de ne jamais le laisser seul, sinon à quoi bon l'avoir donné ?

Wim prend sa cigarette et en tire une longue bouffée, le coude en appui sur la table. J'entends la douche couler quelque part au fond de l'appartement.

— L'emmenait-elle en Floride avec elle chaque année ?

— Evidemment. Quand il y avait suffisamment de place dans l'avion, elle le gardait avec elle. Elle disait qu'il s'y sentait parfaitement chez lui.

— Bizarre qu'on ne l'ait aperçu nulle part.

— Il est probablement toujours avec elle, où qu'elle soit.

— Lui avez-vous parlé après le meurtre ?

Wim hoche la tête.

— J'ai parlé à la police, ou plutôt c'est elle qui est venue me parler. La fenêtre de mon salon donne sur la maison et ils ont voulu savoir ce que j'avais vu. C'est-à-dire rien. Ce flic était le pire connard que j'aie jamais rencontré. Et agressif, avec ça. Voulez-vous encore un peu de café ?

Il se lève pour remplir à nouveau ma tasse. L'eau de la douche cesse brusquement de couler et Wim le remarque en même temps que moi. Il sort une poêle du placard et un sachet de bacon du réfrigérateur.

— Je vous offrirais bien le petit déjeuner, mais il n'y en aura pas assez pour trois.

— De toute façon, il est temps que je m'en aille, dis-je en me levant.

Il agite impatiemment la main.

— Je vous en prie, restez assise et finissez votre café. Et vous pouvez me poser toutes les questions que vous voulez.

— Et le vétérinaire qui s'occupait du chat ? Elle consultait quelqu'un dans le quartier ?

Wim dispose quatre tranches de bacon dans la poêle et allume le gaz. Il contemple un instant la flamme bleue.

— Il y a une clinique vétérinaire au coin de Serenata Street. Elle y amenait Ming dans un de ces paniers à chat et il grondait comme un coyote. Il déteste tous les vétérinaires.

— Avez-vous une idée de l'endroit où Elaine peut se trouver ?

— Pourquoi pas chez sa sœur ? Elle est peut-être allée la voir à L.A.

— C'est sa sœur qui m'a engagée pour la retrouver. Elle n'a pas vu Elaine depuis des années.

Wim considère un instant les tranches de bacon puis éclate de rire.

— Celui qui vous a raconté ça s'est bien foutu de vous. Je l'ai vue ici de mes yeux il n'y a pas six mois.

— Vous avez vu Beverly ?

— Parfaitement. A peu près quatre ans de moins que sa sœur, des cheveux noirs coupés au carré, une très jolie peau. C'est bien elle, non ?

— Oui, votre description correspond à la femme que j'ai rencontrée. Mais pourquoi m'aurait-elle menti ?

— Là, j'ai peut être une petite idée. C'était au moment de Noël et elles se sont battues comme des chiffonnières, se lançant des insultes à la tête, se jetant des trucs à la figure, avec les portes qui claquaient et tout. Beverly n'a probablement pas envie que ça se sache. Ce qu'elles ont pu débiter comme obscénités toutes les deux! Je n'aurais jamais cru Elaine capable d'un tel langage. Mais l'autre était pire.

— De quoi s'agissait-il ?

— D'un homme, évidemment. Vous voyez autre chose qui puisse mettre deux femmes dans un état pareil ?

— Et vous n'avez aucune idée quant à l'identité de cet homme ?

— Aucune. Si vous voulez mon avis, Elaine est une de ces femmes qui savourent secrètement leur situation de veuve. Elle s'attire la sympathie des gens et est libre comme l'air. Elle a de l'argent à la pelle et personne pour l'enquiquiner. Pourquoi alors s'embarrasser d'un homme ? Elle est bien mieux toute seule.

— Dans ce cas, pourquoi se serait-elle disputée avec Beverly ?

— Qui sait ? Peut-être pour le plaisir.

Je finis mon café et me lève.

— Il vaut mieux que je file. Je ne veux pas troubler votre petit déjeuner, mais il se peut que j'aie encore besoin de vous. Vous êtes dans l'annuaire ?

— Bien sûr. Et je travaille. Je suis barman à l'hôtel Edgewood, près de la plage. Vous connaissez ?

— Seulement de nom. Ce genre d'endroit n'est pas dans mes moyens.

— Passez-y un de ces jours. J'y suis de six heures à la fermeture tous les soirs sauf le lundi. Je vous paierai un verre.

— Merci, Wim. Volontiers. Merci de votre aide, et merci pour le café.

— Je vous en prie.

En me dirigeant vers la porte, j'entraperçois le camarade de petit déjeuner de Wim. Une vraie petite merveille : regard de velours, bouche sensuelle, chemise sans col, chandail de cachemire italien jeté sur les épaules, les manches nouées sur le devant.

Dans la cuisine, Wim s'est mis à chanter sa version à lui de « The Man I Love ». Sa voix ressemble à s'y méprendre à celle de Marlene Dietrich.

En arrivant dans le hall, je tombe sur Tillie, poussant son caddie comme une poussette. Il est chargé à ras bord de sacs de papier marron.

— Vous me cherchiez ? demande-t-elle.

— Oui, mais vous n'étiez pas là. Alors je suis monté bavarder un peu avec Wim. Je ne savais pas qu'Elaine avait un chat.

— Oh, si. Elle a Mingus depuis des années. Je ne sais pas pourquoi je ne vous en ai pas parlé. Qu'est-ce qu'elle a bien pu en faire ?

— Vous m'avez dit qu'elle portait une sorte de bagage à main en montant dans le taxi ce soir-là. Aurait-il pu s'agir du panier de Mingus ?

— D'après les dimensions, c'est fort possible, d'autant plus qu'elle emmenait son chat partout où elle allait. Il a donc disparu lui aussi. C'est à cela que vous pensiez ?

— Je ne sais pas encore. Probablement. Dommage qu'il n'ait pas quelque maladie féline rarissime. J'aurais fini par retrouver sa trace en remontant la filière des vétérinaires.

Tillie hoche la tête en souriant.

— Hélas pour vous, Mingus a toujours été en parfaite santé. Mais il est facile à reconnaître. Une grosse boule gris perle qui devait bien faire ses dix kilos.

— Il était de pure race ?

— Non, et elle l'a fait castrer de bonne heure donc il n'a pas servi à la reproduction ou des trucs comme ça.

— Dans ce cas, je ferais bien de me lancer sur ses traces à lui aussi, d'autant plus que je n'ai rien d'autre à me mettre sous la dent. Vous êtes allée à la police hier ?

— Ah, oui. Je leur ai dit que nous pensions que la

femme avait pu voler les factures d'Elaine. Le flic m'a regardée comme si j'étais complètement timbrée, mais il a pris note.

— Il faut que je vous parle de quelque chose que vient de me dire Wim. Il jure que Beverly, la sœur d'Elaine, est venue ici aux environs de Noël et que toutes deux ont eu une sacrée prise de bec. Vous le saviez?

Tillie a l'air vaguement mal à l'aise.

— Non. Et Elaine ne m'a jamais parlé de ça. Il faut que je rentre, Kinsey. J'ai là-dedans des produits surgelés qui vont tout inonder si je ne les mets pas tout de suite au congélateur.

— D'accord. Je repasserai plus tard si j'ai besoin de vous. Merci, Tillie.

Je retourne à ma voiture, mais à peine au volant je ressors et verrouille à nouveau la portière. Comme ça, sous le coup d'une impulsion. Je me dirige vers la maison des Snyder. Il a dû me guetter derrière le rideau car la porte s'ouvre avant même que j'aie le temps de sonner.

— Je vous ai vue remonter l'allée. C'est vous qui êtes venue hier. Mais j'ai oublié votre nom.

— Kinsey Millhone. Je suis allée voir M. Grice chez sa sœur hier. Il m'a dit que vous aviez une clé de la maison et que vous me laisseriez jeter un coup d'œil.

— C'est juste. La clé doit être quelque part.

Il furète un peu partout pendant un moment, puis finit par la trouver sur le trousseau dans sa poche.

— La voilà, dit-il en détachant péniblement la clé de l'anneau avant de me la tendre. C'est celle de la porte de derrière. Celle devant a une planche clouée en travers.

— Je vous la rapporte dès que j'aurai terminé, dis-je.

Je déverrouille la porte et pénètre à l'intérieur. Pour une fois, la chance est de mon côté. Le sol est jonché de gravats mais les meubles sont toujours là; table de cuisine encrassée, chaises renversées. Je laisse la porte ouverte derrière moi et balaie la pièce du regard. Les portes entrebâillées des placards laissent entrevoir de la vaisselle et des boîtes de conserve. Je me sens vaguement mal à l'aise, comme toujours dans ces situations-là. La maison sent le bois brûlé et les murs sont gris de fumée. A première vue, l'intérieur ressemble beaucoup à celui des Snyder. La salle de bains est rudimentaire : juste un lavabo et un w.c., le sol tapissé d'un linoléum hors d'âge. La fenêtre donne droit sur la chambre à coucher des Snyder, plus exactement droit sur le lit de May Snyder, que j'aperçois nettement, allongée sur ce qui ressemble à un lit d'hôpital, minuscule et ratatinée sous une couverture blanche.

Plus j'approche du devant de la maison, plus les ravages de l'incendie sont perceptibles. Toute couleur a disparu des lieux et l'ensemble a l'air maintenant d'une photographie en noir et blanc.

Près de la porte d'entrée, plusieurs lattes du parquet ont disparu. C'est probablement là qu'a été retrouvé le corps de Marty Grice. Les flammes avaient dévoré les murs, laissant à nu des tuyaux et des poutres noircis. Dans le salon, deux fauteuils et un canapé sont encore regroupés autour d'une table basse, mais le feu a mangé le capitonnage et les ressorts jaillissent par tous les côtés. Quant à la table basse, il n'en reste que le cadre métallique.

Je monte prudemment l'escalier jusqu'à la chambre. C'est là que l'incendie a causé le moins de dégâts. Le lit est toujours fait mais la pièce sent le roussi et l'humidité. Sur la table de chevet trône une photographie de Leonard dans un cadre argenté, avec une carte de rendez-vous chez le dentiste coincée dans un angle du verre.

Je retire la carte et me penche vers le visage de Leonard. Je repense à la photo que j'ai vue de Marty, ce petit boudin, avec ses lunettes à monture en plastique et sa permanente qui ressemble à une perruque de mauvaise qualité. Leonard est bien plus séduisant. Sur ce portrait, datant de jours meilleurs, il arbore une silhouette élancée, un visage plutôt distingué, des tempes argentées et un regard énergique. Les épaules sont juste un peu affaissées, probablement à cause de ces problèmes de dos, mais ça lui donne un air plutôt vulnérable. Est-ce qu'Elaine le trouvait séduisant ? Et jusqu'à quel point ?

Je remets la photo en place et redescends l'escalier. En avançant dans le couloir en direction de la cuisine, j'aperçois une porte entrebâillée. Je la pousse précautionneusement. Elle donne sur le sous-sol, noir et inquiétant comme le fond d'un puits. Merde. C'est vraiment le genre d'expédition dont je me passerais. Mais je pars quand même chercher ma torche dans la boîte à gants de ma voiture.

CHAPITRE XIII

Les marches du sous-sol sont intactes. Sans doute l'incendie a-t-il été circonscrit avant d'arriver là. Le rayon de ma torche perce l'obscurité, illuminant un passage étroit et mouvant, rempli de choses que je me garde bien de toucher. J'arrive au bas de l'escalier. Pas beaucoup de hauteur sous plafond. La maison a plus de quarante ans et les murs de ses fondations suitant d'humidité sont couverts de toiles d'araignées. L'air est aussi confiné que dans une serre, sauf qu'ici tout est mort et exhale une odeur de vieille pourriture.

Je dirige le faisceau de ma lampe le long des solives, jusqu'à l'endroit d'où filtre la lumière du jour. Le sol du rez-de-chaussée s'est-il effondré, faisant basculer le corps dans le sous-sol ? Je m'approche, le cou tendu. Le pourtour du trou a l'air d'avoir été découpé. Peut-être a-t-on prélevé des échantillons des lattes du plancher pour des analyses. Dans un coin à gauche il y a un vieux four et un évier aux tuyaux rongés par la corrosion.

Ma torche balaie tout l'espace, la lumière faisant jaillir de sinistres cavités des créatures à huit pattes, plus terrifiées que moi. Plus tard, je me féliciterai d'avoir été une si consciencieuse petite fourmi, mais pour l'instant j'ai surtout envie de filer d'ici en vitesse. Le rayon de ma torche s'intéresse maintenant au mur du fond, là où les marches s'arrêtent tout près de la porte donnant sur la cour latérale. La lumière du jour filtre à travers les fissures mais pas l'air frais. Je sais que la porte à double battant est verrouillée de l'extérieur mais le bois est vieux et craquelé et n'a plus l'air bien costaud. D'après ce qu'a dit Lily Howe, le cambrioleur n'a pas eu à fracturer quoi que ce soit. Il avait tout bonnement sonné à la porte. Y avait-il eu lutte ? A-t-il paniqué en voyant Marty Grice au point de la tuer instantanément ? Evidemment, l'intrus pouvait avoir été une femme, surtout si l'arme utilisée était effectivement une batte de baseball.

Je retourne vers l'escalier et grimpe les marches deux par deux jusqu'à la porte que je referme derrière moi. Assise sur les marches du porche, je reprends lentement mon souffle. Puis je m'attaque au jardin. Je ne sais pas ce que je cherche ni ce que j'espère trouver au bout de six mois. Il y a là des haies broussailleuses, un petit oranger assoiffé et rachitique, de la mauvaise herbe partout. La remise est un de ces trucs qu'on peut acheter en kit dans les maisons de vente par correspondance et installer n'importe où. Elle est fermée par un gros cadenas à l'air bien solide. Je l'inspecte de plus près. Si j'avais mon petit attirail avec moi, j'en viendrais à bout en quelques minutes, mais l'idée de me mettre au travail en plein jour ne m'enthousiasme pas vraiment. Une fois la nuit tombée, je viendrai voir ce que Grice et son neveu gardent de si précieux là-dedans. Probablement de vieux outils de jardin, mais sait-on jamais.

Je rapporte la clé à M. Snyder puis retourne à ma voiture, direction le bureau. Pour commencer, faire du café. Le courrier n'est pas encore arrivé et il n'y a pas de messages sur mon répondeur. J'ouvre les portes-fenêtres et sors sur le balcon. Où a bien pu passer Elaine Boldt ? Et où est son chat ? J'ai l'impression d'être dans un cul-de-sac. En attendant d'en sortir, je rédige un contrat pour Julia Ochsner, le mets avec les autres lettres à expédier et me sers une tasse de café. Dans les périodes de doute, me dis-je, le mieux est de se réinstaller dans la routine.

Je passe un coup de fil à un journal de Boca Raton et un autre à un quotidien de Saratosa pour faire passer une petite annonce à la rubrique « personnel ». « Quiconque aurait des nouvelles d'Elaine Boldt, 43 ans, race blanche... », etc., « voudra bien contacter... » ici mon nom, mon adresse, mon numéro de téléphone, et une invitation à m'appeler en PCV.

Là, au moins, j'ai l'impression d'avoir fait quelque chose d'utile. Et maintenant ? Pourquoi ne pas appeler Julia Ochsner ? J'envisageais de le faire de toute façon.

— Allô ? dit-elle quand elle décroche enfin.

La voix est tremblotante mais avec une note d'excitation, comme si malgré ses quatre-vingt-huit ans elle était encore avide de surprises et d'imprévu. J'espère être comme elle à son âge. Pour le moment, je suis bien moins optimiste.

— Bonjour, Julia. C'est Kinsey, de Santa Teresa.

— Attendez un instant, Kinsey, je vais éteindre la télévision. Je regardais mon émission.

— Voulez-vous que je vous rappelle un peu plus tard ? Jc déteste déranger.

— Non, non. Je préfère vous parler. Attendez un instant.

Un moment plus tard, le téléviseur s'est tu. Julia doit être en train de se traîner vers le téléphone aussi vite qu'elle le peut. Enfin elle reprend le combiné.

— J'ai laissé l'image, dit-elle, même si d'ici je ne vois qu'une grosse tache. Comment allez-vous ?

— Pas fort. Je ne sais plus quoi essayer mais je voulais vous parler du chat d'Elaine. Vous n'auriez pas aperçu Mingus au cours des six dernier mois, par hasard ?

— Oh, mon Dieu, non. Je n'y ai même pas pensé. Mais si elle a disparu, il a dû disparaître aussi.

— Ça en a l'air. La gérante de son immeuble ici dit que le soir de son départ elle portait quelque chose qui ressemblait à un panier pour chat. Donc, si elle est vraiment arrivée en Floride, elle l'avait avec elle.

— Je serais prête à parier que ni Elaine ni son chat ne sont jamais arrivés ici. Si vous voulez, je peux me renseigner près des vétérinaires et des chenils du coin. Elle l'a peut-être donné à garder pour une raison ou une autre.

— Vous feriez cela pour moi ? Cela me permettrait vraiment de gagner du temps. Je ne sais pas si vous trouverez quelque chose mais au moins aurons-nous essayé. Je vais voir si je peux mettre la main sur le chauffeur de taxi qu'elle a pris. Il m'apprendra peut-être si elle avait ou non son chat avec elle. Pat Usher en a-t-elle jamais parlé ?

— Pas que je m'en souvienne. Au fait, elle est partie, avec armes et bagages.

— Ah oui ? Au fond, ça ne me surprend pas. Mais j'aimerais savoir où elle est. Pouvez-vous demander aux Makowski de vous donner l'adresse où elle fait suivre son courrier ? Je vous rappelle dans un jour ou deux mais surtout n'appelez pas Pat vous-même. Je ne veux pas qu'elle sache que vous êtes mêlée à cette histoire. Il se peut que j'aie encore besoin de vous plus tard pour des missions d'espionnage et je tiens à ce que votre couverture reste intacte. A part ça, comment allez-vous ?

— Oh, très bien, Kinsey. Ne vous inquiétez pas pour moi. Je ne pense pas que vous vouliez encore de moi comme associée une fois cette affaire conclue.

— On m'a déjà fait de pires offres dans la vie.

Julia se met à rire.

— Je vais me mettre à lire Mickey Spillane, juste pour me mettre en forme. Mais je ne connais pas beaucoup de gros mots, vous savez.

— Ne vous en faites pas pour ça, j'en connais assez pour nous deux. Je vous rappelle plus tard. Si jamais vous découvrez quelque chose de passionnant entretemps, passez-moi un coup de fil. Oh, à propos, je vous envoie un contrat pour que vous le signiez. Autant faire les choses dans les formes.

— Bien reçu. Terminé, dit-elle, avant de raccrocher.

Je laisse ma vieille Volkswagen sur le parking derrière mon bureau et remonte à pied vers les bureaux de la compagnie de taxis Tip Top, sur Delgado. Ses locaux sont situés dans une rue étroite bordée essentiellement de magasins de soldes permanents : chaussures, autoradios, meubles de cuisine, cycles, de temps en temps un salon de coiffure ou un « fast-foto-service ». Le tout dans un état de décrépitude assez avancé.

Tip Top est coincé entre une petite boutique d'objets d'occasion gérée au profit d'œuvres charitables et d'un magasin de confection pour hommes grands et forts. Le bureau lui-même est long et étroit, séparé au milieu par un mur de contreplaqué avec une porte découpée dedans. L'endroit est meublé de bric et de broc : deux canapés défoncés, une table avec un pied plus court que les autres, deux chaises paillées. L'employé de permanence est perché sur un tabouret, un coude en appui sur un comptoir aussi encombré qu'un établi. Il peut avoir dans les vingt ans. Les cheveux aussi noirs que les yeux, une petite moustache sombre, une tee-shirt bleu pâle avec une décalcomanie décoloré du Grateful Dead et une visière qui fait se dresser ses cheveux sur les côtés. Il pivote sur son tabouret pour me faire face.

— Oui, m'dame ?

— Je m'appelle Kinsey Millhone, dis-je en lui tendant la main.

— Ron Coachello.

Je sors mon portefeuille et lui montre ma licence.

— Je me demandais si vous pourriez vérifier quelques fiches pour moi.

Son regard indique qu'il peut vérifier tout ce qu'il veut. S'il le veut bien.

— Qu'est-ce qu'il y a pour votre service ?

Je lui donne la version *Reader's Digest* de l'histoire, en mentionnant l'adresse d'Elaine Boldt à Santa Teresa et l'heure approximative où le taxi était venu la prendre.

— Pouvez-vous remonter au mois de janvier de cette année et voir si Tip Top a effectué cette course ? Il se peut que s'il se soit agi de City Cab ou Green Stripe. J'aurais quelques questions à poser au chauffeur.

Il hausse les épaules.

— Facile. Je peux vous le faire pour demain. J'ai toute la paperasse chez moi. Je ne garde rien ici. Si vous me passiez un coup de fil demain, hein ?

Le téléphone se met à sonner. Je lui laisse ma carte et il fait un signe de la main avant de partir.

Je répète le même processus avec les deux autres compagnies de taxi, qui par chance ne sont pas très éloignées l'une de l'autre. Quand je déballe mon histoire la troisième fois, je bégaie de façon inquiétante.

En rentrant à mon bureau, je trouve un message de Jonah Robb sur mon répondeur.

« Ah, oui, Kinsey. C'est l'agent Robb pour ce... cette affaire dont nous avons parlé. Pourriez-vous me rappeler... euh... cet après-midi pour que nous trouvions un moment pour en parler. Nous sommes vendredi et il est... midi dix. A bientôt. Merci. »

Il a laissé son numéro au service des personnes disparues du poste de police.

Je le rappelle, me présentant dès qu'il prend la communication.

— J'ai cru comprendre que vous aviez des informations pour moi.

— C'est ça. Vous pouvez passez chez moi dans la soirée ?

— Je peux.

Je note son adresse et nous nous mettons d'accord pour 20 h 15, évitant de parler de dîner. A ce stade de nos relations, je préfère faire l'impasse sur les petites récréations, de quelque nature qu'elles soient. Je le remercie de son aide et raccroche.

J'ai beau me creuser furieusement la tête, je ne vois vraiment pas ce que je pourrais faire de plus sur cette affaire cet après-midi. Alors je ferme mon bureau et rentre chez moi. Comme il n'est que treize heures et que je n'ai pas fait grand-chose, je me sens moralement obligée de me rendre utile à la maison. Je lave la vaisselle qui traîne dans l'évier et la laisse sécher sur l'égouttoir. Je bourre la machine à laver, récure la salle de bain, sors la poubelle et passe l'aspirateur autour des meubles. De temps en temps, je déplace quand même tout et j'aspire les moutons, mais pour aujourd'hui, un petit tour rapide suffira. J'adore l'ordre. Quand on vit seul, on peut vivre dans une porcherie ou tout ranger au fur et à mesure, ce que je préfère. Il n'y a rien de plus déprimant que de rentrer après une journée épuisante dans un appartement qui a l'air d'avoir été ravagé par une horde sauvage.

Ensuite j'enfile ma tenue de jogging et cours cinq kilomètres pour brûler mon trop-plein d'énergie.

En rentrant, je prends une douche, me lave les cheveux, fais un petit somme, descends à l'épicerie, puis je m'installe à mon bureau pour travailler sur mes fiches tout en sirotant un verre de vin blanc et en grignotant un sandwich chaud aux œufs durs avec des tonnes de mayonnaise et de sel.

A huit heures, j'enfile une veste, attrape mon sac à main et mes clefs et file retrouver ma voiture. Je prends la direction de Cabana Boulevard, la large avenue parallèle à la plage. Jonah vit dans un curieux petit lotissement du côté de Primavera, à un kilomètre et demi environ. Je tourne à gauche, grimpe la colline, passe devant la Sea Shore Park puis tourne à droite pour m'enfoncer dans un enchevêtrement de rues, de l'autre côté du boulevard.

Je trouve sans trop de mal le numéro que je cherche et gare ma voiture dans l'allée. Le porche est illuminé et le jardin a l'air bien tenu. La maison de Jonah, style ranch en stuc couleur gris ardoise, est assez vaste. Il doit bien y avoir trois chambres à coucher là-dedans, et sûrement aussi un patio. Je sonne et Jonah m'ouvre presque aussitôt. Il porte un jean et une chemise de lin L.L. Bean à fines rayures roses. Il tient négligemment une bouteille de bière par le goulot et regarde sa montre.

— On peut dire que vous êtes ponctuelle.

— Oh, ce n'est pas si loin. J'habite juste au bas de la colline.

— Je sais. Laissez-moi vous débarrasser.

Je lui tends ma veste et mon sac. Il jette le tout sur un fauteuil sans aucune cérémonie.

Pendant quelques secondes, ni lui ni moi ne trouvons rien à dire. Il boit une gorgée de bière. Je glisse mes mains dans mes poches arrière. Pourquoi ce sentiment de malaise ? La scène me rappelle mes premières sorties de lycéenne, quand la mère d'un camarade de classe nous emmenait au cinéma et que personne ne savait jamais quoi dire.

Je regarde autour de moi.

— Vous avez une bien jolie maison.

— Venez. Je vais vous faire visiter.

Je le suis pendant qu'il me fait ses commentaires par-dessus son épaule.

— Quand nous avons emménagé ici, c'était une vraie porcherie.

Le propriétaire l'avait louée à une bande de cinoques qui gardaient un furet dans le placard et ne tiraient jamais la chasse d'eau parce que c'est contre leur religion. Vous avez dû en voir en ville. Pieds nus avec ces espèces de chiffons rouges et jaunes autour de la tête et fringués comme s'ils sortaient de l'Ancien Testament. Il disait qu'ils ne payaient pratiquement jamais le loyer, mais que quand il venait les relancer ils se mettaient à chantonner et à lui tenir la main. Vous voulez un peu de vin ? J'en ai acheté une bouteille d'une sacrée cuvée — pas du genre où on dévisse la capsule.

— Je suis très flattée.

Nous allons à la cuisine et il débouche pour moi une

bouteille de vin blanc qu'il verse dans un verre qui porte encore l'étiquette affichant son prix. Il a un sourire penaud en s'en apercevant.

— Tout ce que j'avais, c'était les verres en plastique que les gosses utilisent dans le jardin, dit-il. Ici, c'est la cuisine.

— C'est ce que je me disais aussi.

C'est une très jolie maison. Je ne sais pas à quoi je m'attendais, mais quelqu'un ici avait eu bon goût. Il émane de cet endroit un climat de confort chaleureux, sans doute à cause du plancher nu de bois blond, du mobilier aux lignes sobres et de l'harmonie des coloris. Pourquoi Camilla avait-elle quitté un endroit pareil? Que voulait-elle de plus?

Il me fait visiter trois chambre à coucher, deux salles de bain, une terrasse et un petit jardin clos par un mur couvert de vigne de vierge.

— Pour tout vous avouer, dit Jonah, quand elle est partie j'ai emballé toutes ses affaires et j'ai appelé l'Armée du Salut. Mais j'ai gardé intactes les chambres des enfants. Peut-être finira-t-elle par se lasser d'elles comme elle s'est lassée de moi et par me les renvoyer, mais je ne veux pas ses affaires ici. Elle n'a pas apprécié du tout quand elle l'a appris, mais que pouvais-je faire?

Il hausse les épaules, tenant toujours sa bouteille de bière par le goulot.

Maintenant que je le vois pour la deuxième fois, son visage commence à prendre forme pour moi. Avant je n'avais fait que noter des qualificatifs tels que « gentil », « inoffensif ». Il y a chez lui quelque chose que j'ai déjà remarqué chez certains flics : une confiance en soi un peu naïve, comme s'il contemplait le monde de très loin mais en s'y sentant parfaitement chez lui. De toute évidence, Camilla est encore très présente dans sa vie et il sourit chaque fois qu'il parle d'elle, pas par affection mais pour dissimuler sa fureur. A mon avis, il lui faudrait encore plusieurs femmes avant d'être au point pour moi.

— Qu'y a-t-il ? Pourquoi me regardez-vous comme ça ?

Je souris.

— Attention, chien méchant.

Je ne sais pas si je dis cela pour lui ou pour moi. Il sourit lui aussi, mais il a compris ce que je voulais dire.

— J'ai tout mis ici.

Il désigne la table dans une alcôve du salon.

Je m'installe sous le lampadaire, avec l'impression d'être une gloutonne prête à s'empiffrer, couteau et fourchette bien serrés dans chaque poing. En plus des rapports qu'il a photocopiés, Jonah a réussi à me procurer des duplicatas de photos. Je vais enfin en savoir plus long sur ce crime et je trépigne presque d'impatience.

CHAPITRE XIV

Je parcours rapidement tous les documents, juste pour m'en faire une idée, puis je reviens en arrière pour noter les détails intéressants. A première vue, la version officielle de l'histoire, les déclarations de Leonard Grice, de sa sœur Lily, des voisins, du chef des pompiers et du premier agent de police arrivé sur les lieux corroborent plus ou moins ce qu'on m'a raconté. Leonard et Marty devaient sortir dîner comme tous les mardis soirs avec Mme Howe, la sœur de Leonard, veuve. Marty, ne se sentant pas bien, avait décidé à la dernière minute de ne pas les accompagner. Leonard et Lilly sont partis en prévoyant d'être de retour chez Lily Howe vers 21 heures, moment où Leonard et Lily ont appelé Marty pour lui annoncer qu'ils étaient de retour. Marty a mis fin à l'entretien téléphonique pour aller ouvrir la porte à la suite d'un coup de sonnette. Leonard et Lily ont déclaré avoir ensuite pris une tasse de café et bavardé un peu. Lui est parti vers 22 heures pour arriver Via Madrina quelque vingt minutes plus tard et y trouver sa maison en flammes. A ce moment-là, l'incendie avait été maîtrisé et le corps de sa femme venait d'être retiré de la maison partiellement détruite. Il s'est évanoui et des infirmiers présents sur les lieux ont dû le ranimer. C'est Tillie Ahlberg qui a remarqué la fumée la première et prévenu les pompiers à 21 h 55. Deux voitures de pompiers sont arrivées sur les lieux en quelques minutes mais l'incendie était si violent qu'il a été impossible d'entrer par la porte de devant. Les pompiers ont enfoncé celle de derrière et sont venus à bout des flammes une demi-heure plus tard environ. Le corps a été découvert dans l'entrée et transporté à la morgue.

L'identité de la victime a pu être établie grâce à des radiographies dentaires fournies par le dentiste de Marty et à une analyse du contenu de l'estomac. Elle avait apparemment dit au téléphone à Leonard qu'elle s'était fait une soupe à la tomate en boîte et un sandwich au thon. Les conserves vides ont été retrouvées dans la poubelle de la cuisine. L'heure de la mort a pu être fixée avec une certaine précision : entre le moment du coup de téléphone et celui où la brigade des pompiers a été alertée.

Je lis attentivement le rapport d'autopsie, notant mentalement une foule de détails techniques. Le médecin légiste n'a pas découvert de grenaille de carbone dans les bronches ou les poumons, ni de monoxyde de carbone dans le sang ou les autres tissus, ce qui a permis d'établir que Marty Grice était morte au moment où s'est déclaré l'incendie. Des analyses complémentaires ont révélé l'absence d'alcool, de chloroforme, de drogue ou de poison dans l'organisme. La cause de la mort a été attribuée à des fractures multiples du crâne, causées probablement par des coups répétés portés avec un instrument contondant. Du fait de la nature des blessures, il pourrait s'agir, d'après le légiste, d'un objet de dix à douze centimètres de large, ou de deux centimètres sur quatre si les coups ont été portés avec une grande force. Peut-être une batte de baseball ou une matraque quelconque. L'arme du crime n'a pas été retrouvée. A moins évidemment qu'il ne se soit agi d'une vieille planche de bois qui aurait brûlé dans l'incendie, mas rien n'a permis d'étayer une telle hypothèse.

Les enquêteurs n'ont apparemment émis aucun doute quant au caractère volontaire de l'incendie. Les analyses de laboratoire font état de traces d'essence sur le plancher. Ils ont donc remarqué les mêmes traces noircies et les mêmes taches causées par un liquide que moi ce matin. Ils ont aussi reconstitué grâce à des méthodes très sophistiquées la progression de l'incendie. Interrogé au sujet de l'essence, Leonard Grice a répondu qu'il en gardait une certaine quantité dans le sous-sol pour deux lampes et un réchaud dont Marty et lui se servaient quand ils allaient camper. Il semblerait aussi que le cambrioleur soit venu armé mais sans intention de mettre le feu à la maison. L'idée de l'incendie lui serait venue après, quand, paniqué, il a voulu faire disparaître le corps de Marty Grice. Jusque-là, rien n'indiquait que qui que ce fût ait été au courant de la présence de Marty Grice. Difficile par conséquent de croire à un meurtre prémédité.

Rien ne prouvait non plus la présence d'un dispositif à retardement : impossible par conséquent que Grice ait préparé son coup avant de partir. Mike, le neveu de Grice, avait été interrogé et mis hors de cause. De nombreux témoins dignes de foi l'ont vu dans une boîte appelée *The Clockworks*, dans le centre de Santa Teresa, à l'heure présumée de l'incendie. Pas d'autres suspects. Pas d'autres témoins. Et aucune preuve matérielle, le feu ayant tout détruit, y compris les empreintes. Elaine Boldt figurait sur la liste des personnes à interroger et il y a une note signée du lieutenant Dolan, selon laquelle il l'aurait contactée par téléphone le 5. Rendez-vous avait été pris pour le 10 janvier, mais elle ne s'y est jamais présentée. Et d'après les informations que je possède, elle a quitté la ville la veille.

Un paragraphe, situé au beau milieu d'un rapport dactylographié, m'intéresse prodigieusement. Selon un agent du poste de police, un coup de fil aurait été reçu à 21 h 06, la nuit du meurtre, et l'auteur aurait bien pu en être Marty Grice. Il s'agissait d'une femme, paniquée, qui aurait poussé un cri, comme un appel au secours, avant de raccrocher. Comme l'appel avait été reçu au poste de police plutôt qu'au 911, l'agent de permanence n'avait eu aucun moyen de le localiser. Mais il avait pris note de la communication et quand le meurtre a été connu, il en a informé le lieutenant Dolan, qui l'a mentionné dans son rapport. Il a aussi interrogé Grice à ce sujet. S'il s'agissait de Marty, pourquoi avoir appelé le poste de police plutôt que d'avoir composé le 911 ? Leonard avait expliqué que Marty et lui possédaient un appareil téléphonique à composition rapide des numéros. Elle avait le numéro de la police comme celui des pompiers. L'appareil a été retrouvé, intact, sur une table au fond du couloir, avec les numéros bien lisibles sur l'index. On aurait dit que Marty avait pressenti l'agression et réussi à articulier au moins un embryon de cri de détresse avant d'être tuée. Si elle était vraiment l'auteur de ce coup de fil, la mort aurait eu lieu à vingt-et-une heure six, ou peu après.

Pendant un moment, je me remets à espérer : et si Leonard Grice était tout de même impliqué là-dedans ? Après tout, la police n'avait que la parole de Lily pour affirmer qu'il se trouvait toujours chez elle au moment du crime. Et s'il était rentré plus tôt ? Il aurait eu le temps de tuer Marty, de mettre le feu et d'aller se garer dans le coin en attendant le moment opportun pour se montrer. Si sa sœur et lui étaient de mèche, mon hypothèse se tient. Mais je déchante très vite. Quelques pages plus loin, je tombe sur un petit paragraphe rapportant un entretien entre Dolan et des voisins de Lily qui sont passés chez elle sans prévenir, à neuf heures du soir, pour lui apporter un cadeau d'anniversaire. Le mari et la femme sont unanimes : Leonard était présent et n'était parti que vers dix heures. Ils se souvenaient bien de l'heure parce qu'ils avaient tenté de le convaincre de rester pour regarder à la télévision une émission qui commençait à dix heures. Mais comme c'était une rediffusion et qu'il était de toute façon pressé de retrouver sa femme, il était parti.

Merde. Merde. Merde.

Cette histoire commence à m'agacer. Probablement parce que j'aurais bien voulu que Leonard Grice soit coupable. De n'importe quoi — meurtre, complicité de meurtre, incitation au meurtre — mais coupable. L'idée me plaît pour des raisons de logique ou, à défaut, de statistique. Il y a trois mille victimes d'homicides en Californie chaque année et les deux tiers d'entre elles à peu près se font trucider par des amis, des parents ou des relations. Autrement dit, mieux vaut être seul au monde dans cet État.

Mais je n'ai aucune envie d'abandonner ma petite idée. Grice a-t-il pu engager quelqu'un pour tuer sa femme? Possible, évidemment. Mais qu'y aurait-il gagné? La police, qui ne compte pas que des ânes bâtés, s'est elle aussi posé la question et n'a rien trouvé. Pas d'argent mystérieusement disparu de son compte en banque, pas de rencontres avec de louches personnages, mais de mobile apparent. Un crime qui visiblement ne profite à personne.

Tout cela me ramène à Elaine Boldt. Et si elle avait joué un rôle dans la mort de Marty Grice? Tout ce que j'ai appris jusqu'à présent m'incite à croire que non. Rien, absolument rien n'indique qu'elle ait eu une liaison avec Leonard, ou même un simple penchant pour lui, sauf comme partenaire occasionnel au bridge. Je ne pense pas que Marty Grice se soit fait tué pour avoir saboté un petit chelem, encore qu'avec les joueurs de bridge il faille s'attendre à tout. Wim Hoover m'a parlé d'une violente dispute entre Elaine et Beverly au sujet d'un homme, vers Noël. Mais je les imagine difficilement se crêpant le chignon pour les beaux yeux de Leonard Grice. J'en reviens donc à mes premiers soupçons: Elaine savait quelque chose ou avait vu quelque chose ce soir-là, puis quitté la ville pour éviter d'être interrogée par la police de Santa Teresa.

Je passe ensuite aux photographies, histoire de me

changer les idées. Il faut que je voie les choses comme elles l'étaient ; je ne peux me permettre aucune réaction émotionnelle. La mort violente est une horreur. Ma première impulsion est toujours de détourner les yeux, de protéger mon âme de ce spectacle. Mais comme ce sont les seules preuves concrètes, il faut bien que je colle mon nez dessus. La première photo, en noir et blanc, me donne presque la nausée. Je sais que les photos couleurs seront pires, alors je commence par la plus « facile ».

Jonah s'éclaircit la gorge. Je lève les yeux.

— Je crois que je vais aller me coucher, dit-il. Je suis crevé.

— Vraiment ?

Je regarde ma montre sans croire ce que je vois. Onze heures moins le quart. Il y a plus de deux heures que je suis assise à cette table sans bouger.

— Je suis désolée. Je ne m'étais pas rendu compte qu'il était si tard.

— Oh, ça ne fait rien. Mais je me suis levé à cinq heures ce matin et j'ai besoin de dormir un peu. Vous pouvez emporter tout ça avec vous, si vous voulez. Bien sûr, si Dolan vous met la main au collet, je nierai tout en bloc et je vous jetterai en pâture aux lions, mais indépendamment de ça j'espère vous avoir aidée.

— Vous m'avez beaucoup aidée. Merci.

Je glisse les photos et les rapports dans une grande enveloppe et fourre le tout dans mon sac.

Puis je rentre chez moi, pas très à l'aise. Je n'arrive pas à chasser l'image du coprs de Marty, le visage carbonisé, la bouche ouverte, étendue sur un lit de cendres. La chaleur a fait se rétracter les tendons de ses bras, lui faisant serrer les poings en une ultime pose de combat. C'était sa dernière bataille et elle l'avait perdue, mais à mon avis tout n'est pas joué.

Je chasse l'horrible image et récapitule tout ce que j'ai appris jusque-là. Un petit détail me trouble encore. Se pourrait-il que May Snyder ait dit vrai en prétendant avoir entendu des coups de marteau cette nuit-là ? Si oui, de quoi diable pouvait-il s'agir ?

Je suis presque arrivée chez moi quand je repense à la remise des Grice. Je freine brutalement et tourne à gauche.

La Via Madrina est plongée dans l'obscurité. Il n'y a pratiquement pas de circulation à cette heure-là. Je me gare et sors un petit stylo-torche de la boîte à gants. Puis j'enfile une paire de gants en caoutchouc, verrouille ma voiture et m'engage dans l'allée qui mène à la maison des Grice. Mes tennis ne font aucun bruit sur le béton.

Je sors de ma poche mes passe-partout. J'en porte toujours cinq sur moi, accrochés à un anneau, mais j'en ai une collection plus élaborée à la maison, dans un bel étui en cuir. Ils m'ont été donnés par un cambrioleur qui purge actuellement une peine de dix mois à la prison du comté. Après sa dernière arrestation, il m'a engagée pour garder un œil sur sa femme, qu'il soupçonnait de fricoter avec leur voisin de palier. En fait, elle ne faisait rien du tout et il m'en a été si reconnaissant qu'il m'a offert ces passe-partout et m'a appris à m'en servir. Il m'a aussi filé un peu de liquide mais il s'est avéré que c'était de l'argent volé et il a dû me le réclamer quand le juge lui a ordonné de le restituer.

Me retrouver devant la maison des Grice après avoir vu des photos me fait froid dans le dos. D'ailleurs j'ai froid tout court avec le vent frisquet qui souffle dans les pins. Je sais parfaitement que je risque de me retrouver en tôle et de perdre ma licence. Si les voisins d'en face se mettent à hurler et appellent les flics, qu'est-ce que je leur raconte ? Que je brûlais d'envie de savoir ce qu'il y avait dans cette pissotière en métal et que je n'ai pas trouvé d'autre moyen de satisfaire ma curiosité ?

C'est mon troisième passe-partout qui ouvre la porte. Je regarde ma montre. Une minute et demie. Oui, j'ai ce genre de petites vanités. Quand je pousse le battant de bois, il y a un craquement sinistre. J'entends une motocyclette pétarader dans la rue mais je n'y prête aucune attention car je viens de comprendre pourquoi Mike surveille de si près la propriété de son oncle. Il y a bien sûr des pots de fleur, une tondeuse à gazon mécanique et du désherbant, mais aussi six étagères garnies de bocaux, et dans ces bocaux il y a des choses aussi variées qu'intéressantes : dexedrine, benzedrine, dexamyl, drogues à base de Seconal... plus de gros sachets de plastique bourrés de haschich. C'en est presque trop beau pour être vrai. Je ne pense pas que Leonard Grice soit le pharmacien mais je parierais ma chemise que son nevau a investi gros dans cette petite officine portative. Je suis si enchantée de ma découverte que je ne remarque sa présence que lorsqu'il laisse échapper un « hé ! » stupéfait.

Je pivote sur mes talons en retenant tout juste un cri. Je me retrouve face à face avec le gamin aux yeux verts, des yeux qui brillent dans l'obscurité comme ceux d'un chat. Je ne sais pas lequel de nous deux a l'air le plus ahuri. Heureusement, nous ne sommes armés ni l'un ni l'autre. Le duel aurait pu être des plus expéditifs.

— Qu'est-ce que vous fichez là ? fait Mike.

Il y a dans sa voix un mélange d'indignation et d'incrédulité.

Avant qu'il ait le temps de reprendre ses esprits, je ferme la porte et remets le cadenas en place. Après tout, qu'est-ce qu'il va bien pouvoir prouver ?

— J'avais très envie de savoir ce que tu gardais là-dedans, alors j'ai décidé de jeter un coup d'œil.

— Et vous avez forcé la porte ? Comme ça ? Mais vous n'avez pas le droit !

— Eh bien, je l'ai pris, mon petit Mike. Et maintenant tu es dans de sales draps.

Il me regarde un instant, le visage vidé de toute expression.

— Vous allez appeler les flics ?

— Je vais me gêner !

— Mais ce que vous avez fait est aussi contraire à la loi que ça.

Il est presque comique dans son rôle de défenseur de l'ordre et de la morale.

— Assez de salades, Mike. Regarde les choses en face. Je n'ai nulle intention de discuter avec toi du code pénal californien. Tu fais du trafic de drogue et les flics se moqueront bien de ce que je suis venue faire ici. Et si je leur racontais que je passais dans le coin et que c'est toi qui forçais la porte ? Tu es hors jeu, mon petit bonhomme.

Une lueur rusée passe dans son regard et il change de tactique.

— Allons, pas si vite. On peut peut-être en parler, non ?

— Mais bien sûr. Tu as quelque chose d'intéressant à dire ?

J'ai presque l'impression de voir ses petites cellules grises tourner à plein régime. Il n'est pas idiot, mais le produit de ses cogitations me laisse comme deux ronds de flancs.

— Vous enquêtez toujours sur la mort de tante Marty ? C'est pour ça que vous êtes là ?

Vraiment futé, le gamin. Je ne peux m'empêcher de sourire.

— Pas vraiment, mais tu n'es pas tombé loin.

Il jette un coup d'œil vers la rue puis fixe la pointe de ses bottes en fausse peau de cobra.

— Alors je peux vous dire des choses... vous donner des informations que j'ai là-dessus.

— Quel genre d'informations ?

— Quelque chose que je n'ai jamais dit aux flics. On pourrait passer un marché, non ?

Il enfonce ses mains dans les poches de son blouson de cuir en me regardant d'un air si innocent que je lui confierais mon premier-né sans hésiter, si j'en avais un. Je me demande combien de fric il se fait en vendant de la came à ses copains de classe et son petit jeu ne va pas lui valoir une balle dans la tête. Ce qu'il a à me dire m'intéresse et il le sait. Il va falloir que je fasse taire en vitesse mes scrupules, ce qui n'est pas tellement difficile. Des jours comme ça, je me dis qu'il y a peut-être trop longtemps que je suis dans le métier.

— Quel genre de marché ?

— Laissez-moi simplement le temps de débarrasser tout ça avant d'en parler à qui que ce soit. J'étais de toute façon sur le point d'arrêter parce que les stups ont mis des gars à eux au lycée et que je préfère me faire oublier en attendant que ça se tasse.

Je sais que je pourrais exiger un marché sans condition mais comme le gamin n'essaie pas de me rouler... enfin pas trop.

— D'accord, dis-je. Ça marche.

— Allons discuter de ça ailleurs. Je me les gèle ici.

Je commence à le trouver presque sympathique et cette pensée m'inquiète.

CHAPITRE XV

Nous partons pour *The Clockworks*, lui sur sa mobylette, moi derrière dans ma voiture. L'endroit est une espèce de repaire pour adolescents qui a l'air sorti tout droit d'un clip vidéo : une pièce longue et étroite avec des murs couleur anthracite, haute de plafond et éclairée de tubes de néon rose et pourpre. Le tout est censé ressembler à l'intérieur d'une horloge abstraite et futuriste. Il est maintenant près de minuit et les lieux sont presque désert mais le barman a l'air de connaître Mike et il me détaille d'un air approbateur. J'espère qu'il ne me prend pas pour sa petite amie. Je n'ai rien contre une romance avec un homme plus jeune que moi de temps en temps, mais dix-sept ans, il ne faut tout de même pas pousser. Je ne suis pas non plus très au fait de l'étiquette à observer avec les dealers de cet âge. Qui paie les boissons ? Je ne voudrais pas blesser son ego.

— Qu'est-ce que vous prenez ? demande-t-il en se dirigeant vers le comptoir.

— Un chablis serait parfait.

Il est déjà en train de sortir son portefeuille et je le laisse payer. Il doit se faire trente mille dollars par an en fourguant de l'herbe et des amphets. Le barman me jette un coup d'œil plus appuyé. J'agite négligemment ma carte d'identité dans sa direction, l'air de dire qu'il peut venir vérifier mais qu'il ferait le chemin pour rien.

Mike revient avec un verre de vin blanc en plastique pour moi et une boisson gazeuse pour lui. Il s'assied, fouillant les environs du regard, des fois que des gars des stups seraient venus déguisés. Je lui trouve soudain un air curieusement adulte. Pas facile de traiter avec quelqu'un qui ressemble à un boy-scout et se comporte comme un gros bonnet de la mafia. Son inspection terminée, il se tourne vers moi, les coudes sur la table.

— Voilà comment les choses se sont passées, et je vous dis la vérité. D'abord, je n'ai planqué ma camelote qu'après la mort de tante Marty et le déménagement d'oncle Léonard. Quand les flics sont arrivés et tout, je me suis dit que la remise serait l'endroit idéal pour y stocker ces trucs. Toujours est-il que je suis passé à la maison le soir où elle a été tuée.

— Vous l'aviez prévenue de votre visite?

— N... non. Mais je reviendrai là-dessus. Je savais qu'ils sortaient le mardi soir et je pensais qu'ils seraient partis. Il m'arrivait parfois d'y aller en leur absence pour passer un moment avec une fille, ou quand j'avais besoin de fric, enfin des trucs comme ça. Ils avaient toujours un peu de liquide à la maison, pas des masses, mais suffisamment. Ils n'ont jamais rien remarqué. Bref, ce soir-là je suis allé là-bas pensant trouver la maison vide mais en arrivant j'ai vu la porte ouverte...

— La porte était ouverte?

— Oui. J'ai juste tourné le bouton et elle s'est ouverte. Elle n'était pas verrouillée. Quand j'ai passé ma tête dans l'entrebâillement, j'ai compris qu'il se passait quelque chose de bizarre...

J'attends, pas vraiment à l'aise.

Il se racla la gorge et jette un coup d'œil furtif vers l'entrée par-dessus son épaule. Sa voix baisse d'un ton.

— Je pense que le type était toujours là, vous comprenez? Il y avait de la lumière à la cave et j'ai entendu quelqu'un frapper plusieurs coups. Il y avait aussi cette couverture dans le hall. On aurait dit qu'elle avait été jetée sur quelque chose. Et puis j'ai vu une main en dépasser, une main avec du sang dessus. Alors je me suis carapaté en vitesse.

— Etes-vous vraiment sûr qu'elle était morte à ce moment-là ?

— Certain. Je sais que j'aurais dû appeler les flics mais j'avais une trouille de tous les diables. C'était dégueulasse. Et qu'est-ce que j'aurais pu faire ? Je n'avais rien à dire aux flics et j'avais peur qu'ils s'intéressent de plus près à moi. Alors je l'ai bouclée. Qu'est ce que ça aurait changé, hein ? Je n'ai pas vu l'homme qui a fait ça, je n'ai rien vu du tout.

— Vous souvenez-vous d'autre chose ? D'une voiture garée devant la maison.. .

— Je ne sais plus. Je ne suis pas resté longtemps. Le temps de jeter un œil à ce merdier et je me suis tiré. J'ai senti une odeur d'essence ou quelque chose comme ça et...

Il s'arrête, hésite, puis reprend.

— Attendez une minute. Ça me revient maintenant. Il y avait aussi un sac d'épicerie marron dans le couloir. Je ne sais pas ce qu'il faisait là. Je n'avais aucune idée de ce qui se passait là-bas, alors j'ai filé sans faire de bruit et je suis venu ici pour être sûr d'être vu par plein de gens.

Je sirote une gorgée de vin en récapitulant mentalement son histoire. Le chablis a un goût de pamplemousse fermenté.

— Parlez-moi de ce sac d'épicerie. Il était vide, plein, froissé ?

— Il y avait des trucs dedans. Enfin, je crois. Je n'ai rien remarqué de particulier. C'était un de ces sacs en papier marron comme on donne chez Alpha Beta et il était juste derrière la porte, à droite.

— Vous voulez dire qu'elle a pu l'avoir posé là en rentrant du supermaché ?

— Moi, je trouvais que ça ressemblait plutôt à un sac d'ordures. Je ne sais pas. Il appartenait peut-être à celui qui était à la cave.

— Dommage que vous n'ayez pas appelé anonymement les flics. Ils seraient peut-être arrivés avant que la maison ne parte en fumée.

— Oui, je sais. J'y ai pensé plus tard et je m'en suis mordu les doigts, mais je n'avais plus les idées bien claires.

— Vous vous souvenez d'autre chose?

— Non, je crois que c'est tout. Quand j'ai compris ce qui se passait, je n'ai plus pensé qu'à me tirer et à arriver ici le plus vite possible.

— Avez-vous une idée de l'heure qu'il était?

— N... non, pas vraiment. Il était 20 h 45 quand je suis arrivé ici et à mobylette ça a dû me prendre dix minutes, avec le temps de trouver une place pour me garer et tout. J'ai dû pousser l'engin sur deux pâtés de maison pour que personne ne m'entende démarrer. Il était probablement dans les 20 h 30 quand j'ai quitté la maison de l'oncle Leonard.

Là, ça ne colle pas.

— Non, pas 20 h 30. Vous voulez dire 21 h 30. Elle n'a pu être tuée qu'après 21 heures.

Mike vide son verre d'un trait et me regarde d'un air perplexe.

— Vous le croyez vraiment?

— Votre oncle et Mme Howe affirment tous deux lui avoir parlé au téléphone à 21 heures et les flics ont reçu un appel dont ils pensent qu'il était de votre tante à 21 h 06.

— Bon, alors je me trompe peut-être parce qu'il était 20 h 45 quand je suis arrivé ici. J'ai regardé la pendule en entrant puis j'ai demandé à mon copain l'heure qu'il était et il a vérifié à sa montre.

— Je vais voir si je peux tirer ça au clair. A propos, quels sont vos liens de parenté avec Leonard?

— Mon père et lui sont frères. Papa est le plus jeune de la famille.

— Donc Lily Howe est leur sœur.

— Quelque chose dans ce gout-là, oui.

Les néons pourpres se mettent à clignoter et les roses s'éteignent.

— On ferme dans dix minutes, Mike, crie le barman. Désolé de troubler ton petit tête-à-tête.

— C'est bon, c'est bon. Merci, vieux.

Nous nous levons et sortons par la porte de derrière. Il est à peine plus grand que moi et je me demande si nous avons l'air d'être frère et sœur ou mère et fils. Je ne dis plus rien jusqu'à ce que nous ayons gagné le parking.

— Avez-vous une idée sur le meurtrier de votre tante ?

— Non. Et vous ?

Je hoche la tête.

— A votre place, je ferais le ménage dans la remise.

— Ouais, bien sûr. C'était notre marché, non ?

Il enfourche sa mobylette et met le moteur en route.

— Vous savez quoi, me crie-t-il en démarrant, j'ai oublié votre nom.

Je lui tends ma carte puis retourne à la Volkswagen. Il attend que j'aie démarré pour filer.

Comme je ne vois pas bien ce que je peux faire d'autre pour le moment, je décide de laisser reposer l'affaire pendant le week-end. Le samedi matin, je relis les rapports de police chez moi, ajoutant des fiches à ma collection, mais c'est tout. Il faut laisser la situation se décanter un peu. Lundi, j'aurai peut-être une réponse à ma petite annonce ou des nouvelles du département des permis de conduire de Tallahassee ou de Sacramento. J'attends toujours le billet d'avion que doit m'envoyer Julia Ochsner, en espérant qu'il me fournira une explication quelconque. Si rien de neuf ne se présente, il ne me restera plus qu'à reprendre depuis le début et trouver de nouvelles pistes. Et faire la tournée des vétérinaires du coin pour essayer de localiser au moins le chat.

Je rappelle aussi les trois compagnies de taxis. A Green Stripe, ils n'ont pas encore eu le temps de regarder dans leur fichier. City Cab n'a rien trouvé. Ron Coachella, de chez Tip Top, n'est pas encore arrivé mais l'employé de permanence me dit qu'il ne devrait pas tarder.

Ensuite je vais à mon bureau. Je n'en avais pas l'intention au départ, mais je ne peux pas m'en empêcher. Je me suis irritable, nerveuse et frustrée. Ne pas réussir quelque chose me hérisse. La California Fidelity est fermée pour le week-end. En arrivant, je commence par ramasser le courrier qu'on a glissé par la fente. Il y a une lettre avec l'adresse de Julia Ochsner au dos. Avant de l'ouvrir, je jette un coup d'œil à mon répondeur. Il n'y a qu'un seul message, qui apparemment vient d'arriver.

« Bonjour, Kinsey. Ici Ron Coachello, de Tip Top. J'ai l'information que vous vouliez. C'est Tip Top qui a effectué la course du 2097 Via Madrina... attendez... le neuf janvier à 22 h 15. Le chauffeur s'appelle Nelson Acquistapace, au 555-6317. Je lui ai dit que vous le contacteriez. J'ai la fiche sous les yeux. Passez en prendre une copie quand vous voudrez, comme ça il pourra y jeter un coup d'œil. Vingt dollars lui rafraîchiront sûrement la mémoire, si vous voyez ce que je veux dire. A part ça, ajoute-t-il en chantonnant, rappelez-vous que les taxis Tip Top sont à votre service de jour comme de nuit. »

Je note le nom du chauffeur et son numéro. Puis je mets la cafetière en route et ouvre la lettre de Julia. Elle a une écriture très vieille école mais étonnamment ferme. Elle me dit qu'elle joint le billet d'avion, que les pluies de juin étaient particulièrement abondantes et que Charmaine Makowski avait donné naissance à un garçon de neuf livres neuf cent la nuit dernière et qu'elle voulait que le monde entier le sache. Charmaine et Roland n'ont pas encore trouvé de nom pour l'enfant mais ils sont ouverts à toutes suggestions. Cordiales salutations, dit-elle en conclusion.

J'examine le billet dans son étui cartonné de la TWA. Il a l'air d'avoir été délivré à l'aéroport de Santa Teresa, un aller-retour de Santa Teresa à Los Angeles et de Los

Angeles à Miami. Les quatres coupons ont été retirés mais il reste le carbone. Le billet a été payé par carte de crédit. Quatre coupons arrachés. Ça, c'est intéressant. Etait-elle revenue en ville à un moment ou à un autre ? Si oui, pourquoi le carbone se trouvait-il à Boca Raton, dans la poubelle de Pat Usher ? Je reprends ma liste d'agences de voyages, en essayant de déterminer laquelle Elaine Boldt utilisait habituellement. Je me décide pour Santa Teresa Travel, qui a une succursale située à courte distance à pied de la Via Madrina. C'est une simple supposition, mais il faut bien que je commence quelque part. Je compose leur numéro mais personne ne décroche. Les bureaux sont probablement fermés le week-end.

Je fais ensuite une liste des pistes à poursuivre le lundi. Et j'examine une nouvelle fois le billet. Je ne vois rien qui indique qu'elle ait pris son chat avec elle, mais je ne sais pas comment fonctionnent ces choses-là. Les chats ont-ils besoin de billets comme tout le monde ? Il faudra que je pose la question. Des étiquettes de bagages sont toujours agrafées au dos de l'étui cartonné, mais cela ne signifie pas grand-chose. A l'aéroport de Santa Teresa, vous pouvez récupérer vos bagages sans que quiconque vérifie les étiquettes. Je me souviens avoir vu des valises chez Elaine : en cuir bordeaux avec la griffe du créateur gravée en grosses lettres sur la garniture. Faciles à reconnaître.

Après, je passe un coup de fil à Nelson Acquistapace, le chauffeur de taxi de chez Tip Top. Il est chez lui, alité avec une bonne grippe mais il me dit que Ron l'a mis au courant de ce dont j'avais besoin. Entre deux éternuements il me dit :

— Si vous passiez me voir avec la copie de la fiche ? Je suis à Delgado, à un demi-pâté de la maison de Tip Top. Je vous attendrai dans le jardin.

Je passe prendre la copie de la fiche et arrive chez lui à 9 h 35. Je le trouve derrière un cabanon de bois blanc, allongé dans un hamac. Entièrement chauve, du genre costaud et trapu, il paraît la soixantaine et sent le Vicks Vaporub. A côté de lui, une boîte de Kleenex, un verre de jus d'orange vide et des livres de mots croisés que j'identifie aussitôt.

— Je connais le type qui les fabrique, dis-je. C'est mon propriétaire.

Ses sourcils se dressent en accent circonflexe.

— Ce gars-là vit ici, en ville ? C'est un champion ! Il me rend chèvre avec ses trucs. Regardez celui-là. Romanciers anglais du XVIIIe siècle et il ajoute tous leurs bouquins, les personnages et tout. Il faudra que je lise Henry Fielding et Laurence Sterne et des tas de gens dont je n'ai jamais entendu parler, juste pour trouver un mot. Je vous garantis que c'est mieux que d'aller à l'université. C'est qui, une espèce de prof ?

Je hoche la tête avec un absurde sentiment de fierté. A la façon dont réagit ce type on croirait plutôt qu'Henry est une star du rock.

— Il tenait une petite boulangerie à l'angle de State et Purdue. Il a commencé à faire des mots croisés quand il a été à la retraite.

— C'est vrai ? Vous êtes sûre que c'est le même type ? Henry Pitts ?

Je me mets à rire.

— Absolument sûre. Il teste tout le temps ses abominables mots croisés sur moi. Je crois bien que je n'en ai jamais terminé un seul.

— Dites-lui que j'aimerais le rencontrer un jour. Il a un sens de l'humour plutôt tordu, mais j'aime ça. Il en a fait un à base de terme de botaniques des plus bizarres, vous vous en souvenez ? Ça m'a rendu dingue. J'ai passé la nuit dessus. Peux pas imaginer que ce type habite Santa Teresa. Je le croyais prof au MIT, ou quelque chose dans ce goût-là.

— Je le lui répèterai. Il sera ravi de savoir qu'il a un fan.

— Dites-lui de passer ici quand il veut. Dites-lui que Nelson Acquistapace est à son service. S'il a besoin d'un taxi, qu'il appelle Tip Top et me demande.

— Je le ferai, promis.

— Vous avez la copie de la feuille de route ? Ron m'a dit que vous recherchiez une dame qui a disparu. C'est ça ?

Je sors le papier de mon portefeuille et le lui tends.

— Via Madrina, oui, je m'en souviens. Je l'ai déposée à l'aéroport. Je me rappelle qu'elle prenait le dernier vol pour Los Angeles. Elle allait où déjà ?

— A Miami, en Floride.

— Oui, c'est ça. Je m'en souviens maintenant.

Il examine la feuille de route comme s'il s'agissait d'un jeu de sport cérébral particulièrement vicieux.

— Vous savez ce que c'est ça, là ? demande-t-il en tapotant la feuille. Vous voulez savoir pourquoi le montant de la course est si élevé ? Regardez ça. Seize dollars. Seize dollars. Aller de Via Madrina à l'aéroport ne coûte pas ce prix-là. Elle s'est arrêtée en route et m'a fait attendre environ un quart d'heure avec le compteur qui tournait. Attendez que je me rappelle où c'était. Pas loin. Quelque part à Chapel. Ouais, c'est ça. Cette clinique, du côté de l'autoroute.

— Une clinique ?

Ça, c'est une surprise.

— Oui, vous savez. Un service d'urgence. Pour le chat. Elle l'a déposé pour des soins d'urgence ou un truc comme ça, puis elle est remontée dans mon taxi et nous sommes partis.

— Mais vous ne l'avez pas vue monter dans l'avion, n'est-ce pas ?

— Si, si. J'avais fini ma journée. Voyez vous-même. Elle était ma dernière course alors je suis monté prendre une bière sur la terrasse de l'aéroport. Je lui avais dit que j'y serais et elle s'est même retournée pour me faire un signe de la main en montant sur la passerelle.

— Elle était seule.

— D'après ce que j'ai vu, oui.

— Vous l'aviez déjà prise comme cliente avant ?

— Pas personnellement. Je ne suis ici que depuis novembre. Avant, j'habitais L.A. Ici, c'est un vrai paradis. J'adore cette ville.

— Eh bien, j'ai beaucoup apprécié votre aide. Nous savons au moins qu'elle est montée dans l'avion. Le tout est de vérifier maintenant si elle est arrivée à Boca Raton.

— C'est là qu'elle allait, d'après ce qu'elle m'a dit. Et moi je lui ai dit qu'avec un manteau de fourrure pareil, elle ferait mieux d'aller au Pôle Nord, parce qu'il lui ferait plus d'usage. Ça l'a fait rire.

J'ai l'impression d'avoir touché un point sensible, et même crucial. J'imagine Elaine Boldt dans son manteau de fourrure, en route pour le soleil, et agitant la main par-dessus son épaule en direction du chauffeur du taxi qui l'a emmenée à l'aéroport. Et cette image me semble troublante, irréelle. Je comprends maintenant que tout au fond de moi-même, et depuis un bon moment, je voyais Elaine Boldt morte. Et je pense aussi depuis un bon moment que celui qui l'a tuée a tué aussi Marty Grice. Mais pourquoi ? A nouveau le doute me ronge. Je sens qu'un déclic vient de se produire, mais je suis incapable de l'interpréter.

CHAPITRE XVI

Maintenant au moins, j'ai une petite mission dans la vie. Après avoir souhaité un prompt rétablissement à Nelson, je saute dans ma voiture, direction Chapel.

La clinique vétérinaire est une petite enceinte de verre et de parpaing couleur mastic, située à peu de distance de l'autoroute 101. Je me gare sur le parking qui se trouve derrière et entre par la porte arrière. Des aboiement rauques me parviennent du fond du bâtiment, appels plaintifs à la pitié, à la liberté, au soulagement. Il n'y a que deux animaux dans la salle d'attente, deux chats aux allures de traversins et bâillant d'ennui. Leurs maîtres leur parlent dans ce qui ressemble à de l'anglais pour chats, avec des voix haut perchées à vous donner la migraine. De temps en temps, quand un chien se met à pousser un cri bien perçant, l'un ou l'autre des chats a l'air de sourire discrètement.

Deux vétérinaires doivent être de service en ce moment car les deux chats sont appelés en même temps. Je reste seule avec la réceptionniste derrière son comptoir. La trentaine, elle a des yeux d'un bleu très pâle et dans ses cheveux blonds et raides un ruban bleu style Alice au Pays des Merveilles. D'après son badge, elle s'appelle Emily.

— Je peux faire quelque chose pour vous?

Elle a la voix d'une enfant de six ans: un peu haletante, chuchotante, doucement modulée, peut-être spécialement cultivée pour calmer les animaux en détresse.

— Je me demandais si vous pourriez me fournir quelques informations.

— Eh bien, je vais essayer, murmure-t-elle.

Je suis sur le point de sortir ma licence de détective mais je me ravise : l'approche me semble trop brutale. On verrait plus tard.

— En janvier dernier, une femme est venue apporter un chat dans cette clinique pour des soins d'urgence et j'aurais voulu savoir si elle est venue le rechercher.

— Je peux vérifier dans nos dossiers, si vous voulez. Vous voulez bien me dire son nom, s'il vous plaît ?

— Elaine Boldt. Et le chat s'appelait Mingus. Ça s'est passé le soir du neuf janvier.

Deux taches roses se forment sur ses joues et elle se passe nerveusement la langue sur les lèvres en me regardant fixement. Est-ce que par hasard elle aurait vendu le chat à un laboratoire de vivisection ?

— Que se passe-t-il ? Vous savez de quel chat je parle ?

— Eh bien, oui. Oui, je sais de quel chat il s'agit. Il est resté ici pendant des *semaines*.

Sa voix a maintenant quelque chose de nasal un peu comme celle d'un ventriloque. Ce n'est pas vraiment une voix plaintive, mais il est évident qu'elle est sur la défensive, comme une enfant qui sait qu'elle va se faire gronder. Mais pour quoi ? Elle tend la main vers une petite boîte métallique et en sort une fiche qu'elle jette sur le comptoir d'un air outragé.

— Elle n'a payé que trois semaines de pension et elle n'a répondu à aucune de nos lettres de rappel. Nous n'avons jamais pu la joindre par téléphone. Alors, en février, le docteur a dit que nous devions prendre des dispositions parce que nous n'avons pas beaucoup de place ici.

Là, je sens qu'elle va piquer sa colère, peut-être même se mettre à trépigner.

— Emily, dis-je patiemment. C'est bien Emily votre nom, n'est-ce pas ?

— Oui, c'est ça.

— Emily, peu m'importe où est passé ce chat. Je veux simplement savoir si cette femme est revenue.

— Oh, non, elle n'est jamais revenue.

— Et qu'est-il arrivé au chat ? C'est juste de la curiosité de ma part.

Elle me regarde un instant, le menton en avant.

— Je l'ai adopté. C'est vraiment un chat formidable. Je n'aurais pas supporté qu'il finisse dans un laboratoire.

— Mais c'est fantastique. J'ai déjà entendu dire que c'était un chat merveilleux et je suis heureuse qu'il ait trouvé un nouveau foyer. Profitez-en bien. J'emporterai votre secret dans la tombe. Si cette femme revient, vous voudrez bien me passer un coup de fil ?

Je lui tends ma carte qu'elle lit sans dire un mot, avec un grave hochement de tête.

— Merci.

Je retourne à mon bureau. Il vaut mieux que j'appelle tout de suite Julia Ochsner pour lui dire que j'ai localisé le chat et lui éviter une tournée inutile des vétérinaires et des chenils de Boca Raton. Je laisse ma voiture sur le parking et monte par l'entrée de derrière. En arrivant en haut de l'escalier j'aperçois un homme devant ma porte, en train de griffonner un mot sur un papier.

— Je peux vous aider ?

— Je ne sais pas. Vous êtes Kinsey Millhone ?

Son sourire a quelque chose de supérieur et d'ironique, comme s'il possédait une information trop précise pour être partagée.

— Oui.

— Je suis Aubrey Danziger.

Il me faut quelques secondes pour enregistrer le nom.

— Le mari de Beverly ?

— C'est ça, dit-il avec un petit rire du fond de la gorge.

Moi, je ne vois pas ce qu'il y a de marrant là-dedans. Il est grand, aux alentours du mètre quatre-vingt-cinq, avec un visage mince et lisse. Les cheveux sont très sombres, souples l'air soyeux au toucher, les yeux sont noisette, la bouche est arrogante. Il porte un costume trois pièces gris perle. Il a tout du dandy, du « gandin », si ce genre d'homme existe encore aujourd'hui.

— Que puis-je faire pour vous?

Je glisse ma clé dans la serrure, ouvre la porte et entre. Il me suit, examinant les lieux avec l'air d'évaluer le prix du mobilier, de calculer mes frais généraux et d'estimer mon impôt sur le revenu. Et de se demander pourquoi sa femme s'était rabattue sur du bas de gamme.

Je m'installe derrière mon bureau en le regardant prendre un siège et croiser les jambes. Pantalon au pli impeccable, chevilles fines, mocassins de beau cuir italien, chemise d'un blanc immaculé. Il sourit légèrement, me regardant le regarder. Il prend une cigarette dans un étui plat qu'il sort de la poche, la porte à sa bouche et l'allume avec un petit briquet qui crache une flamme dont je crains un instant qu'elle ne lui mette le feu aux cheveux. Il fixe un moment le bout incandescent de sa cigarette puis ses yeux s'attardent sur moi. Des yeux d'un marron terne, sans chaleur et sans énergie, aussi durs que l'argile.

Je ne lui propose pas de café. Je lui tends simplement un cendrier. La fumée de sa cigarette sent le feu de bois éteint et je sais que l'odeur traînera dans mon bureau bien après son retour à Los Angeles.

— Beverly a reçu votre lettre, dit-il. Elle était furieuse. Alors j'ai décidé de venir bavarder un peu avec vous.

— Pourquoi n'est-elle pas venue elle-même? Elle a perdu sa langue?

Cette remarque lui semble apparemment tordante.

— Beverly n'aime pas les scènes. Elle m'a demandé d'arranger ça pour elle.

— Je ne raffole pas non plus des scènes, mais je ne vois pas où est le problème. Elle m'a demandé de rechercher sa sœur et c'est ce que je fais. Elle a voulu me dicter ce que j'avais à faire et j'ai décidé de travailler pour quelqu'un d'autre.

— Non, vous ne comprenez pas. Elle ne voulait pas mettre fin à cette affaire. Elle s'opposait simplement à ce que vous vous adressiez à la brigade de recherches dans l'intérêt des familles.

— Eh bien, je n'étais pas d'accord. Et il me semblait malhonnête d'accepter son argent alors que je refusais de suivre ses consignes. Vous vouliez savoir autre chose ?

Bien sûr qu'il veut autre chose, sinon pourquoi aurait-il fait cent cinquante kilomètres pour venir ici ?

Il remue un peu sur sa chaise et essaie un ton plus aimable.

— Je crois que nous sommes partis du mauvais pied, dit-il. J'aimerais savoir ce que vous avez trouvé au sujet de ma belle-sœur. Si je vous ai semblé grossier, je vous prie de m'en excuser. Oh, ceci pourrait bien vous intéresser.

Il sort de la poche de sa veste un papier plié en quatre et me le tend. Je m'attends un instant à y trouver une adresse et un numéro de téléphone, ou n'importe quelle bribe d'information susceptible de m'aider. C'est un chèque de 246,19 dollars, la somme que me devait Beverly. Je prends quand même. Ça ne fait peut-être aucune différence pour lui, mais pour moi si.

— J'ai envoyé un exemplaire de mon rapport à Beverly il y a deux jours. Si vous voulez savoir où j'en suis, pourquoi ne pas lui poser la question ?

— J'ai lu le rapport. J'aimerais savoir ce que vous avez découvert depuis et si vous êtes disposée à partager cette information.

— A vrai dire, non. Ne le prenez pas mal, mais toutes mes informations appartiennent à ma cliente actuelle et sont confidentielles. Mais je peux vous dire ceci : je suis allée voir les flics et ils ont diffusé son portrait mais ça ne date que de quelques jours et jusqu'à présent ils ne sont arrivés à rien. Vous voulez bien répondre à une de mes questions ?

— A vrai dire, non, dit-il, mais en riant.

Je commence à croire que son attitude est due surtout à une sensation de malaise, alors j'y vais.

— Beverly m'a dit ne pas avoir vu sa sœur depuis trois ans mais un voisin d'Elaine affirme que non seulement elle était là à Noël mais qu'elles ont eu une sacrée prise de bec. C'est vrai ?

— Euh... oui, probablement.

Son ton s'est adouci et il semble moins distant. Il tire une dernière bouffée de sa cigarette, écrase le mégot dans le cendrier.

— Pour vous dire la vérité, reprend-il, j'étais inquiet de ce que Beverly ait pu être mêlée à cette histoire.

— Comment cela ?

Il allume nerveusement une autre cigarette.

— Beverly a un problème avec l'alcool. Et depuis un bon bout de temps, bien que vous ne vous en soyez absolument pas rendu compte. Elle est de ces gens qui peuvent ne pas toucher une goutte d'alcool pendant six mois et puis... tout à coup, boum, elle ne dessoûle plus pendant trois jours. Parfois ses bitures durent même plus longtemps que ça. Je pense que c'est ce qui est arrivé en décembre.

Dans le regard qu'il pose alors sur moi il n'y a plus aucune trace d'arrogance. Je ne vois plus qu'un homme qui souffre.

— Savez-vous à quel propos elles se disputaient ?

— J'en ai une vague idée.

— A votre sujet ?

Ses yeux se plantent dans les miens, vraiment vivants pour la première fois.

— Qu'est-ce qui vous fait dire ça ?

— Le voisin en question m'a dit qu'elles se querellaient sans doute à cause d'un homme. Vous êtes le seul dont je connaisse l'existence. Si vous m'invitiez à déjeuner ?

Nous allons dans un bar de luxe appelé *Jay's*, juste au coin de la rue. L'endroit est très sombre, avec de petites alcôves style art déco tapissées de cuir gris pâle et dont les tables d'onyx noir font penser à de petites mares. Leur surface est si étincelante qu'on y voit presque son propre reflet, comme sur les publicités pour les détergents à vaisselle. La moquette est si épaisse que les pieds s'y enfoncent comme dans du sable. L'ensemble fait penser à un caisson d'isolation, obscur et silencieux, mais les cocktails sont servis dans des verres énormes et le barman fait des sandwichs chauds au pastrami comme on n'en trouve nulle part ailleurs. *Jay's* n'est évidemment pas dans mes moyens, mais je trouve le décor parfait pour Aubrey Danziger.

Quand nous sommes assis je demande :

— Quel genre de travail faites-vous ?

La serveuse apparaît avant qu'il ait le temps de répondre. Je suggère deux sandwichs au pastrami et deux martinis. Le visage d'Aubrey Danziger retrouve un air ironique mais il accepte d'un haussement désinvolte des épaules. Il ne doit pas être habitué à ce que les femmes commandent pour lui mais apparemment il n'y a pas d'effets secondaires. Quand la serveuse a disparu il répond à ma question.

— Je ne travaille pas. Je possède des choses. Dans l'immobilier. Nous achetons des terrains et faisons construire des bureaux, des centres commerciaux, parfois des appartements.

Il s'arrête là, comme s'il aurait pu en dire beaucoup plus mais aurait jugé que c'était bien suffisant.

— Qu'est-ce que j'ai fait pour vous agacer à ce point ? demanda-t-il. Ça m'arrive tout le temps.

Le petit sourire supérieur est de retour mais cette fois je ne lui en veux pas. C'est peut-être congénital.

— Vous avez l'air arrogant et il y a quelque chose de trop rusé chez vous. Vous souriez tout le temps comme si vous saviez quelque chose que j'ignorerais.

— J'ai beaucoup d'argent depuis très longtemps, alors je me sens très rusé. En fait, Ça m'amuse de voir une femme détective. C'est en partie pour cela que je suis venu.

— Et l'autre partie ?

Il hésite, se demandant ce qu'il doit dire ou non.

— Je ne crois pas à la version de Beverly sur ce qui s'est passé. Elle a l'esprit tordu et aime manipuler les gens. Je préfère vérifier.

— Parlez-vous de ses relations avec moi ou avec Elaine ?

— Oh, je suis au courant de ses relations avec Elaine. Elle ne peut pas la sentir. Mais elle ne peut pas non plus la laisser tranquille. Vous avez déjà haï quelqu'un de cette manière ?

Je souris légèrement.

— Pas récemment. Mais je crois que ça m'est arrivé.

— Disons que Bev veut toujours savoir où en est Elaine mais si elle apprend qu'il lui est arrivé quelque chose d'heureux ça l'emmerde. Et s'il s'agit de quelque chose de fâcheux, elle est contente, mais ce n'est jamais suffisant.

— Que faisait-elle ici vers Noël ?

Les martinis arrivent et Aubrey sirote une longue gorgée du sien avant de répondre. Le mien est froid et douceâtre avec ce soupçon de vermouth qui me fait machinalement frissonner. Je mange toujours l'olive parce que son goût se marie si bien à celui du gin. Il m'a vue frissonner.

— Je peux quitter la pièce si vous préférez rester en tête à tête avec votre verre.

Je ris.

Je nc peux pas m'en empêcher. Je ne bois jamais de ces trucs-là mais, bon sang, qu'est-ce que ça cogne. Je sens déjà un début de gueule de bois.

— Que diable, on est samedi. Prenez votre journée demain. Je ne pensais même pas vous trouver au bureau aujourd'hui. Je pensais vous laisser un mot puis fureter un peu pour voir si je découvrirais quelque chose au sujet d'Elaine.

— Je suppose que sa disparition vous intrigue comme tout le monde.

Il hoche gravement la tête.

— Je pense qu'elle est morte. Je pense que Beverly l'a tuée.

Voilà qui est intéressant.

— Pourquoi aurait-elle fait ça?

A nouveau une longue hésitation, un regard rêveur, puis un vague sourire.

— Elle a appris que j'avais eu une liaison avec Elaine. Et elle l'a appris par ma faute. Les polyvalents vérifient mes déclarations fiscales des trois dernières années et, comme un con, j'ai demandé à Beverly de me ressortir de vieilles souches de chèques et des reçus de cartes de crédit. Elle s'est aperçue que je me trouvais à Cozumel en même temps qu'Elaine, peu après la mort de Max. Je lui avais dit que je partais en voyage d'affaires.

« Toujours est-il que quand je suis rentré à la maison ce jour-là elle m'est tombée dessus avec une telle rage que je me demande comment je suis encore vivant. Bien sûr, elle avait bu. Tous les prétextes lui sont bons pour biberonner. Elle a saisi une paire de ciseaux de cuisine et me l'a plantée dans la nuque. Juste au-dessus de la clavicule. J'ai été sauvé grâce à mon col et à ma cravate, peut-être aussi grâce au fait que mes chemises sont toujours très amidonnées.

Il se met à rire, secouant la tête pour chasser ce déplaisant souvenir, puis enchaîne :

— Comme ça ne marchait pas, elle s'en est prise à mon bras. On a dû me faire quatorze points de suture. Je pissais le sang. Quand elle boit, c'est comme Dr Jekyll et Mr. Hyde. Quand elle ne boit pas, elle n'est pas trop mal… garce et la dent dure, mais elle n'est pas cinglée.

— Que s'est-il passé entre vous et Elaine ?

— Oh, je n'en sais rien. C'était idiot de ma part. Mais je crois que j'avais le béguin pour elle depuis des années. C'est une belle femme. Un peu égocentrique et narcissique, mais il n'en est que plus difficile de lui résister. Au début, je l'ai consolée fraternellement mais très vite ça a fini au lit, comme dans un roman de gare. J'avais déjà eu des liaisons, mais pas comme ça. Et je ne m'étais jamais fait pincer.

— Combien de temps cela a-t-il duré ?

— Jusqu'à sa disparition. Bev ne le sait pas. Je lui ai dit que tout était fini au bout de six semaines et elle l'a avalé parce que c'était ce qu'elle voulait croire.

— Et c'est au moment de Noël qu'elle l'a découvert ?

Il acquiesce puis appelle la serveuse en me jetant un coup d'œil au passage.

— Prête pour un deuxième martini ?

— Bien sûr.

Il lève deux doigts comme pour faire le signe de la victoire et la serveuse se dirige vers le bar.

— Oui, c'est à ce moment-là qu'elle a tout découvert. Elle m'est tombée dessus puis a sauté dans sa voiture et filé. J'ai appelé Elaine pour la prévenir, pour qu'au moins nous accordions nos violons, mais je ne sais pas trop ce qu'elles se sont dit. Je n'ai pas rappelé Elaine depuis et je ne l'ai pas revue.

— Qu'a-t-elle dit quand vous l'avez appelée ?

— Eh bien, l'idée que Bev soit au courant ne l'enchantait pas, mais elle ne pouvait rien y faire. Elle m'a dit qu'elle se débrouillerait.

Les martinis arrivent avec nos sandwichs et nous nous arrêtons de parler le temps de tout avaler. Il vient de m'ouvrir un champ tout neuf de possibilités et j'ai des tas de questions à lui poser.

CHAPITRE XVII

Quand nous avons fini de déjeuner, je lui demande:

— Quelle est votre théorie au sujet de ce qui s'est passé ? Je veux dire, d'après ce que je sais, Elaine était à Santa Teresa jusqu'au soir du neuf janvier. C'était un lundi. J'ai suivi sa trace de son appartement à l'aéroport et j'ai un témoin qui l'a vue monter dans l'avion. Selon un autre témoin, elle est arrivée à Miami et est passée par Fort Lauderdale avant de se rendre à Boca. Cette même personne jure qu'Elaine a passé quelques jours à Boca et qu'aux dernières nouvelles elle se trouvait à Sarotosa où elle séjournait soi-disant chez des amis. J'ai du mal à croire la fin, mais c'est ce qu'on m'a dit. Quand Beverly l'aurait-elle tuée, et où ?

— Peut-être l'a-t-elle suivie jusqu'en Floride ? Juste après le Nouvel An, elle s'est pris une sacrée cuite. Elle a disparu pendant dix jours et elle est revenue dans un sale état. Je ne l'avais jamais vue comme ça. Elle n'a voulu me dire ni où elle avait été, ni ce qui s'était passé. J'avais une affaire à conclure cette semaine-là à New York et je ne suis rentré que le vendredi suivant. Elle a pu aller n'importe où en mon absence. Supposez qu'elle ait suivi Elaine en Floride et l'ait tuée à la première occasion ? Elle a pu reprendre l'avion pour Santa Teresa juste après, ni vu ni connu.

— Vous ne parlez pas sérieusement ? Avez-vous seulement l'ombre d'une preuve ? Voyez-vous un lien, même superficiel, entre Beverly et la disparition d'Elaine ?

Il hoche la tête.

— Ecoutez, je sais que ce ne sont que des hypothèses et je me trompe peut-être complètement. J'espère d'ailleurs me tromper. Je n'aurais probablement rien dû dire…

La tournure que prennent les événements commence à me rendre nerveuse.

— Pourquoi Beverly m'aurait-elle engagée si elle avait tué Elaine ?

— Peut-être pour donner le change. L'histoire de la succession de leur cousin est véridique. La lettre est arrivée un beau jour au courrier, alors il fallait bien qu'elle fasse quelque chose. Supposez qu'elle sache qu'Elaine barbote au fond de l'océan en chaussures de plomb ? Elle doit agir. Elle ne peut pas faire autrement sinon quelqu'un finirait par s'étonner qu'elle ne manifeste pas plus d'inquiétude. Alors elle part pour Santa Teresa et vous engage.

Je le regarde d'un air sceptique.

— Seulement là, elle panique quand je parle de prévenir la police.

— Exactement. Et elle préfère ménager ses arrières en venant m'en parler.

Je vide mon martini en réfléchissant à ce qu'il vient de me dire. Un peu trop élaboré, et je n'aime pas ça. Mais je dois admettre que ce n'est pas impossible. Je pense aussi au cambriolage chez Tillie.

— Où était-elle mercredi dernier ?

Il a l'air complètement ébahi.

— Je ne sais pas. Pourquoi ?

— J'aimerais savoir où elle se trouvait mercredi soir et jeudi matin de bonne heure. Elle était avec vous ?

— Non. Je suis parti pour Atlanta lundi soir et j'en suis rentré hier. Quel rapport avec le reste ?

Je préfère ne pas lui donner de détails pour le moment. Je hausse les épaules.

— Il y a eu un petit incident ici. L'avez-vous appelée d'Atlanta l'un de ces deux jours ?

— Je ne l'ai pas appelée du tout. Il y a longtemps que je ne l'appelle plus. Vous ne croyez rien de tout ça, n'est-ce pas ?

— Ce que je crois ou pas est secondaire. J'essaie de trouver la vérité. Pour l'instant, tout cela n'est que spéculations.

— Je sais que je n'ai pas de preuve concrète, mais il fallait que j'en parle à quelqu'un. Ça me turlupine à un point... vous ne pouvez pas savoir.

— Je vais vous dire ce qui me turlupine, moi : comment pouvez-vous vivre avec quelqu'un que vous soupçonnez de meurtre ?

Pendant un moment, il me regarde fixement par-dessus la table. Quand le sourire se dessine sur son visage, j'y retrouve sa vieille arrogance. J'attends une réponse, qui ne vient pas. Il se contente d'allumer une cigarette et de demander l'addition.

⁂

Vers le milieu de l'après-midi, j'appelle Jonah. Ma rencontre avec Aubrey Danziger m'a déprimée et les deux martinis du déjeuner m'ont valu une douleur lancinante entre les yeux. J'ai besoin d'air, de soleil et d'action.

Quand j'ai Jonah au bout du fil je lui demande s'il n'a pas envie d'aller au stand de tir.

— Où êtes-vous ? me demande-t-il.

— Au bureau, mais je passe chez moi prendre des munitions.

— Passez me prendre moi aussi après, dit-il.

Je raccroche en souriant. Parfait.

Les nuages planent au-dessus de la montagne comme de grosses bouffées de fumée blanche dans le sillage d'une vieille locomotive à vapeur géante. Nous prenons l'ancienne route du col, ma Volkswagen poussant de petits cris plaintifs jusqu'à ce que je passe de troisième en seconde, puis finalement en première. La route serpente parmi la sauge et le lilas. Les arbres sont rares.

Quand nous atteignons le sommet, je regarde sur ma gauche. Nous sommes à quelque huit cents mètres d'altitude et l'océan au loin a l'air d'une brume grisâtre fondue dans le gris du ciel. Le littoral s'étend à perte de vue et Santa Teresa pourrait aussi bien être une simple photographie aérienne.

La route étroite qui mène au stand de tir tourne sur la gauche juste à la crête de la montagne, grimpant abruptement parmi d'énormes blocs de grès qui semblent aussi légers et irréels que dans un décor de cinéma. Ma voiture arrive en cahotant sur le parking poussiéreux et caillouteux. Jonah et moi descendons et prenons nos armes et nos munitions sur le siège arrière. Nous n'avons pas dû échanger six mots pendant la demi-heure du trajet, mais ce silence était reposant.

Nous acquittons les droits d'entrée et nous enfonçons de petites boules de coton dans les oreilles pour atténuer le son. J'ai apporté aussi un casque et des protège-tympans. Mon système auditif a déjà pas mal souffert et j'espère que ce ne sera pas permanent.

Nous montons vers le stand, avec son toit au-dessus de nos têtes semblable à un auvent pour voitures mais en plus grand. Il n'y a qu'un homme en train de s'entraîner au tir, avec un pistolet de compétition Heckler & Kock qui fait briller aussitôt une lueur de convoitise dans les yeux de Jonah. Tous deux se mettent à discuter détente ajustable et mires réglables pendant que j'introduis huit cartouches dans le chargeur de mon petit pistolet. J'ai hérité ce semi-automatique qui n'a même pas de marque de la tante célibataire qui m'a élevée après la mort de mes parents. Elle m'a appris le crochet et le tricot quand j'avais six ans et quand j'en ai eu huit elle m'a emmenée ici pour m'apprendre à tirer, me musclant les bras à l'aide d'une planche à repasser en bois qu'elle gardait dans le coffre de sa voiture. Dès que je suis venue vivre avec elle je suis tombée amoureuse de l'odeur de la poudre à canon. Je passais des heures assise sur les marches en béton du porche avec une bande de pétards et un marteau, tapant dessus patiemment, jusqu'à ce qu'ils aient tous libéré leur délicieux arôme. Après, les marches du porche étaient jonchées de petits bouts de papier rouges et de taches grises de poudre brûlée de la taille d'un confetti. Après avoir supporté mes coups de marteau pendant deux ans elle s'est dit qu'elle ferait aussi bien de m'apprendre un jeu plus sérieux.

Jonah a emporté ses Colts et je tire quelques cartouches de chacun, mais je préfère la catégorie en dessous et je ne fais rien de brillant. Avec le Python c'est à peine mieux.

A cinq heures, nous remballons notre matériel et descendons vers la vieille taverne du stand, blottie dans un creux de la montagne. Nous avalons de la soupe aux haricots et de la bière en bavardant de tout et de rien.

— Comment avance votre affaire ? me demande Jonah. Vous avez déjà du nouveau ?

— Il y a deux ou trois petites choses dont j'aimerais vous parler, mais pas maintenant.

— Vous avez l'air vannée.

— C'est toujours comme ça avec moi. Il me faut des résultats rapides. Si tout n'est pas pesé et emballé en deux jours, je déprime. Et vous ? Ça va comme vous voulez ?

Il hausse les épaules.

— Mes enfants me manquent. Je passais toujours le samedi avec eux. C'est gentil d'avoir appelé. Ça m'a permis de faire autre chose que de broyer du noir.

— Oui, comme ça vous me regardez moi broyer du noir.

Il tapote ma main par-dessus la table et la presse légèrement. C'est un geste rapide, plein de sympathie, auquel je réponds de la même manière.

Je le dépose devant chez lui vers 7 h 30 puis rentre chez moi. Comme je suis fatiguée de m'inquiéter pour Elaine, je m'installe sur le canapé pour nettoyer mon pistolet en humant l'odeur de l'huile. Je trouve très délassant de le démonter, de l'essuyer soigneusement puis de le remonter. Après, je me déshabille et m'enroule dans le couvre-lit et je ne tarde pas à m'endormir.

Le lundi matin, je m'arrête à l'agence de voyages Santa Teresa Travel sur le chemin du bureau et bavarde quelques instants avec une employée du nom de Lupe, moitié Chicano, moitié Noire — un mélange particulièrement réussi — et gracieuse comme un chat. Je lui montre le billet d'avion et lui explique ce que je cherche. J'avais deviné juste. Elaine était cliente chez eux depuis des années. Pourtant, Lupe semble perplexe en examinant le carbone. Elle abaisse ses lunettes jusque sur le bout de son nez et me regarde. Ses yeux sont dorés comme ceux d'un lémurien et accentuent encore son côté exotique. Bouche gonflée, petit nez droit.

— Je ne sais que penser, dit-elle. Elle prenait toujours ses billets chez nous, mais celui-ci a été acheté à l'aéroport. D'après les numéros, il a été émis par la compagnie aérienne et payé avec une carte de crédit.

— Quel type de carte de crédit ?

— American Express. C'est généralement ce qu'elle utilise en voyage. Mais je vais vous dire ce qui me paraît bizarre. Elle a fait des réservations pour... attendez une minute. Laissez-moi vérifier.

Lupe tape quelques chiffres sur le clavier de son ordinateur, ses doigts aux ongles effilés dansant sur les touches. L'engin crache plusieurs lignes de caractères verts. Elle se penche vers l'écran.

— Son vol était prévu au départ de Los Angeles, en première classe, le 3 février, avec retour le 3 août et ces billets ont été payés.

— J'ai entendu dire qu'elle était partie sous l'impulsion du moment, dis-je. Si elle a fait ses réservations pendant le week-end, elle a forcément dû passer par la compagnie aérienne, non ?

— Bien sûr, mais elle n'aurait tout de même pas oublié les billets qu'elle avait déjà. Attendez une seconde, je vais voir si elle est passée les prendre. Elle aurait pu les faire changer.

Elle se lève pour aller vers une armoire métallique appuyée contre le mur du fond. Elle en sort un petit paquet qu'elle me tend. C'est un jeu de billets et un itinéraire, glissé dans un étui portant le label de l'agence. Le nom d'Elaine est imprimé bien nettement sur le devant.

— Il y en a pour mille dollars de billets, dit Lupe. Bizarre qu'elle ne nous ait pas appelés pour se faire rembourser en arrivant à Boca.

Je sens un frisson me parcourir l'échine.

— Elle n'y est peut-être jamais arrivée.

Je reste un moment à regarder les billets inutilisés. Que signifiait tout ceci ? Je sors de mon sac l'étui de la TWA que m'a envoyé Julia Ochsner. Au dos sont agrafés les quatre étiquettes de bagages numérotées dans l'ordre. Lupe m'observe avec curiosité.

Je repense à mon rapide aller-retour à Miami, quand je suis descendue de l'avion à cinq heures moins le quart du matin, passant devant les guérites à parois de verre où s'entassent les bagages abandonnés.

— J'aimerais que vous appeliez pour moi l'aéroport de Miami, dis-je lentement. Déposons une plainte pour bagages perdus et voyons s'il en sort quelque chose.

— Vous avez perdu des bagages ?

— Quatre. En cuir rouge rigide à armatures métalliques grises. Trois valises et un sac à bandoulière.

Je dépose l'étui sur son bureau et elle relève les numéros. Je lui donne aussi ma carte de visite et elle promet de m'appeler si elle a du nouveau.

— Encore une chose, dis-je avant de partir. A-t-elle pris un vol sans escale ?

Lupe étudie le carbone et hoche la tête.

— Non. Elle a dû changer à St. Louis.

— Merci.

En arrivant à mon bureau, je vois clignoter le voyant rouge de mon répondeur. Je rembobine la bande. C'est mon ami le punk, Mike.

« Allô, Kinsey ? Merde, un répondeur. Bon, tant pis. Je vous rappelle, d'accord ? Oh, c'est Mike et il y a un truc dont je voudrais vous parler, mais j'ai un cours dans pas longtemps. En tout cas je vous rappelle, d'accord ? Salut. »

Je prends note. L'horloge du répondeur indique sept heures quarante-deux du matin. Il essaiera peut-être encore à midi. J'aurais bien aimé qu'il me laisse un numéro où le joindre.

J'appelle Jonah et lui parle de l'escale de l'avion d'Elaine.

— Pouvez-vous faire diffuser un portrait d'elle par la police de St. Louis ?

— Bien sûr. Vous pensez qu'elle est là-bas ?

— Je l'espère.

J'espérais bavarder un peu avec lui mais ce sera pour une autre fois. Il y a un coup bref frappé à la porte qui aussitôt après s'ouvre sous le coup d'une violente poussée. Beverly Danziger se tient sur le seuil, l'air pas content du tout. Je dis à Jonah que je rappellerai plus tard et raccroche.

CHAPITRE XVIII

— Espèce de petite garce!

Elle claque la porte derrière elle, les yeux étincelants de rage.

Je n'aime pas vraiment qu'on me parle sur ce ton. Je sens le rouge me monter au front et la moutarde au nez. Dois-je m'attendre à un corps-à-corps? En attendant, je souris lentement, juste pour lui montrer que ses airs dramatiques ne m'impressionnent guère.

— Quel est le problème, Beverly?

Je trouve mon ton de bêcheuse très réussi mais je me demande en même temps si je ne ferais pas mieux de me préparer à lui balancer quelque chose à la figure pour le cas où elle plongerait sur mon bureau toutes griffes dehors. Tout ce que j'ai à portée de main c'est un crayon pas taillé et un tube de colle.

Elle se plante les poings sur les hanches.

— Qu'est-ce qui vous a pris de contacter Aubrey? Comment avez-vous osé, hein?

— Je n'ai pas contacté Aubrey. C'est lui qui est venu me trouver.

— Je vous ai engagée. *Moi.* Vous n'aviez aucun droit de lui parler et de parler de mes affaires derrière mon dos! Vous savez ce que je vais faire? Porter plainte contre vous!

Ce n'est vraiment pas ce qui m'inquiète. Ce qui m'inquiète, c'est qu'elle puisse sortir une paire de ciseaux de son sac et me découper en rondelles.

Pour le moment, elle est penchée au-dessus de mon bureau, pointant un index effilé en direction de mon visage, le menton en avant, la salive bouillonnant au coin de ses lèvres. J'ai bien envie de lui flanquer une trempe mais ce n'est peut-être pas la meilleure chose à faire. D'ailleurs elle commence à haleter, sa poitrine se soulevant en cadence. Puis sa bouche se met à trembler et ses yeux d'un bleu dur se remplissent de larmes. Un seul sanglot puis elle laisse tomber son sac et se prend le visage entre les mains, comme une petite fille. Elle est cinglée, ou quoi ?

— Asseyez-vous, dis-je. Et prenez une cigarette. Qu'est-ce qui se passe ?

Je lui tends un cendrier. Elle se laisse tomber dans le fauteuil. Sa colère a disparu d'un coup, cédant la place à un vieux chagrin. Je suis au regret de devoir dire que le spectacle ne m'émeut guère. Oui, il m'arrive d'être une petite chose parfaitement insensible.

Pendant qu'elle pleure, je fais du café. La porte de mon bureau s'ouvre et Vera jette un œil, visiblement alertée par le bruit. Je hausse un sourcil éloquent et elle disparaît. Beverly finit par prendre un kleenex pour s'essuyer les yeux. Son teint de porcelaine en a pris un sacré coup.

— Je suis désolée, dit-elle dans un souffle. Je sais que je n'aurais pas dû faire ça. Mais il me rend complètement folle, le salaud. Si vous saviez combien je le hais, ce fumier.

— Calmez-vous, Beverly. Un peu de café ?

Elle fait oui de la tête et sort un poudrier de son sac pour évaluer les dégâts. Puis elle se mouche un bon coup, rouvre son sac pour prendre ses cigarettes et son briquet, en allume une et tire une bouffée avec la tête de quelqu'un qui inhalerait de l'éther avant une opération. Après, elle secoue la tête d'un air complètement désemparé.

— Vous ne pouvez pas savoir combien j'en ai bavé, dit-elle.

— Ecoutez, pour dissiper toute confusion...

— Je sais que ce n'était pas votre faute. Je devrais pourtant avoir l'habitude, depuis le temps.

— L'habitude de quoi ?

Elle tortille son Kleenex sur ses genoux puis se met à parler lentement, ponctuant ses phrases de longs silences.

— Il... euh... il va voir les gens, il leur parle... Et il leur dit... que je suis une alcoolique et parfois il prétend même que je suis une nymphomane, ou que je suis un traitement psychiatrique. Ce qui lui passe par la tête. Pourvu que ça fasse mal.

Je ne sais plus quoi penser. *Lui* m'a dit qu'elle était alcoolique, qu'elle se prenait des cuites de trois jours, qu'elle lui était tombée dessus avec une paire de ciseaux et qu'elle avait probablement assassiné sa sœur pour avoir eu une liaison avec lui. Et maintenant elle est là, pleurant toutes les larmes de son corps et affirmant que c'est lui le dangereux cinoque. Lequel des deux croire ? Elle me regarde droit dans les yeux.

— Il vous a dit quelque chose dans ce genre ? demande-t-elle.

— Je pense qu'il était simplement inquiet au sujet d'Elaine, dis-je, histoire de gagner un peu de temps. Nous n'avons abordé aucun sujet personnel, alors ne vous inquiétez pas. Comment avez-vous su qu'il était venu ici ?

— Quelque chose lui a échappé dans la conversation. Je ne sais plus quoi. Il agit toujours comme ça. Il sème des *indices*. Il laisse traîner des preuves et attend que je les découvre. Et si je ne tombe pas dessus par hasard, il me met le nez dessus puis fait semblant d'être surpris et désolé.

Je suis sur le point de dire : « Comme pour sa liaison avec Elaine », mais je me rends compte tout à coup que c'est peut-être une histoire inventée de toutes pièces. Ou alors, si elle est vraie, il est possible que Beverly ne soit au courant de rien. Je demande prudemment :

— Vous pouvez me donner un exemple?

— Il a eu une liaison avec Elaine. Vous imaginez ça? S'envoyer ma propre sœur! Je n'aurais jamais cru qu'il puisse me faire ça. D'elle, ça ne m'étonne pas. Elle a toujours été jalouse. Elle me prenait tout ce qu'elle pouvait. Mais *lui*! Je me sentais tellement idiote. Il a commencé à la tringler à peine le corps de Max refroidi et moi, pauvre conne, il m'a fallu des années pour m'en apercevoir. Des *années*!

Elle a un petit rire qui ressemble plus à un sanglot et enchaîne:

— Pauvre Aubrey. Qu'est-ce qu'il a dû se casser la tête à essayer de trouver un moyen de me faire découvrir ce pot aux roses! Finalement il a mijoté cette histoire à dormir debout de contrôle fiscal. Je lui ai dit que le comptable pouvait très bien s'en occuper mais il a prétendu qu'Harvey voulait que nous vérifions tous les talons de chèques et les reçus de cartes de crédit. Alors, comme une andouille, je l'ai fait et voilà.

— Pourquoi ne le quittez-vous pas? Je ne comprends pas pourquoi vous restez avec lui dans une situation pareille.

C'est toujours pareil. J'entends toujours la même rengaine. Alcoolisme, coups, infidélité, grossièreté. Vraiment, je ne comprends pas. Pourquoi les gens acceptent-ils? Je l'ai dit à Aubrey, donc je peux aussi le lui dire à elle. Leur mariage est un échec complet. Peu importe où est la vérité, ces deux-là sont malheureux. Est-ce une question d'argent?

— Oh, je ne sais pas. En partie, sûrement, dit-elle.

— Au diable l'argent. Dans cet Etat, c'est la communauté de biens entre époux qui est en vigueur.

— C'est bien ce que je veux dire. Il filera avec la moitié de ce que j'ai et ce serait vraiment trop injuste.

— L'argent est à vous?

— Evidemment, dit-elle en changeant soudain d'expression. Il vous a dit qu'il était à lui, n'est-ce pas?

Je hausse les épaules, pas très à l'aise.

— Plus ou moins. Il m'a dit qu'il s'occupait de construction immobilière.

Pendant un moment, elle a l'air estomaqué, puis se met à rire au point qu'elle en tousse et avale la fumée de travers. Puis elle retrouve son sérieux.

— Ça, c'est nouveau! Mais j'aurais dû m'en douter. Qu'est-ce qu'il vous a dit d'autre?

Je lève les mains en signe de protestation.

— Je crois que ça suffit comme ça. Je ne veux pas entrer dans votre petit jeu. J'ignore quels sont vos problèmes et je me moque...

— Vous avez raison, vous avez raison. Mon Dieu, vous devez nous trouver complètement givrés. Désolée de vous avoir embarquée là-dedans. Ce n'est pas votre problème, c'est le mien. Combien vous dois-je pour votre temps?

Elle fourrage dans son sac, à la recherche de son chéquier.

Je sens la moutarde me remonter au nez.

— Ne soyez pas stupide, je ne veux pas de votre argent. Pourquoi ne pas répondre franchement à mes questions, pour changer?

Elle cligne des yeux, ces yeux de porcelaine bleue, aussi brillants que la glace à la surface d'un lac.

— A quel sujet?

— Un voisin d'Elaine affirme que vous êtes venue ici à Noël et que vous vous êtes violemment disputées toutes les deux. Vous m'avez dit ne pas l'avoir revue depuis des années. Alors?

Elle prend une autre cigarette et l'allume lentement, prenant tout son temps pour concocter sa réponse.

— Allons, Beverly. Dites-moi la vérité. Vous êtes venue, oui ou non?

Elle prend encore le temps d'avaler une bonne bouffée de fumée.

— Je suis venue, dit-elle prudemment.

Elle tapote sa cigarette sur le bord du cendrier pour en faire tomber une cendre encore inexistante. Je sens que je vais hurler si elle continue à faire son cirque avec cette cigarette.

— Vous êtes-vous querellée avec elle, oui ou non ?

Quand elle répond enfin, c'est avec un peu trop d'empressement.

— Kinsey, je venais de découvrir leur liaison. Bien sûr que nous nous sommes querellées. Et c'est exactement ce que voulait Aubrey, j'en suis sûre. Qu'auriez-vous fait à ma place ?

— Quelle importance ? Je ne suis pas mariée avec lui, moi ! Je veux savoir pourquoi vous m'avez menti.

Elle fixe le bureau d'un air buté. J'essaie une autre tactique.

— Pourquoi avoir fait appel à moi ? Pourquoi ne pas m'avoir laissée appeler la police ?

Elle tire quelques bouffées de sa cigarette et j'ai un moment l'impression qu'elle n'a aucune intention de répondre.

— J'avais peur qu'il ait fait quelque chose, dit-elle enfin.

Je la regarde.

Elle soutient mon regard puis se penche en avant, l'air grave.

— Il est fou. Il est vraiment malade et j'avais peur qu'il ait... je ne sais pas... je pense que j'ai cru qu'il l'avait tuée.

— Raison de plus pour appeler la police, non ?

— Vous ne comprenez pas. Je ne pouvais pas mettre la police là-dessus. C'est pourquoi j'ai commencé par vous engager. C'est cette histoire de succession qui a tout déclenché. Je pensais qu'elle avait retourné le document signé au notaire. Mais quand je me suis aperçue que personne n'avait eu de nouvelles d'elle, je me suis dit qu'il avait dû se passer quelque chose. Je ne sais même pas à quoi je pensais alors.

— Mais quand j'ai évoqué l'éventualité d'un décès, ça a fait tilt dans votre tête, c'est ça ?

Elle se tortille sur sa chaise.

— Non, c'était avant. Disons que j'étais incapable d'exprimer cette pensée avec des mots jusqu'à ce que vous le disiez. Alors je me suis dit qu'il valait mieux que je réexamine la situation avant de donner mon accord pour quoi que ce soit.

— Pourquoi pensiez-vous qu'Aubrey est impliqué là-dedans ?

— Ce jour-là... quand je suis venue voir Elaine et que nous avons eu des mots... elle m'a dit que leur liaison durait depuis des années, qu'elle avait fini par se rendre compte qu'Aubrey était un psychopathe et qu'elle essayait de rompre. Vous ne connaissez pas encore bien Aubrey. Vous ne savez pas quel genre d'homme il est. On ne le quitte pas. On ne rompt pas avec lui. Je l'ai menacé moi-même de le faire. Ne croyez pas que je n'y ai pas pensé. Mais je ne l'ai pas fait. Je ne sais pas ce qu'il ferait mais je ne le quitterai jamais. Jamais. Il me traquerait jusqu'au bout du monde pour me ramener à la maison, et là il me le ferait payer.

— Bev, j'ai du mal à vous suivre.

— Parce que vous êtes tombée dans le panneau. Il est venu vous voir, il vous a fait son cinéma et vous avez marché comme un seul homme. Et maintenant vous refusez d'admettre que vous vous êtes fait avoir. Ce coup-là, il l'a déjà fait avant. Il le fait à tout le monde. Cet homme est un fou patenté, Kinsey.

J'attrape un crayon, en tapote le bord de mon bureau puis le remets à sa place.

— Je vais vous dire la vérité. Tout ce qui m'intéresse c'est de retrouver Elaine. Je suis comme un fox-terrier. On me donne un ordre et je l'exécute. Je saurais ce qui lui est arrivé. Je saurai où elle se trouve depuis tous ces mois. Et priez le ciel pour que mes recherches ne me ramènent pas à vous.

Elle se lève, ramasse son sac et s'appuie des deux mains sur mon bureau.

— Et vous, ma chère, priez le ciel pour qu'elles ne vous ramènent pas à Aubrey.

Après son départ, je sors ma machine à écrire et rédige un rapport détaillé pour Julia, avec la liste des dépenses de ces derniers jours. Il me faut un peu de temps pour assimiler ce que Beverly vient de me dire au sujet d'Aubrey. Où est le mensonge et où est la vérité dans tout ça ? Aubrey m'a dit qu'une fois ivre Beverly se transformait en Mr Hyde. Elle m'affirme qu'il est fou à lier. Comment s'y retrouver ? D'ailleurs, est-ce vraiment important de s'y retrouver ? Peut-être pas. Elaine Boldt est-elle vraiment morte ? Cette idée m'a traversé l'esprit plus d'une fois mais que Beverly ou Aubrey puissent être mêlés à cette mort éventuelle ne m'avait jamais effleurée. Je m'étais lancée sur une tout autre piste en imaginant que la disparition d'Elaine était liée au meurtre de Marty Grice. Que faire alors ? Retourner à la case départ ?

Je rentre déjeuner chez moi et j'en profite pour faire un peu de jogging. J'ai besoin de me changer les idées. Mais j'attrape un point de côté au bout du premier kilomètre, ce qui me met de méchante humeur. J'ai beau me contorsionner dans tous les sens, il refuse de disparaître. Alors je reprends le chemin de la maison en râlant. Ma frustration, au lieu de se dissiper, n'a fait que croître et embellir.

Je prends une douche puis me rhabille. Je n'ai aucune envie de retourner au bureau, mais je me force. Il va falloir recommencer à zéro, jeter de nouveaux hameçons à l'eau et attendre que ça morde.

En arrivant au bureau, je vois clignoter le voyant lumineux de mon répondeur. J'ouvre les portes-fenêtres avant de rembobiner la bande.

« Bonjour, Kinsey, c'est Lupe, de Santa Teresa Travel. On dirait que vous avez gagné le jack-pot. J'ai adressé une réclamation au service des bagages de la TWA. Les trois valises et le sac sont là-bas. Le responsable m'a dit qu'il pouvait les mettre dans un avion cet après-midi si vous voulez. Pouvez-vous me rappeler pour me dire ce que je dois faire ? »

J'arrête la bande et brandis les deux poings en l'air en me retenant tout juste de hurler de joie. Je commence par appeler Jonah pour lui annoncer la nouvelle, la première bonne nouvelle depuis que j'ai retrouvé la trace du chat.

— Que dois-je faire, Jonah ? Est-ce qu'il faudra une espèce de décision judiciaire pour ouvrir ces bagages ?

— Ne vous emmerdez pas avec ça. Vous avez les étiquettes, n'est-ce pas ?

— Oui, je les ai ici.

— Alors filez en Floride et allez retirer les bagages.

— Pourquoi ne pas les faire expédier ici ?

— Supposez qu'elle soit dans l'une des valises.

Une telle perspective est évidemment peu réjouissanter. Rien que d'y penser, j'en ai froid dans le dos.

— Ne croyez-vous pas que quelqu'un s'en-serait aperçu, depuis le temps ? Vous savez, une odeur... une fuite...

— Ne dites pas ça. Un jour on a trouvé un cadavre qui séjournait dans le coffre d'une voiture depuis six mois. Quelqu'un avait enfoncé un talon aiguille dans la gorge d'une pute et ça l'a momifiée. Ne me demandez pas comment ni pourquoi, mais elle ne s'est pas décomposée du tout. Elle s'est juste desséchée. Elle avait l'air d'une grosse poupée de cuir.

— Je crois que je vais prendre l'avion, dis-je.

A dix heures ce soir-là, me revoilà dans les nuages.

CHAPITRE XIX

Quand nous atterrissons, à 4 h 45 du matin, il crachine et la chaleur est déjà oppressante. Comme le service des bagages de la TWA n'ouvre qu'à 9 heures j'ai du temps à tuer. Je n'ai emporté aucun bagage pour le voyage, simplement un grand sac en toile où je transporte une brosse à dents et toutes les petites choses nécessaires au quotidien, y compris un slip de rechange. Je ne vais jamais nulle part sans ma brosse à dents et un slip de rechange. Je vais aux toilettes pour dames me rafraîchir un peu. Je me lave la figure et passe mes doigts mouillés dans mes cheveux. L'éclairage au néon me fait une tête sinistre. Derrière moi il y a une femme en train de changer les couches d'un de ces nourrissons énormes qui ont l'air d'adultes trop sérieux et aux joues trop rouges. Pendant que sa mère s'occupe de lui, le bébé garde ses yeux graves rivés sur moi. C'est de cette manière que me regardent parfois les chats, comme si nous étions des agents étrangers nous adressant des signaux silencieux dans quelque endroit désert.

Je m'arrête à un kiosque pour acheter un journal. Je m'installe avec dans l'unique cafétéria ouverte et commande des œufs brouillés, du bacon, des toasts et un jus d'orange. Tout en mangeant tranquillement, je lis un article très intéressant sur un homme qui a légué toute sa fortune à un sansonnet. Je suis incapable de lire la première page avant 7 heures du matin.

A 8 h 45 je connais l'aéroport comme ma poche. Je

loue un chariot pour un dollar et m'en vais attendre patiemment l'ouverture du bureau. A travers la vitre, je vois les bagages d'Elaine. On dirait que quelqu'un les a retirés du dessous de la pile exprès pour moi. Enfin, un homme entre deux âges et en uniforme de la TWA, un énorme trousseau de clés à la ceinture, ouvre la porte et allume la lumière.

Je lui tends les tickets, m'attendant à ce qu'il me demande une pièce d'identité. Mais non. Il se moque bien de savoir qui je suis.

Quand le bureau de location de voitures Penny-Car Rental ouvre, je loue un break. J'ai appelé Julia la veille pour la prévenir de mon arrivée. Il ne me reste plus qu'à retrouver l'autoroute et à prendre la direction du nord. Dehors il crachine toujours et l'air est moite. Ce n'est qu'en arrivant au parking de la résidence que je m'aperçois que tous les bagages sont fermés à clé et que je n'ai pas de clé. C'est malin. Espérons que Julia Ochsner aura une idée. Je traîne le tout jusque devant la porte de Julia en deux voyages.

Je frappe et attends un bon moment, le temps que Julia traverse l'appartement en martelant le sol de ses béquilles et en me criant des encouragements.

— J'arrive. N'abandonnez pas. Encore six pas et je fonce.

De l'autre côté du battant, je souris en jetant un coup d'œil à l'appartement d'Elaine. Aucun signe de vie. On a même enlevé le tapis devant la porte, laissant un rectangle de sable fin qui a filtré à travers la brosse.

Julia ouvre la porte. Je lui trouve une silhouette encore plus menue, encore plus ratatinée qu'à ma précédente visite mais ses yeux pétillent de plaisir.

— Ah, Kinsey! Je savais que c'était vous. Je suis réveillée depuis 6 heures ce matin tellement j'étais impatiente de vous voir. Entrez vite.

Elle sautille sur le côté pour me céder le passage. Je rentre les bagages dans l'appartement et referme la porte derrière moi. Elle tapote une valise du bout de sa canne.

— Je les reconnais bien.

— Malheureusement elles sont fermées à clé.

— Alors il va nous falloir nous livrer à un petit travail de détective, dit-elle, toute contente. Mais voulez-vous du café d'abord? Et comment s'est passé votre vol?

— J'adorerais une tasse de café, dis-je. Le vol ne s'est pas mal passé.

L'appartement de Julia croule sous les antiquités, mélange curieux de meubles victoriens, d'éléments décoratifs orientaux et de photographies de famille dans de lourds cadres d'argent. Le silence n'est troublé que par le tic-tac d'une horloge de parquet dont le son fait penser à quelqu'un qui taperait sur du formica avec des baguettes de tambour.

Je vais à la cuisine préparer le café que j'emporte dans le salon en même temps que les tasses et tout le reste sur un plateau.

— Ce sont des meubles de famille, Julia? Certains sont de pures merveilles.

Julia sourit en agitant sa canne.

— Je suis la dernière survivante de ma famille, alors j'ai hérité de tout par défaut. J'étais la plus jeune de onze enfants et ma mère me trouvait timorée. Elle a toujours juré qu'il n'adviendrait jamais rien de bon de moi. Je me contentais de me taire et d'attendre. Et bien sûr elle est morte. Mon père est mort aussi. J'avais huit sœurs et deux frères et ils sont tous morts. Petit à petit, tout a convergé vers moi, si bien que je n'ai pratiquement plus la place de remuer. Il va falloir que je m'en débarrasse un jour. On commence dans une maison de dix pièces et on finit dans une chambre de maison de retraite avec juste assez de place pour un lit et un bougeoir. Non que j'ai l'intention de me résigner à ça.

— Visiblement vous n'en prenez pas le chemin.

— Je l'espère. Je compte bien tenir le coup le plus

longtemps possible, puis je me barricaderai chez moi et je m'occuperai moi-même du baisser de rideau, si la nature ne s'en charge pas avant. J'espère mourir dans mon lit, une nuit ; c'est le lit où je suis née. Vous avez une grande famille?

— Non, il n'y a que moi. J'ai été élevée par une tante mais elle est morte il y a dix ans.

— Alors nous sommes dans le même bateau. Rassurant, non?

— C'est une façon de voir les choses.

— Je viens d'une famille de braillards et de gifleurs. Ils se balançaient tous des trucs à la figure. Des verres, des assiettes, des tables, des chaises. L'air était toujours saturé de missiles volants — des objets divers qu'on propulsait d'un coin de la pièce à l'autre sous les hurlements. Mais occupons-nous plutôt de ces valises. Dans le pire des cas, nous pourrons toujours les jeter par la fenêtres, je suis sûre qu'elles s'ouvriront en atterrissant sur le trottoir.

Nous approchons le problème comme s'il s'agissait de déchiffrer un code. La théorie de Julia, qui se révèle exacte, est qu'Elaine a dû former une combinaison de numéros fondée sur des éléments de sa vie personnelle. Adresse, code postal, numéro de téléphone ou de sécurité sociale, date de naissance. A tour de rôle nous choisissons un groupe de chiffres et les appliquons aux différentes valises. Pour moi, la troisième tentative est la bonne, avec les quatre derniers chiffres de son numéro de sécurité sociale. Comme les quatre bagages sont codés avec le même chiffre, cela nous simplifie la tâche.

Nous les ouvrons sur le sol du salon. Ils contiennent exactement ce que nous nous attendions à y trouver : des vêtements, des produits de beauté, des bijoux fantaisie, de la lingerie, des chaussures. Pourtant, une chose nous frappe aussitôt : on aurait dit des valises faites par une femme ayant quitté son mari en pleine tempête conjugale. Les vêtements ont été enfournés là-dedans sur leurs cintres, les chaussures jetées par-dessus. On dirait que des tiroirs ont été déversés directement dans la plus grande des valises. Julia a clopiné jusqu'à son fauteuil et elle y est maintenant assise, le menton en appui sur le pommeau de sa canne. Je m'installe sur une bergère à côté d'elle sans quitter les valises des yeux. Puis je me tourne vers Julia, l'air gêné.

— Je n'aime pas ça. D'après ce que je sais d'Elaine, c'est une femme très ordonnée, presque maniaque. Si vous aviez vu dans quel état elle a laissé son appartement. Tout était si propre, si bien rangé. Pensez-vous qu'elle aurait pu faire ses bagages avec aussi peu de soin ?

— Non, à moins d'avoir été terriblement pressée.

— Elle l'était certainement, mais je ne pense tout de même pas qu'elle aurait emballé ses affaires, comme ça.

— A votre avis, qu'est-ce que cela signifie ?

Je lui parle du double jeu de billets d'avion, de l'escale de St-Louis et de tout ce qui me semble important. C'est agréable d'avoir quelqu'un avec qui échafauder des hypothèses. Julia a l'esprit très vif et elle aime autant que moi défaire des nœuds compliqués.

— Je ne suis pas convaincue qu'elle soit arrivée là-bas, dis-je. Seule la parole de Pat Usher nous l'a fait croire, mais nous savons ce que vaut cette parole. Peut-être Elaine est-elle descendue à St-Louis pour une raison ou une autre.

— Sans ses bagages ? Et vous m'avez dit aussi qu'elle était partie sans son passeport. Alors comment a-t-elle pu faire ?

— Elle avait son manteau de lynx, qu'elle a pu mettre en gage ou vendre.

J'ai bien une petite idée qui me trotte dans la tête mais pour le moment je préfère ne pas la creuser.

Julia a l'air sceptique.

— Je ne pense pas qu'elle aurait vendu son manteau, Kinsey. Pour quoi faire ? Elle a de l'argent à la pelle. Des actions, des bons du trésor, des fonds de placement. Elle n'a pas besoin de mettre quoi que ce soit en gage.

Elle a raison, bien sûr.

— Je continue à me demander si elle n'est pas morte. Ses bagages sont arrivés là-bas, mais peut-être pas elle. Elle est peut-être dans une morgue quelconque avec une étiquette attachée au gros orteil.

— Vous pensez que quelqu'un a pu la guetter à sa descente de l'avion et la tuer?

— Je ne sais pas. C'est possible. Il est possible aussi qu'elle n'ait jamais fait le voyage.

— Mais vous m'avez dit que quelqu'un l'a vue monter dans l'avion. Ce chauffeur de taxi dont vous m'avez parlé.

— Cela ne constitue pas une preuve absolue. Un chauffeur de taxi effectue une course pour une femme qui lui dit être Elaine Boldt. Mais il ne l'a jamais vue auparavant, alors comment être sûr qu'il s'agissait bien d'elle? Comment savez-vous que je suis Kinsey Millhone? Parce que je vous le dis. Quelqu'un a pu se faire passer pour elle juste pour créer une fausse piste.

— Mais pourquoi?

— Ça, je n'en sais rien. Deux femmes pourraient être dans le coup. Dont l'une est sa sœur Beverly.

— Et l'autre Pat Usher.

— Oui. Pat avait tout intérêt à voir Elaine hors jeu. C'est comme ça qu'elle a pu loger gratuitement à Boca pendant des mois.

— C'est bien la première fois que j'entends dire que quelqu'un a pu commettre un meurtre à seule fin de s'assurer le gîte et le couvert, dit aigrement Julia.

Je souris. Je sais que nous pataugeons mais nous finirons peut-être par trébucher sur quelque chose.

— Est-ce que Pat a laissé une adresse où faire suivre son courrier comme elle l'a promis?

Julia hoche la tête.

— Charmaine dit qu'elle en a laissé une mais c'était

du vent. Elle a plié bagages et filé le jour même de votre première visite ici et personne n'en a plus entendu parler depuis.

— Et merde. J'étais sûre qu'elle le ferait.

— De toute façon, vous n'aviez aucun moyen de l'en empêcher, dit gentiment Julia.

J'appuie ma tête contre le dossier du fauteuil en poursuivant mes spéculations.

— Il a pu s'agir aussi de Beverly, vous savez. Elle a pu assommer sa sœur dans les toilettes de l'aéroport de St-Louis.

— Ou la tuer à Santa Teresa et se faire passer pour elle à partir de ce moment-là. C'est peut-être elle qui a fait les valises et pris l'avion.

— Essayons autre chose, dis-je. Pensez à Pat. Si elle n'était qu'une étrangère dont Elaine aurait fait la connaissance dans l'avion ? Elles bavardent et Pat se rend compte que... (Je m'arrête en voyant l'expression du visage de Julia.) Oui, c'est vraiment trop tiré par les cheveux.

— Oh, forger des hypothèses ne peut pas faire de mal. Peut-être Pat a-t-elle connu Elaine à Santa Teresa et l'a suivie jusqu'à Miami.

L'idée me plaît assez.

— Oui, c'est tout à fait possible. Tillie dit avoir eu des nouvelles d'Elaine — ou du moins supposait-elle qu'il s'agissait d'Elaine — par carte postale jusqu'au mois de mars, mais quelqu'un a fort bien pu imiter son écriture.

Je lui rapporte ensuite mes conversations avec Aubrey et Beverly, et au beau milieu un déclic se produit dans ma mémoire.

— Attendez. Je viens de me souvenir de quelque chose. Elaine a reçu une facture d'un fourreur de Boca. Si nous essayions de le retrouver et de savoir s'il a vu le manteau ? Ce pourrait être un indice intéressant.

— Quel fourreur ? Il y en a pas mal ici.

— Il faudra que je demande à Tillie. Puis-je téléphoner en Californie ? Si nous arrivons à retrouver la trace de ce manteau, nous ne serons pas loin de la retrouver elle.

Julia s'extirpe de son fauteuil et claudique vers le téléphone. Quelques minutes plus tard j'ai Tillie au bout du fil et je lui dit ce dont j'ai besoin.

— Vous savez que cette facture a été volée avec le reste, mais il vient d'en arriver une autre. Ne quittez pas, je vais voir ce qu'il y a dessus.

Elle pose le combiné et le reprend quelques secondes plus tard.

— C'est une lettre de deuxième relance d'un fourreur appelé Jacques. On lui réclame soixante-seize dollars de frais de stockage et deux cents pour avoir fait recouper le manteau. Je me demande bien pourquoi. A propos, il est arrivé aussi d'autres factures. Je vais voir ce que c'est.

J'entends Tillie ouvrir des enveloppes à l'autre bout du fil.

— Oh là là. Des lettres de relance et encore des lettres de relance. Voyons un peu. Eh bien ! Visa, Mastercard. La dernière en date remonte à une dizaine de jours mais ce doit être la fin de la période de facturation. On lui demande de ne plus utiliser ses cartes avant d'avoir réapprovisionné son compte.

— Y a-t-il une indication des endroits où les achats ont été faits ? Quelque chose venant de Floride ?

— Oui, essentiellement Boca Raton et Miami, mais vous vérifierez vous-même à votre retour. Maintenant que j'ai fait changer mes serrures, tout devrait être en sécurité.

— Merci, Tillie. Pouvez-vous me donner l'adresse du fourreur ?

Je prends note et Julia m'indique comment m'y rendre. Je la quitte et redescends au parking. Le ciel est d'un gris menaçant et le tonnerre gronde au loin, ou peut-être pas si loin. J'espère avoir tout réglé ici avant qu'il ne se mette à pleuvoir des hallebardes.

Jacques se trouve au centre d'un élégant quartier commercial, ombragé d'un treillage de bois peint et planté de délicats bouleaux dans de grandes jardinières bleu pâle. De petites ampoules s'égaient dans les branches, semblables à des guirlandes de Noël dans la lumière presque crépusculaire d'avant l'orage.

Les vitrines sont de vrais petits chefs-d'œuvre. Si je ne répugnais pas autant à porter sur le dos la peau d'innocentes bestioles, je me serais sûrement damnée pour ce manteau d'un ravissant bronze doré jeté négligemment sur une dune de fin sable blanc sur toile de fond bleu ciel.

Je pousse la porte et entre.

CHAPITRE XX

L'intérieur est décoré en bleu sourd, un lustre, scintillant de tous ses feux, dominant l'espace très haut du plafond. Une musique de chambre baigne les lieux, comme si un quartette à cordes était dissimulé quelque part. Des fauteuils Chippendale sont disposés en petits groupes harmonieux et les murs sont tapissés de gigantesques miroirs aux cadres dorés. Seule note discordante dans ce décor XVIIIe parfait: une petite caméra suspendue dans un coin qui suit chacun de mes gestes. Je me demande bien pourquoi. Il n'y a pas une seule fourrure en vue et le mobilier est probablement fixé au sol.

— Oui?

Je me retourne. L'homme qui se tient devant moi a l'air aussi déplacé dans les lieux que je dois l'être moi-même. Il doit bien peser son quintal et demi et porte un caftan qui lui donne l'air d'une tente sur châssis d'aluminium. Il paraît la soixantaine et son visage aurait besoin d'un sérieux lifting: paupières bouffies et tombantes, bouche distendue, triple menton. Il a coincé derrière ses oreilles ce qui lui reste de cheveux. Je n'en jurerais pas, mais je crois qu'il a fait un bruit incongru sous son ample vêtement.

— J'aimerais m'entretenir avec vous d'une facture impayée, dis-je.

— C'est ma comptable qui s'occupe de ce genre de choses et elle est sortie.

— Quelqu'un vous a laissé un manteau de lynx de douze mille dollars pour le faire nettoyer et recouper. La facture n'a jamais été payée.

— Et alors ?

A mon avis, quand on est aussi repoussant à regarder on essaie de se rattraper en étant aimable. Mais passons.

— Jacques est-il là ?

— Il est même devant vous. Je suis Jack. Et vous ?

— Kinsey Millhone, dis-je en lui tendant ma carte. Je suis détective privé en Californie.

— Sans blague ?

Il regarde ma carte, me regarde, puis regarde autour de lui d'un air soupçonneux, comme s'il croyait à un gag pour la caméra cachée.

— Qu'est-ce que vous me voulez ?

— Je cherche des renseignements sur une femme qui a déposé son manteau ici.

— Vous avez un mandat ?

— Non.

— Vous avez l'argent qu'elle nous doit ?

— Non.

— Alors pourquoi venez-vous m'ennuyer ? J'ai du travail et pas de temps à perdre en bavardages.

— Mais vous voulez bien que je vous parle pendant que vous travaillez ?

Il me fixe, la respiration sifflante comme c'est souvent le cas chez les obèses. Il dégage l'odeur de quelqu'un qui aurait passé l'hiver dans une cave. Je demande doucement :

— Depuis combien de temps coupez-vous de la fourrure ?

Il pivote sur ses talons et me regarde comme si j'avais parlé hébreu. Mais il a sans doute compris quand même, puisqu'il répond.

— Depuis l'âge de dix ans. Mon père était fourreur et avant lui mon grand-père.

Il me désigne une chaise et je m'assieds, posant mon

grand sac de toile à mes pieds. A ma droite il y a une longue table de travail et sur la table le devant d'un manteau de vison sur lequel il travaillait apparemment encore. Je ne sais pourquoi l'endroit me fait penser à une cordonnerie. Il saisit la fourrure puis tend la main vers un instrument coupant à la lame incurvée. Il me regarde. Ses yeux sont du même marron que le vison.

— Alors, que voulez-vous savoir ?

— Vous souvenez-vous de cette femme ?

— Je connais le manteau et bien sûr je me souviens de la femme qui l'a apporté ici. Mme Boldt, c'est cela ?

— C'est cela. Pouvez-vous me dire quand vous l'avez vue pour la dernière fois ?

Il se dirige vers une des machines et me fait signe de le suivre. Il s'assied sur un tabouret et commence à piquer. Je m'aperçois maintenant que ce que j'ai pris tout d'abord pour une vieille Singer est une machine à coudre spéciale pour fourrure. J'ai envie de lui demander ce qu'il fait mais je crains de le déranger.

— Elle est venue en mars et m'a dit vouloir vendre ce manteau.

— Comment savez-vous qu'il s'agissait vraiment du sien ?

— Parce que je lui ai demandé une pièce d'identité et la facture de l'achat.

Il a retrouvé son ton agacé mais je passe outre.

— Vous a-t-elle dit pourquoi elle souhaitait le vendre ?

— Elle en avait paraît-il assez. Elle voulait un vison, peut-être blond, alors je lui ai proposé un avoir contre un article du magasin, mais elle voulait des espèces alors je lui ai dit que je verrais ce que je pouvais faire. Je n'aime pas beaucoup reprendre un manteau d'occasion en échange d'espèces. D'habitude je ne fais pas la fourrure de seconde main. C'est le genre de trucs qui vous reste sur les bras.

— Donc vous avez fait une exception pour elle.

— Eh bien, oui. Il faut dire que ce lynx était en parfait état et ma femme me tanne pour en avoir depuis des années. Elle a déjà cinq manteaux de fourrure mais quand celui-ci est arrivé je me suis dit... après tout, pourquoi pas ? Si ça peut lui faire plaisir, à la vieille. Mme Boldt et moi avons discuté du prix et j'ai finalement repris le manteau pour cinq mille dollars, ce qui était une bonne affaire pour tous les deux puisqu'il avait même la toque assortie. Mais je lui ai dit qu'elle devrait payer le nettoyage et le recoupage.

— Pourquoi un recoupage ?

— Ma femme est beaucoup plus petite, un mètre quarante-six, si vous voulez connaître sa taille exacte, mais ne lui répétez jamais que je vous l'ai dit. Elle croit à une tare congénitale. Vous n'avez jamais remarqué à quel point les petites femmes font des complexes. A peine adolescentes, elles portent des chaussures bizarres et se font des coiffures pas possibles alors qu'elles ne trompent personne. Enfin, quoi qu'il en soit je lui ai fait cadeau du lynx. Une pièce somptueuse. Vous connaissez ce manteau.

Je hoche la tête.

— Je ne l'ai jamais vu.

Il se dirige vers le fond de la pièce et je trottine docilement derrière. Il ouvre la gigantesque porte métallique de son coffre. Il en sort un vent aussi glacial que de la chambre froide d'un boucher. Il y a des manteaux de fourrure suspendus sur les deux côtés et sur deux niveaux. Il en prend un sur la rangée du dessus, ressort et referme la porte. Il tient le manteau d'Elaine Boldt à deux mains, par le col, pour que j'admire. Et j'admire. C'est un lynx de deux nuances, blanc et gris, merveilleusement fondues. Il doit voir à ma tête que je n'ai jamais vu de près un manteau de ce prix-là.

— Essayez-le, dit-il.

J'hésite un instant, puis glisse les bras dans les manches. Je me regarde dans la glace. Le manteau m'arrive presque aux tibias et me fait des épaules de déménageur de pianos.

— On dirait l'abominable homme des neiges, dis-je.

— Vous êtes formidable, dit-il. Il faudrait le reprendre un peu et raccourcir les manches. Encore que je me demande si le renard ne vous irait pas mieux.

Je me mets à rire.

— Avec ce que je gagne, je trouve déjà merveilleux de pouvoir m'offrir un sweat-shirt avec une fermeture éclair sur le devant.

Je retire le manteau, le lui rends et le ramène à nos moutons.

— Pourquoi lui avoir versé de l'argent pour le manteau avant qu'elle ne vous paie? Pourquoi ne pas en avoir déduit le prix des cinq mille dollars et lui avoir fait un chèque pour la différence?

— Ma comptable préférait la première solution. Ne me demandez pas pourquoi. De toute façon, nettoyer le manteau ne coûtera pas tellement cher et je fais moi-même les retouches, alors qu'est-ce que ça peut faire? C'est une bonne affaire. Adele l'a tarabustée pour le paiement, question de principe, mais moi ça m'est un peu égal.

Pendant qu'il remet le manteau à sa place je sors de mon sac la photo d'Elaine et de Marty que m'a donnée Tillie.

Quand il revient je la lui tends.

— Est-ce bien cette femme qui est venue vous voir?

Il y jette un coup d'œil et me la rend.

— N... non. Je n'ai jamais vu aucune de ces deux femmes.

— A quoi ressemblait-elle ?

— Que voulez-vous que je vous dise? Je ne l'ai vue qu'une fois.

— Jeune, vieille? Petite, grande? Mince, grosse?

— A peu près haute comme ça. Dans les quarante-cinq ans, des cheveux blonds, très certainement une moumoutte et elle fumait comme un sapeur. Je ne suis pas prêt de la laisser revenir. Je déteste qu'on fume près de mes peaux.

— Quelles pièces d'identité vous a-t-elle présentées?

— Comme d'habitude. Permis de conduire, cartes de crédit. Ne me dites pas que le manteau a été volé, je ne veux pas entendre parler de ça.

— Volé n'est pas le mot exact. Je pense plutôt que quelqu'un a emprunté l'identité d'Elaine Boldt. Seulement je ne sais pas où elle se trouve exactement. Si j'étais vous, je ne toucherais pas au manteau avant de savoir ce qui se passe.

Je le quitte en le laissant se tripoter d'un air malheureux les bourrelets de sa nuque. Il ne propose pas de me raccompagner.

Je me replonge dans l'humidité oppressante de la Floride. Le ciel s'est encore obscurci et les premières grosses gouttes de pluie commencent à s'écraser sur le trottoir. Je cours à ma voiture, presque pliée en deux, comme si je pouvais éviter d'être mouillée en réduisant ma taille de moitié. Je pense à la description que m'a faite Jack de la femme qui s'est présentée à lui comme étant Elaine Boldt. Il a vu la photo et affirmé que ce n'était pas Elaine. Donc ça devait être Pat Usher. Je repense à mon bref entretien avec elle: son attitude ironique, ses réponses trop bien préparées quand je lui ai parlé d'Elaine, ce mélange de mensonges et de vérités. Avait-elle tout bonnement pris la place d'une autre? Elle a habité l'appartement d'Elaine, mais comment a-t-elle réussi à mettre la main sur le lynx, si ce n'est en le volant à Elaine? Et si c'est elle qui se sert des cartes de crédit d'Elaine, elle doit être sûre qu'Elaine ne la prendra pas en flagrant délit. A mon avis, elle n'agirait ainsi qu'en étant persuadée de la mort d'Elaine, ce dont je suis d'ailleurs convaincue depuis plusieurs jours déjà. Mais il doit y avoir une autre explication.

La pluie tombe dru à présent. Les essuie-glace de ma voiture de location vont et viennent comme des métronomes. En quelques minutes le pare-brise est maculé de graisse. Je m'arrête devant une cabine de téléphone pour appeler Jonah au poste de police. Il y a une friture épouvantable sur la ligne mais je réussis à savoir ce que je veux : a-t-il des nouvelles de la demande que j'ai adressée au services des permis de conduire de Tallahassee. Ce document-là, Pat Usher a bien dû se le procurer quelque part, puisque Elaine ne conduit pas. Mais ça n'a pas dû être tellement difficile à falsifier. Tout ce qu'elle a eu à faire c'est de déposer une demande au nom d'Elaine Boldt, de passer l'examen et d'attendre que son permis lui arrive au courrier. Dans certains États, c'est une formalité qui ne prend que quelques minutes. Je ne sais pas ce qu'il en est en Floride. Jonah me dit qu'il compte passer un coup de fil à Tallahassee et qu'il me rappellera. Avant de raccrocher, je lui dis que je pense rentrer à Santa Teresa le lendemain.

En attendant, je retourne à la résidence bavarder un peu avec Roland Makowski, le gérant, qui me confirme ce que m'a appris déjà Julia. Pat Usher est partie, avec armes et bagages, le jour même où je suis venue la voir. Elle a bien laissé une adresse où faire suivre son courrier — un motel près de la plage — mais quand Roland a essayé de la contacter il s'est aperçu que le motel n'existait pas. Je lui demande pourquoi il avait tenu à la joindre. Il me répond qu'en signe d'adieu elle lui a laissé un étron dans la piscine puis a barbouillé son nom à la peinture en bombe sur un mur de béton. Je n'en crois pas mes oreilles.

— Elle a fait quoi ?

— Vous avez bien entendu. Elle a largué un colombin gros comme un cervelas au beau milieu de la piscine. Il a fallu que je fasse tout vider et désinfecter, mais il y a des gens qui refusent toujours de s'y baigner. Cette femme est timbrée. Et vous savez pourquoi elle a fait ça ? Parce que je lui ai dit qu'elle ne devait pas faire sécher ses serviettes sur la balustrade de son balcon. Vous auriez vu sa réaction ! Une vraie furie. Elle haletait comme une folle. Elle m'a flanqué une de ces frousses. Une malade, je vous dis.

Je sens un déclic quelque part.

— Elle haletait ?

— Elle en avait presque la bave aux lèvres.

Je pense au visiteur nocturne de Tillie.

— Je crois que nous ferions bien de jeter un coup d'œil à l'appartement d'Elaine.

La puanteur nous prend à la gorge à peine la porte ouverte. Destruction totale et systématique. Il y a des traînées de matières fécales partout. Canapés et fauteuils ont été éventrés avec une rage meurtrière. Comme dans l'appartement de Tillie, il n'y a eu ni effraction ni meubles renversés. En revanche, elle a ouvert toutes les boîtes de conserves et déversé le contenu sur la moquette. Elle a piétiné des biscuits secs et du fromage, du jambon, des épices, déversé partout du café, du vinaigre et de la soupe, écrasé des fruits, le tout mélangé au produit de ses intestins. Ce ragoût nauséabond marine depuis des jours et avec la chaleur et l'humidité qui règnent en Floride en ce moment, l'horrible concoction s'est mise à fermenter et à moisir. Les paquets de viande jadis surgelée, ajoutés au reste, sont animés d'une vie propre et fourmillante dont je refuse de connaître le détail. D'énormes mouches noires volent dans tous les coins.

Roland en reste d'abord sans voix. Quand je me tourne vers lui je vois des larmes dans ses yeux.

— Je ne crois pas que cet appartement retrouve un jour son aspect normal, dit-il.

— Ne le faites pas vous-même, dis-je machinalement. Appelez une société de nettoyage. Peut-être votre assurance couvrira-t-elle les dégâts. En attendant, vous feriez bien d'appeler la police.

Il hoche la tête, déglutit péniblement et sort à reculons. Je reste seule pour fouiller les lieux. Je fais très attention à ne pas poser mes pieds n'importe où, et me jure de ne jamais faire le moindre reproche à Pat Usher. Pour ce qui me concerne, elle peut bien accrocher ses serviettes de toilette où il lui plaira.

CHAPITRE XXI

Comme les flics sont en route, je n'ai pas beaucoup de temps. Je me fraye un chemin à travers l'appartement, ouvrant précautionneusement les tiroirs avec un mouchoir pour ne pas effacer les empreintes. Je commence par un tour d'horizon superficiel, autant dire un coup pour rien, ce qui ne me surprend guère. Elle a tout vidé, ne laissant même pas derrière elle une savonnette. A l'heure qu'il est, elle peut se trouver n'importe où, mais j'ai ma petite idée. Je ne serais pas étonnée du tout qu'elle ait utilisé les deux derniers coupons du billet d'avion pour rentrer à Santa Teresa.

Je referme l'appartement et sonne à la porte d'à côté pour tenir Julia au courant. Il est 14 h 30 et j'ai un avion à 16 heures avec presque une heure de route jusqu'à l'aéroport. Le ciel s'est miraculeusement éclairci. Je charge à nouveau les valises d'Elaine dans le break de location puis prends congé de Julia en lui promettant de la rappeler dès que j'aurais des nouvelles. Je sens le dénouement de cette affaire proche. Je travaille dessus depuis une semaine et j'ai fini par débusquer Pat Usher. Je ne sais pas encore ce qu'elle a fait à Elaine, ni pourquoi, mais maintenant elle est en cavale, et moi pas loin derrière. Nous nous retrouverons à Santa Teresa, là où tout a commencé.

A l'aéroport de Miami, je rends la voiture de location et prends ma carte d'embarquement au guichet, en même temps que je fais enregistrer les bagages d'Elaine.

Désormais Pat Usher et moi sommes en course de collision et je ne suis pas sûre de pouvoir résister à l'impact.

Avec les trois heures de décalage horaire, j'ai l'impression d'arriver en Californie une heure seulement après mon départ de Floride, ce que mon organisme a du mal à admettre. A Los Angeles, j'attends pendant une heure une correspondance pour Santa Teresa mais il n'est que 19 heures quand j'arrive chez moi, chargée comme une bête de somme. Il fait encore jour mais je suis épuisée. De plus, je n'ai pas déjeuné. Il y a bien eu des petites choses carrées sous cellophane dans l'avion mais j'étais même trop fatiguée pour défaire les emballages. Pour ne rien arranger, le siège voisin du mien était occupé par deux enfants du genre geignard et rouspéteur, affligés d'une mère dont j'ai dû subir pendant tout le vol le monologue aussi horripilant qu'inefficace : « Kyle, mon lapin, je t'ai déjà dit de ne pas mordre Brett parce que ça fait mal à Brett. Que dirais-tu si maman te mordait ? » Je me suis dis qu'un bon coup de dent dans l'oreille serait une mesure des plus appropriées mais elle ne m'a pas demandé mon avis.

Toujours est-il qu'en rentrant je me jette sur le canapé tout habillée et m'endors comme une masse. Ce qui explique pourquoi je ne me rends compte que le lendemain matin que mon appartement a été discrètement visité par quelqu'un cherchant Dieu sait quoi. Je me réveille à huit heures, sors faire un peu de jogging, rentre chez moi, prends une douche et m'habille. Puis je m'installe à mon bureau pour ouvrir le tiroir du haut. C'est un meuble standard, dont la serrure du tiroir supérieur commande tout le côté droit. Visiblement, quelqu'un a forcé la serrure en y glissant une lame de couteau.

Je me lève d'un bond et me retourne pour examiner le reste de la pièce. Je vérifie la porte d'entrée, qui est intacte. Donc « on » a fait faire un double de ma clé. Il va falloir changer la serrure. Je passe ensuite dans la salle de bain. C'est par là qu'« on » est entré, en découpant fort proprement un petit carré de verre de la fenêtre, qu'« on » a ensuite remis en place à l'aide d'un ruban adhésif transparent. De la belle ouvrage. Le résultat est presque invisible. Et comme il y a un rideau à cette fenêtre, il aurait pu s'écouler des semaines avant que je ne me rende compte de quelque chose.

Je passe dans l'autre pièce pour une fouille systématique. Rien ne semble avoir disparu, mais les mains inconnues ont fouiné partout. Et je déteste ça. Pourquoi ? Je ne possède aucun objet de valeur et les seuls dossiers que je garde ici concernent des affaires anciennes et classées. Mes notes sur Elaine Boldt sont au bureau. Alors qu'est-ce qu'on est venu chercher ? Ce qui m'inquiète le plus, c'est que cette visite peut fort bien être le fait de Pat Usher. Si cette furie peut être capable aussi de ruse et de minutie, elle doit être plus dangereuse encore que je ne le croyais.

J'appelle un serrurier, qui s'avère être une femme et me promet de passer dans la journée. La vitre, je peux la remplacer moi-même. Heureusement, personne n'a forcé la porte de ma voiture mais l'idée qu'on puisse essayer me fait froid dans le dos. Je sors mon .32 de la boîte à gants et le glisse dans la ceinture de mon jean. Mon bureau, situé au deuxième étage avec balcon d'une rue animée, me paraît relativement en sécurité, d'autant plus que l'immeuble est fermé à clé la nuit. C'est pourtant avec une certaine appréhension que je grimpe les marches deux par deux. Je ne me détends que lorsque je suis sûre que personne n'est venu.

Je range mon arme et sors le dossier d'Elaine Boldt. Je mets mes notes à jour tout en me posant mentalement une foule de questions pour lesquelles je n'ai pas de réponses. Pourquoi, par exemple, Pat Usher a-t-elle quitté Boca aussitôt après ma visite ? Probablement parce que sachant que j'étais à la recherche d'Elaine elle a dû changer ses plans. Je suppose aussi que c'est elle qui s'est introduite chez Tillie pour voler les factures. Mais pourquoi ? Il continue d'en arriver d'autres et si elles contiennent des indices importants, tout ce que nous avons à faire est d'attendre le courrier.

Il y a aussi ce que Mike m'a dit avoir vu le soir de l'assassinat de sa tante. Comment cela s'intègre-t-il au puzzle ? D'ailleurs, est-ce même une pièce du puzzle ? Il n'en demeure pas moins qu'il y a une demi-heure de battement entre le moment où il aurait vu le corps de sa tante et celui où Leonard et Lily prétendent avoir parlé à Marty. Ces deux-là seraient-ils de mèche ?

Je n'ai aucune explication non plus pour ce que m'a dit May Snyder au sujet des coups de marteau dans la maison des Grice cette nuit-là. Orris jure que sa femme est sourde comme un pot, mais cela ne paraît pas être une raison suffisante pour rayer son témoignage d'un trait de plume.

Quand le téléphone sonne, je me jette sur le combiné. C'est Jonah. Il ne se présente même pas. Il dit simplement :

— J'ai une réponse du service des permis de conduire de Tallahassee. Vous voulez y jeter un coup d'œil.

— J'arrive tout de suite.

Je raccroche et file.

Jonah m'attend à la réception et m'emmène tout de suite dans son bureau. A peine assise, je demande :

— Comment avez-vous pu avoir cette information si rapidement ?

Il a un sourire modeste.

— Parce que les flics ont accès à des informations sur lesquelles les privés n'ont aucune chance de mettre la main. C'est ce qui nous rend si efficaces.

— Ecoutez, c'est *moi* qui ai déposé cette demande ! Il s'agit d'un document public. Il m'aurait peut-être fallu un peu plus de temps, mais j'étais sur la bonne piste et vous le savez.

— Ne vous emballez pas. Je vous taquinais.

— Amusant. Et maintenant laissez-moi voir ça, dis-je la main tendue.

Il me tend la copie d'un permis de conduire délivré à Elaine Boldt en janvier, avec son adresse de Boca Raton. Je reconnais aussitôt le visage de la femme sur la photo. C'est Pat Usher : même yeux verts, même cheveux fauve. Evidemment, je l'ai vue peu de temps après son accident de voiture et son visage était encore gonflé et tuméfié, mais la ressemblance est indéniable. Bon sang de bonsoir.

— C'est elle ! dis-je. Vous entendez ? Je l'ai trouvée !

— Trouvée qui ?

— Je ne sais pas encore. Elle se fait appeler Pat Usher mais c'est sûrement une fausse identité. Je vous parie ma chemise qu'Elaine Boldt est morte. Pat doit le savoir sinon elle n'aurait jamais fait établir un permis de conduire à son nom. Et elle vit dans l'appartement d'Elaine depuis sa disparition. Elle s'est servie de ses cartes de crédit et a sûrement pioché dans tous ses comptes en banque. Merde. On ne peut pas avoir des renseignements sur elle par le Centre National d'Information Criminelle ? Ça ne doit prendre que quelques secondes.

— J'ai déjà essayé mais l'ordinateur est en panne. Je suis surpris que vous ne m'ayez pas demandé ça avant.

— Jonah, je n'avais pas les données qu'il fallait. J'avais un nom mais pas de numéros d'identification. Maintenant j'ai sa date de naissance. Je peux avoir une copie de ça ?

— Celle-ci est à vous, dit-il gentiment. J'en ai une autre pour mes dossiers. Qu'est-ce qui vous fait croire que la date de naissance est authentique ?

— Je me fie à la chance. Même si elle a pris un faux nom, il semble logique qu'elle ait gardé sa vraie date de naissance. Il va falloir falsifier un tas d'autres choses, alors pourquoi tricher avec ça ? Elle est intelligente. Elle ne se donne sûrement pas plus de mal qu'il ne le faut.

Je reprends la copie du permis de conduire et la tourne vers la lumière.

— Regardez. Il y a une croix en face de « lunettes », ce qui veut dire qu'elle en porte pour conduire. C'est fou le nombre d'informations que nous avons. Taille, poids. Dieu, qu'elle a l'air fatiguée sur cette photo. Un vrai boudin, en plus. Vous avez vu ces valises sous les yeux ? Ah, quand je repense à son petit air suffisant...

Jonah s'est assis sur un coin de son bureau et me sourit, visiblement amusé de me voir aussi surexcitée.

— Je suis content d'avoir pu vous aider. Je dois m'absenter quelques jours alors il est heureux que ce papier soit arrivé avant.

Pour la première fois je le regarde vraiment. Son sourire a quelque chose de figé et il y a quelque chose de gauche dans son comportement.

— Vous prenez des vacances ?

— Oui et non. Camilla a un problème avec l'une des petites et il vaut mieux que j'aille régler ça. Ce n'est pas grand-chose, mais vous savez ce que c'est.

Effectivement, je sais ce que c'est. Camilla a claqué des doigts et il accourt ventre à terre. Les enfants, mon œil !

— Que se passe-t-il ?

Il a un geste évasif de la main et me raconte une longue histoire de pipi au lit, de cauchemars et de visites chez un psychiatre qui conseille une séance avec la famille au grand complet. Je l'écoute en faisant vaguement « ah » et « oh » et sans même penser à lui demander de laquelle de ses deux filles il s'agit. D'ailleurs j'ai oublié leurs noms. Ah, si : Courtney et quelque chose.

— Je rentre samedi et je vous passerai un coup de fil, dit-il en souriant encore.

— Formidable, dis-je en lui rendant son sourire.

J'ai presque envie de lui demander d'emmener Camilla au stand de tir, mais je me retiens. J'éprouve un petit pincement de regret qui me surprend infiniment. Je n'ai même pas couché avec cet homme, je n'y ai même pas *pensé* (enfin, à peine). Mais j'avais oublié ce que c'était que les hommes mariés, et combien ils sont mariés même quand leur ex a filé ailleurs... surtout quand elle a filé ailleurs. Je ne pense pas qu'elle ait déjà demandé le divorce, ce qui simplifiera les choses. De toute façon, il doit être à court de repas surgelés et en un an la chère Camilla a sûrement dû épuiser les quelques plaisirs du célibat.

Je me surprends à adopter moi aussi un petit air suffisant.

— Eh bien, il faut que j'y aille. Merci pour tout. Vous m'avez beaucoup aidée.

— Toujours à votre service, dit-il. Spillman me remplacera pendant mon absence, alors si vous avez besoin de quelque chose... Je le mettrai au courant mais, surtout, faites très attention à vous.

— Ne vous inquiétez pas. Je ne prends jamais de risques inutiles. J'espère que tout se passera bien pour vous là-bas. Je vous appelle à votre retour.

— J'y compte bien. Bonne chance.

— A vous aussi. Embrassez les enfants pour moi.

Ce qui est une phrase idiote. Je ne les connais même pas et j'ai bel et bien oublié le nom de la deuxième. Sarah ?

Je me dirige vers la porte.

— Hé, Kinsey ?

Je me retourne.

— Qu'est-ce que vous avez fait de votre chapeau ? Je l'aimais bien. Vous devriez le porter tout le temps.

Je lui fais signe de la main, un sourire, et passe la porte. Je n'ai pas besoin de conseils sur ma façon de m'habiller.

CHAPITRE XXII

On est au milieu de la matinée et j'ai soudain une faim de loup. Je laisse ma voiture en face du poste de police et entre dans un petit troquet appelé *L'Œuf et Moi*. Je commande mon petit déjeuner habituel : œufs brouillés, bacon, toasts, confiture et jus d'orange, avec beaucoup de café. Je trouve là-dedans tout ce dont mon organisme a un besoin vital : caféine, sel, sucre, cholestérol et graisse. Comment résister ? En Californie, avec tous ces cinglés de la forme, le simple fait d'avaler un tel repas est considéré comme une tentative de suicide.

Tout en mangeant, je parcours dans le journal les nouvelles locales. J'en suis à mon deuxième toast quand je vois entrer Pam Sharkey accompagnée de Daryl Hobbs, le directeur de Lambeth & Creek. Elle m'aperçoit et je lui fais un signe de la main. Sans grand enthousiasme il est vrai. Juste un petit geste, histoire de dire que je suis une brave fille et que ce n'est pas parce que j'ai emporté le morceau à notre dernière rencontre que je vais la snober. L'expression de son visage se fige et elle détourne les yeux, avec une telle ostentation que même Daryl en est gêné. Je suis stupéfaite mais pas vraiment piquée au vif. Peut-être l'ingénieur en aéronautique s'est-il avéré être une pauvre cloche.

Une fois mon petit déjeuner terminé, je règle ma note et retourne à ma voiture. Je passe au bureau y déposer les papiers que m'a donnés Jonah. Je viens de refermer la porte à clé quand Vera débouche du couloir, venant de la California Fidelity.

— Je peux te parler? dit-elle.

— Bien sûr. Entre.

Je rouvre la porte du bureau et elle me suit à l'intérieur. Pensant qu'il s'agit d'une visite de bon voisinage je lui demande comment elle va. Elle rejette en arrière sa crinière auburn et me regarde d'un air embarrassé.

— Ecoute... Juste un mot pour te mettre au parfum. C'est le bordel dans l'affaire Leonard Grice.

— Comment ça?

— Pam Sharkey a dû l'appeler après ta visite. Je ne sais pas ce qu'elle lui a dit mais il est hors de lui. Il a pris un avocat qui a envoyé à la CFI une lettre dans laquelle il menace de nous poursuivre en justice. Il y a des millions en jeu.

— Vous poursuivre pour quoi?

— Calomnie, diffamation, rupture de contrat, harcèlement. Andy est furibard. Il dit qu'il ignorait complètement que tu étais sur le coup et que tu n'étais pas autorisée par la California Fidelity ni par qui que ce soit d'autre à aller le voir et à lui poser des questions. Etc. Etc. Tu sais comment est Andy quand il monte sur ses grands chevaux. Il veut te voir dès que tu arrives.

— Qu'est-ce que c'est que cette histoire? Leonard Grice n'a même pas déposé de requête!

— Détrompe-toi. Il a rempli les papiers lundi matin à la première heure et il veut son fric tout de suite. Le procès a été intenté aussitôt après. Andy s'occupe de ça jour et nuit et râle comme un voleur. Il a dit à Mac de mettre fin à notre arrangement avec toi pour nous avoir mis dans un pareil pétrin. Les autres pensent qu'il se conduit comme un sale con mais je me suis dit qu'il valait mieux que tu sois au courant.

— A combien se monte la demande en dommages et intérêts elle-même?

— Vingt-cinq mille dollars pour les dégâts causés par l'incendie. C'est la valeur nominale de la police pour la maison et ses pertes sont détaillées au cent près. L'assurance-vie ne pose pas problème. Il y en avait une petite sur sa vie à elle — deux mille cinq cents dollars — et d'après nos dossiers il a touché l'argent il y a des mois. Kinsey, il est fou de rage. Contre toi. Andy cherche quelqu'un à qui taper sur le dos pour que Mac ne tape pas sur le sien.

— Et merde.

Je ne vois pas ce que je pourrais dire d'autre. Un savon d'Andy Montycka, directeur adjoint de la CFI, est bien la dernière chose dont j'ai besoin en ce moment. A quarante ans, conservateur dans l'âme et pas très sûr de lui, Andy n'a que deux obsessions dans la vie: se ronger les ongles et ne pas faire de vagues.

— Tu veux que je lui dise que tu n'es pas arrivée? demande Vera.

— Oui, fais ça pour moi, tu seras gentille. Je vais voir s'il y a des messages sur mon répondeur et je disparais. Mais je peux te dire quelque chose, Vera. Ça sent le roussi. Leonard Grice a eu six mois pour déposer sa requête et il n'a pas levé le petit doigt. Et tout à coup il veut son fric sur-le-champ. J'aimerais savoir pourquoi il est si pressé.

— Dis donc, il faut que je file avant qu'ils viennent me chercher, dit Vera. Evite simplement de te retrouver sur le chemin d'Andy aujourd'hui ou tu le regretteras.

Je la remercie du conseil et lui dis que je la tiendrais au courant. Rétrospectivement, j'en ai les joues en feu et le cœur qui cogne. Je me souviens du jour où, en sixième, j'ai été convoquée chez le censeur pour avoir lu Mickey sur mes genoux pendant un cours de maths. L'horreur. J'étais morte de peur avant et j'en ai fait des cauchemars après. En ce moment, j'ai vraiment l'impression d'avoir dix ans.

Pas de messages sur mon répondeur. Je prends le dossier d'Elaine Boldt dans mon tiroir, referme mon bureau et file Via Madrina. Il faut que je parle à Tillie. Je suis presque arrivée à hauteur du parking quand j'aperçois dans mon rétroviseur une mobylette pétaradant à quelques centimètres de mon pot d'échappement. C'est Mike et il n'a pas l'air content.

— Je vous suis depuis trois pâtés de maisons ! Pourquoi ne m'avez-vous jamais rappelé ? J'ai laissé un message sur votre répondeur lundi.

— Désolée. Je ne vous avais pas vu. Mais je croyais que c'était vous qui deviez me rappeler ?

— J'ai essayé, mais je tombais toujours sur votre répondeur, alors j'ai abandonné. Où étiez-vous passée ?

— En déplacement. Je suis rentrée hier soir. Pourquoi ? Il est arrivé quelque chose ?

Il retire ses gants et les fourre dans son casque qu'il coince sous son bras.

— Je crois que mon oncle Leonard a une petite amie. Je pensais que ça vous intéresserait.

— Vraiment ? Comment vous en êtes-vous aperçu ?

— J'étais en train de déménager les... enfin ces trucs de la remise près de son ancienne maison et je l'ai vu entrer dans l'immeuble d'à côté.

— La résidence ?

— Ben, ouais. Je pense. Là où il y a tous ces appartements.

— Quand était-ce ?

— Dimanche soir. C'est pour ça que je vous ai appelée lundi matin de bonne heure. Au début, je n'étais pas sûr que c'était lui. J'ai cru que c'était sa voiture qui passait juste devant mais il faisait presque nuit et je ne voyais pas bien. J'ai pensé qu'il allait faire un saut à la maison pour je ne sais quoi. Vous savez, j'étais surtout occupé à fourrer en vitesse la came dans mon sac et je me demandais comment je lui expliquerais ce que je foutais là. Finalement, j'ai eu tellement la trouille je me suis enfermé dans la remise et que j'ai regardé par une fente de la porte. C'est alors que je l'ai vu entrer dans l'immeuble.

— Mais qu'est-ce qui vous fait croire qu'il a une petite amie ?

— Parce que je l'ai vu avec elle. Je n'avais rien d'autre à faire, alors j'ai traversé la rue, je me suis caché derrière un arbre et j'ai attendu qu'ils sortent. Il n'est resté que cinq ou dix minutes, puis les lumières se sont éteintes au deuxième étage à gauche. Une minute plus tard ils étaient dehors. Ils ont mis quelque chose dans le coffre puis sont montés dans la voiture.

— Et elle, vous l'avez bien vue?

— Pas vraiment. J'étais assez loin et ils marchaient plutôt vite. Une fois dans la voiture, ils se sont jetés dans les bras l'un de l'autre. C'était bizarre. Je veux dire, des gens de leur âge qui s'embrassent comme ça, c'est surprenant, non? Et puis, je ne croyais pas qu'il était comme ça. Je le prenais pour un vieux jeton qui ne bandait plus depuis longtemps.

— Mike, cet homme doit avoir cinquante-deux ans. Alors modérez vos propos. A quoi ressemblait-elle? Vous l'aviez déjà vue avant?

Il se caresse pensivement le menton.

— Difficile à dire. Elle avait les cheveux attachés par un foulard — comme une babouchka, ou je ne sais pas comment on appelle ça. A part ça, c'était une poule comme une autre.

— Ecoutez, rendez-moi un service. Prenez un papier et un crayon et notez tout tant que c'est encore frais dans votre mémoire. L'heure, la date, tout ce dont vous vous souvenez. Inutile de dire ce que vous faisiez là-bas. Vous pourrez toujours dire que vous êtes venu voir dans quel état était la maison ou quelque chose comme ça. Vous voulez bien faire ça?

— Bien sûr. Et vous, qu'est-ce que vous allez faire?

— Je ne sais pas encore.

Je remonte dans ma voiture et cinq minutes plus tard je sonne chez Tillie. Elle m'attend à la porte. Comme je ne l'ai pas revue depuis vendredi, j'ai pas mal de choses à lui dire, mais je passe quelques détails sous silence, dont mon petit marché avec Mike. Je lui parle de la visite d'Aubrey Danziger, de mon altercation avec Beverley, des valises retrouvées, de mon voyage en Floride, et l'histoire que m'a racontée Mike à propos de la petite amie de Leonard Grice. Là, Tillie n'en revient pas.

— Je n'en crois pas un mot, dit-elle carrément. Mike devait planer quand il vous a dit ça.

— Bien sûr qu'il planait, Tillie, mais un peu d'herbe n'a jamais donné d'hallucinations à personne.

— Alors il a tout inventé.

— Je vous répète simplement ce qu'il m'a dit.

— Mais de qui peut-il bien s'agir ? Je suis prête à jurer que Leonard n'a pas de liaison avec une locataire de l'immeuble. Et d'après ce qu'il dit, ce serait l'appartement d'Elaine, ce qui est tout simplement impossible.

— Voyons, Tillie, ne soyez pas naïve. C'est l'endroit idéal. Pourquoi ne se servirait-il pas de cet appartement pour ses rendez-vous galants ?

— D'abord, parce que personne dans l'immeuble ne correspond à cette description.

— Et la dame du 6 ? Celle dont vous avez dit qu'elle devait être debout de très bonne heure le jour où on vous a cambriolée ?

— Elle a soixante-quinze ans.

— Mais il y a des tas d'autres locataires.

— De jeunes couples mariés, Kinsey. Et si vous voulez mon avis, il y a plus de célibataires hommes que femmes susceptibles de s'intéresser à Leonard.

— Je le crois aussi. Et Elaine ? Pourquoi ne pourrait-ce pas être elle ?

Tillie hoche la tête d'un air buté.

— Et pourquoi pas vous ?

Elle se met à rire en se tapotant la poitrine.

— Je suis flattée mais il n'est pas vraiment mon type. De plus, je connais Mike. Il m'aurait reconnue même dans le noir.

Elle a raison. Je ne vois vraiment pas Tillie batifolant avec Leonard. Je reviens à mon idée précédente.

— Mais pourquoi pas Elaine ? Si Leonard et elle étaient amants et avaient décidé de se débarrasser de Marty ? Elle a pu agir pendant qu'il était chez sa sœur ce soir-là. Ensuite elle va passer quelques jours en Floride, puis se fait oublier pendant six mois, le temps qu'il mette ses affaires en ordre et qu'ils puissent filer sous les tropiques. Et quand ils s'aperçoivent que je flaire quelque chose, ils pressent le mouvement pour quitter la ville.

Tillie me regarde pendant un bon moment.

— Alors qui est Pat Usher ?

Je balaie aussi cette objection-là.

— Ils l'ont peut-être engagée pour les aider et leur servir de couverture.

— Mais qui est venu me cambrioler et pourquoi ? Je croyais que vous étiez convaincue qu'il s'agissait de Pat Usher.

Je commence à perdre patience.

— Je ne connais pas toutes les réponses, Tillie. Je vous dis simplement qu'il est possible qu'il ait une nana dans l'immeuble. Après tout, c'est peut-être Pat.

Elle ne dit plus rien.

— Je peux avoir la clé de l'appartement d'Elaine ?

— Bien sûr. Je vous accompagne.

Avant que nous sortions, elle me remet les factures arrivées récemment. Je les glisse dans la poche arrière de mon jean, ce qui me rappelle vaguement quelque chose mais je serais incapable de dire quoi.

Elle verrouille la porte de son appartement et nous nous dirigeons vers l'ascenseur.

— Vous n'avez entendu personne marcher au-dessus de vous ?

Elle se tourne vers moi.

— Non, mais cet immeuble est très bien insonorisé. Quelqu'un pourrait être à l'étage au-dessus sans que je l'entende. Vous croyez vraiment qu'il logeait quelqu'un là-haut ?

— Ce ne serait pas impossible. Une fois Elaine hors jeu, l'endroit est parfait pour un petit nid d'amoureux. Peut-être Pat Usher a-t-elle trouvé un moyen d'y pénétrer. Je suis sûre qu'elle est quelque part en ville. Si elle a eu accès à l'appartement d'Elaine en Floride, pourquoi pas à celui-là aussi ? A propos, où étiez-vous samedi soir ?

Elle hoche la tête sans rire.

— A une soirée paroissiale et je ne suis rentrée qu'après dix heures.

La porte de l'ascenseur s'ouvre au deuxième étage et Tillie s'engage dans le couloir en prenant à gauche tout en me parlant par-dessus son épaule. Arrivée devant la porte de l'appartement d'Elaine, elle glisse la clé dans la serrure.

— Je ne pense vraiment pas que quelqu'un soit venu ici, dit-elle.

Elle a tort, bien sûr. Wim Hoover, le locataire du 10, est étendu dans l'entrée, un trou rouge juste derrière l'oreille droite. L'air sent le tabac froid et le cadavre en décomposition. Il est mort depuis trois jours au moins.

Tillie blêmit et descend chez elle appeler la police.

CHAPITRE XXIII

Comme d'habitude, je fais un rapide tour d'horizon pendant que Tillie appelle les flics. Je lui ai demandé de ne pas mentionner mon nom. Je ne tiens pas à subir l'un des redoutables interrogatoires du lieutenant Dolan. Mes ennuis avec la California Fidelity me suffisent largement. L'appartement empeste tellement que Tillie n'aura aucun mal à expliquer pourquoi elle y est montée.

Pas besoin d'être Sherlock Holmes pour deviner que Pat Usher est passée par là. Elle ne s'est donné aucun mal pour effacer les traces de sa présence. Le caftan imprimé que je lui ai vu porter à Boca Raton a été jeté négligemment sur le lit d'Elaine. Apparemment, elle ne s'est pas gênée pour puiser dans le réfrigérateur, la garde-robe et les produits de beauté d'Elaine. Il y a de la vaisselle sale partout, des cendriers pleins à ras bord et la poubelle déborde de détritus. Les flics chargés de l'enquête vont avoir du pain sur la planche mais ce qui m'intéresse, moi, c'est le secrétaire. Tous les tiroirs ont été ouverts, leur contenu éparpillé furieusement, des chemises cartonnées déchirées en deux. Je me demande ce qu'elle cherchait et si elle l'a trouvé. Je ne touche à rien. Tillie est descendue depuis plus de cinq minutes et je préfère me dépêcher. Je ne tiens pas à être dans les parages quand les sirènes commenceront à hurler.

Je m'arrête dans le couloir pour regarder Wim. Il est étendu face contre terre, une main sous la joue, comme pour un petit somme. Il a la peau gonflée, d'une vilaine couleur sombre et le trou fait par la balle est aussi net qu'un œillet de lacet de chaussures. L'arme était probablement un 22, un engin qui en principe n'a rien de mortel mais si la balle ricoche à l'intérieur d'un crâne humain, elle peut transformer la cervelle en œufs brouillés. Pauvre Wim. Je me demande pourquoi elle l'a tué. A-t-elle tué Marty Grice aussi? L'autopsie n'a révélé aucune blessure par balle, seulement des coups répétés portés avec un objet contondant non identifié. Quel était cet objet et où est-il maintenant?

Je descends par l'ascenseur et quitte l'immeuble sans revoir Tillie. En montant dans ma voiture, je sens tout à coup quelque chose craquer dans la poche arrière de mon jean. Je sors les factures que m'a données Tillie en laissant échapper un petit « oooohh ». Je crois savoir ce que Pat Usher cherchait là-haut. Le passeport d'Elaine. Je l'ai trouvé lors de la deuxième visite des lieux et glissé dans la poche arrière de mon jean. Je ne me souviens pas l'avoir emporté au bureau, donc il doit se trouver quelque part dans mon appartement. Est-ce pour cela que Pat Usher s'y est introduite? Si elle l'a trouvé, à l'heure qu'il est elle est sûrement dans un avion ou à l'autre bout de la planète. D'un autre côté, comme Leonard n'a pas encore récupéré l'argent de l'assurance, il est possible que tous deux soient encore en ville.

Je démarre en vitesse. La priorité, pour l'instant, c'est de quitter le quartier avant l'arrivée des flics. Tout en conduisant je fais marcher à toute allure mes petites cellules grises.

Pat et Leonard ont dû éliminer Marty d'abord, Elaine Boldt ensuite, peut-être parce qu'elle avait deviné ce qui se passait, ce qui leur ouvrait un nouveau champ de possibilités. Ils ont eu accès à tous les biens d'Elaine, à tous ses comptes en banque, et ils s'en sont servis largement en attendant le règlement de la succession de Marty, c'est-à-dire environ six mois. Le montant n'est peut-être pas faramineux, mais si l'on y ajoute ce que possédait Elaine, l'affaire devient intéressante. La propriété de Via Madrina appartient maintenant à Leonard et il doit bien pouvoir en tirer cent cinquante mille dollars. Le terrain vaut d'ailleurs sûrement plus sans la maison dessus. En attendant, tout ce qu'il a eu à faire a été de jouer les veufs trop éplorés pour s'intéresser aux problèmes de succession. Non seulement il s'attirait la sympathie de tous mais il détournait aussi l'attention de ses réelles motivations. Le scénario se serait déroulé sans anicroche si Beverly Danziger n'avait pas tout flanqué par terre avec son histoire de document notarié. Pat a eu beau raconter qu'Elaine était chez des amis à Saratosa, sa version n'avait aucune chance de résister à un examen plus approfondi. Mais comment prouver tout cela ? Je spécule comme une malade et certaines de mes hypothèses sont sûrement erronées. Nettement insuffisant pour aller trouver la police. Ce qu'il me faut, c'est une preuve en béton.

En attendant, Leonard a bel et bien réussi à me mettre des bâtons dans les roues en me mettant à dos la compagnie d'assurances. Je n'ose pas aller le revoir pour lui poser d'autres questions et je sais qu'il vaut mieux que je me montre prudente maintenant dans tout ce que j'entreprendrai. Le plus anodin de mes gestes pourrait passer pour de la calomnie, de la diffamation ou du harcèlement. Dans quoi diable me suis-je fourrée ?

Je m'arrête à la quincaillerie pour acheter un carreau puis rentre chez moi. Il faut que je retrouve le passeport d'Elaine. Je fouille partout, dans la poubelle, derrière les coussins du canapé, sous les meubles, dans tous les coins et recoins où je fourre un peu n'importe quoi. J'inspecte même les placards de la cuisine et ma voiture. Et si je l'avais tout de même emporté au bureau ? J'irai y faire un tour après la fermeture de la CFI.

Je regarde ma montre. Il est un peu plus de 13 heures et la « serrurière » doit arriver à 16 heures. En attendant, je m'installe à mon bureau et sors mes fiches sur

Elaine Boldt. J'ai l'impression de les avoir lues et relues une centaine de fois. Qu'est-ce qu'elles pourraient bien m'apporter de neuf ? Je relis aussi les rapports de police, cherchant un détail négligé, une contradiction qui me sauterait miraculeusement aux yeux.

Je commence à croire que si Elaine est morte elle a été tuée il y a belle lurette. Je n'en ai aucune preuve, mais je soupçonne Pat Usher de s'être fait passer pour Elaine et d'avoir inventé de toutes pièces ce voyage en Floride pour faire croire qu'Elaine était vivante mais absente de Santa Teresa alors qu'elle était déjà morte. Mais si elle a été tuée à Santa Teresa, où est le corps ? Se débarrasser d'un cadavre, ce n'est pas de la petite bière. Balancez-le dans l'océan et il remonte à la surface deux jours après. Jetez-le dans un buisson et un jogger trébuche dessus à 6 heures du matin. Que peut-on en faire d'autre ? Le brûler. Peut-être le corps est-il enterré dans la cave des Grice. C'est peut-être même pour ça que Leonard n'a jamais fait débarrasser cette cave.

Pat Usher aussi me turlupine. Jonah n'a pas pu obtenir de renseignements du Centre National d'Information Criminelle parce que l'ordinateur était en panne, et maintenant il est parti pour l'Idaho. Je vais peut-être demander à Spillman de me rendre le même service. Avec un peu de chance, il en sortira quelque chose. Je ne pense pas que Pat Usher soit son vrai nom, mais il peut s'agir d'un pseudonyme, pour peu qu'elle ait un casier judiciaire, ce que rien ne prouve pour l'instant.

Je sors de leurs enveloppes les factures que m'a données Tillie. Il y a là un petit mot d'un dentiste du quartier qui rappelle à Elaine un rendez-vous. Je me souviens avoir vu une note d'honoraires de ce même dentiste, le Dr. John Pickett, dans le premier lot de courrier. Et je suis sûre d'avoir vu aussi ce nom ailleurs. Mais où ? Je continue à passer les factures en revue quand brusquement la mémoire me revient. Pas étonnant que ce nom-là me dise quelque chose. C'est ce même Dr. Pickett qui a permis l'identification de Marty Grice grâce à une radiographie de se denture. Je sursaute quand on frappe à la porte. Il est déjà 16 heures.

Je vais ouvrir après avoir regardé dehors par le judas. La « serrurière » est jeune, sans doute pas plus de vingt-deux ans. Elle m'adresse un grand sourire de ses dents très blanches.

— Bonjour, dit-elle. Je m'appelle Becky. C'est bien ici pour les serrures ?

— Oui, c'est ici. Entrez.

Elle est plus grande que moi, très mince, avec de longs bras nus et un jean flottant autour de ses hanches étroites. Des yeux bleus aux cils presque invisibles, un teint très clair, pas de maquillage et des gestes encore tout empreints de la gaucherie de l'adolescence.

Je l'emmène dans la salle de bain.

— C'est cette fenêtre-là. Faites-moi quelque chose de suffisamment costaud pour qu'on ne puisse plus entrer par effraction.

— Pas de problème. Vous voulez la même chose sur les autres fenêtres ou juste sur celle-ci ?

— Je veux de nouvelles serrures partout, y compris à mon bureau.

Pendant qu'elle s'active, je mets un peu d'ordre dans l'appartement, qui en a bien besoin. Rien de tel que le regard d'un étranger pour vous faire prendre conscience de votre environnement. Je ramasse quelques vêtements et des serviettes de toilettes qui traînent et les mets dans la machine à laver déjà à moitié pleine puisqu'elle fait aussi office de sac à linge sale. Je verse un gobelet de poudre et m'apprête à refermer la porte quand je vois un coin du passeport d'Elaine dépasser de la poche d'un de mes jeans. Pour un peu j'en hurlerais de soulagement. Je ne sais pas pourquoi, mais je suis sûre que c'est un signe des dieux, un heureux présage. Avec les coups de marteau de Becky je n'arrive pas vraiment à me concentrer et passe le temps sur des petits travaux de routine : classement, un peu de comptabilité, une lettre à Julia.

A six heures, Becky m'annonce qu'elle s'en va. Je lui dis que je la rappellerai dans un jour ou deux pour convenir d'un autre rendez-vous. Elle a bien avancé, mais il reste quelques bricoles.

C'est au moment précis où je referme la porte derrière elle que deux idées me traversent simultanément l'esprit. Je pense au Dr. Pickett et à ses radiographies, et je pense aux coups de marteau que May Snyder a dit avoir entendus le soir du meurtre.

Je saute dans ma voiture au cabinet du Dr. Pickett, à Arbol, pas très loin de chez Elaine. C'est une petite maison d'un seul étage, comme on en voyait beaucoup dans le quartier il y a quelques années encore. Je me gare sur le parking à côté de l'unique autre voiture, une Buick énorme. La porte d'entrée s'orne d'une plaque de cuivre qui dit « entrez sans frapper », ce que je fais.

L'intérieur me rappelle le lycée de mon enfance: plancher de bois vernis et odeur de soupe aux légumes. J'entends des bruits de vaisselle en provenance de la cuisine. Quelque part une radio déverse à plein tube de la musique country. Dans un coin du hall d'entrée trône un bureau avec une clochette et une plaque qui dit: « Sonnez s'il vous plaît. » Je sonne.

Comme rien ne se produit, j'entre dans la salle d'attente dont la porte est entrebâillée. La pièce est meublée comme n'importe quelle salle d'attente de dentiste. Ce qui est plus intéressant c'est la vieille armoire de classement en bois contre le mur, même pas fermée à clé. Je sens que je vais pas résister longtemps. Je sors tout de même agiter encore une fois la clochette, par acquit de conscience. Toujours rien.

Les fiches sont classées dans des bacs: de A à C, de D à F, etc. Dommage qu'il soit si mal vu de voler des preuves, si toutefois preuve il y a, car rien n'indique pour l'instant que je ne me suis pas fourvoyée une fois de plus.

Je sonne une troisième fois. Si je n'ai toujours pas de réponse, je hurle.

CHAPITRE XXIV

Mme Pickett apparaît. Ou du moins je suppose que c'est elle. C'est une femme plutôt courtaude, au large visage rond et aux lunettes sans monture. Elle porte une robe bleu marine en jersey sous un tablier blanc à volants. Ses cheveux sont noués sur le haut de son crâne par un élastique et lui retombent autour de la tête comme un petit jet d'eau.

— Il m'a bien semblé entendre quelqu'un entrer, mais je ne crois pas connaître votre nom, dit-elle.

Sa voix est très douce, avec un léger accent du sud. L'espace d'un instant je me demande si je dois lui dire la vérité. Je lui tends la main et lui donne mon nom.

— Je suis détective privé.

Elle ouvre des yeux grands comme des soucoupes.

— Vraiment ? Mais que diable puis-je faire pour vous ?

— Je ne sais pas encore très bien. Vous êtes Mme Pickett ?

— Oui, c'est moi. J'espère que vous n'enquêtez pas sur John.

— Non, rassurez-vous. Je travaille sur une affaire en rapport avec la mort d'une femme qui habitait le quartier.

— Je parie qu'il s'agit de Marty Grice.

— C'est exact.

— Oh là là ! Quelle chose horrible, n'est-ce pas ? Je ne saurai vous dire combien j'ai été secouée par sa disparition. Une femme si charmante ne mérite pas un destin pareil. Et savez-vous ce qui est le plus terrible ? On n'a jamais retrouvé le meurtrier.

— C'était une patiente du Dr. Pickett, n'est-ce pas ?

— Oui, bien sûr. Et si adorable. Elle passait souvent ici juste pour bavarder avec moi. Quand mon arthrite me faisait trop souffrir, elle venait m'aider à la réception, pour le téléphone et tout ça. Je n'ai jamais vu John plus retourné que le jour où il a dû identifier ce qui restait d'elle. Je crois qu'il n'en a plus dormi pendant une semaine.

— Est-ce lui qui a effectué la radiographie lors de l'autopsie ?

— Non, c'était le légiste. John avait apporté les radios qu'il avait faites ici et ils ont fait la comparaison sur place. Il n'y avait aucun doute, bien sûr. Ce n'était qu'une formalité. Il avait fait cette radio six semaines avant sa mort. J'ai eu tellement de peine pour son mari. Nous sommes allés à l'enterrement, vous savez. Et John et moi avons pleuré comme des enfants. Oh, mais c'est à lui que vous voulez parler, bien sûr. Il n'a pas de consultations aujourd'hui mais il ne devrait pas tarder. Il est sorti faire quelques courses. Vous pouvez l'attendre ici ou revenir un peu plus tard.

— Vous pouvez probablement m'aider aussi bien qu'il le ferait.

Elle a un air de doute.

— Je ferai ce que je peux. Je ne suis pas une spécialiste mais je suis son assistante depuis notre mariage. Posez-moi toutes les questions que vous voudrez.

— Je crois savoir que le Dr. Pickett a une patiente du nom d'Elaine Boldt. Pouvez-vous jeter un coup d'œil à sa fiche et me dire à quelle date elle est venue pour la dernière fois ?

— Le nom m'est familier, mais je ne crois pas la connaître. Ce ne doit pas être une cliente régulière. Si elle était venue plus d'une fois, je la connaîtrais.

Elle se penche vers moi et ajoute :

— Je suppose que vous n'êtes pas autorisée à me dire de quoi il s'agit.

— Non, en effet. Mais elles étaient amies. Mme Boldt était une voisine de palier de Mme Grice.

Mme Pickett hoche gravement la tête et ouvre un tiroir dans lequel les fiches sont si serrées qu'elle peut à peine glisser les doigts entre elles.

— Voyons un peu. Bassage, Bewley, Bevis... Oh, regardez-moi ça. Celle-ci n'est pas à sa place. Birch, Blackmar, Blount. Ah, Boles. C'était ce nom-là ?

— Non, Boldt, dis-je. B-o-l-d-t. Vous lui avez adressé une note d'honoraires au début de l'année et tout récemment un petit rappel pour son contrôle bi-annuel.

— Vous avez raison. Je m'en souviens. J'ai écrit la carte moi-même. Via Madrina, c'est bien ça ?

Elle continue à chercher, fourrage parmi les fiches précédentes et les suivantes.

— Je parie que pour une raison ou pour une autre elle se trouve sur le bureau de John. Venez, allons jeter un coup d'œil.

Je la suis dans le couloir puis dans un petit bureau qui a sans doute été jadis une salle de bain. La table de travail du Dr. Pickett est jonchée de fiches. Sa femme contemple le spectacle, les poings sur les hanches, comme si elle n'avait jamais rien vu de pareil.

— Mon Dieu, en voilà une pagaille !

— Voulez-vous que je vous aide ?

— Je ne dis pas non. Toute seule j'en aurais pour la journée.

Je commence par le tas le plus proche de moi puis vérifie celui de Mme Pickett. Aucune trace d'Elaine Boldt.

— Il y a un autre endroit possible, dit-elle.

Elle sort et revient quelques secondes plus tard avec un petit boîtier métallique gris.

— Ce sont les fiches de rappel. Si nous lui avons adressé un avis, elle doit être là-dedans.

Elle y est effectivement. Les seuls renseignements qu'elle contient sont le nom d'Elaine, son adresse et la date de sa visite, le 28 décembre. Suis-je sur la bonne piste ? Pas sûr.

— Marty Grice a dû venir la première, puis recommander le Dr. Pickett à Elaine.

— Ce n'est pas difficile à vérifier. Vous voyez, là ? Au dos de la carte il y a cette mention « adressé par » et voici le nom de Mme Grice. C'est utile pour les impayés, nous savons au moins comment retrouver la trace de nos patients.

— Puis-je voir le dossier de Marty ?

— Pourquoi pas ?

Elle retourne à l'armoire de classement et en revient avec une mince chemise cartonnée. Le nom de Marty Grice est dactylographié sur une étiquette collée en haut à droite. Il y a trois feuillets à l'intérieur. Le premier est un questionnaire médical sur les allergies, les maladies passées, les médicaments. Sur la seconde figure la fiche dentaire du patient et ses particularités. La troisième contient des informations sur les soins en cours. Le nom de Marty y est dactylographié bien proprement sur la première ligne. Dessous se trouvent les notes manuscrites du Dr. Pickett. Une visite de routine. Marty s'est simplement fait détartrer les dents. Pas de caries. Une radio a été effectuée et la visite suivante est prévue pour juin. Rien d'anormal là-dedans, à part la date : 28 décembre. Je m'approche de la fenêtre pour examiner le document à la lumière. Et je réprime un petit sourire. Je l'aurais parié. Quelqu'un a soigneusement blanchi le nom d'origine et tapé par-dessus celui de Marty. Du bout des doigts, comme pour un texte en Braille, je sens le nom d'Elaine Boldt. D'ailleurs, en regardant bien, il est même visible en transparence. Les dernières pièces du puzzle se mettent en place. Je suis certaine à présent que le corps retrouvé calciné dans la maison des Grice était celui d'Elaine. Je ferme les yeux. Comme c'est étrange. J'ai couru après Elaine pendant dix jours, sans me rendre compte que j'avais déjà vu une photo d'elle dans le dossier de la police, brûlée au point d'en être méconnaissable. Marty Grice est vivante et, selon toute vraisemblance, Pat Usher et elle ne sont qu'une seule et même personne. Il me reste des détails à clarifier mais j'ai ma petite idée sur la manière dont le meurtre a été commis.

— Vous vous sentez bien ? me demande Mme Pickett.

— Oui, ça va, dis-je brièvement.

— Vous ne voulez pas parler à John ?

— Pas maintenant. Mais plus tard, certainement. Vous m'avez été d'un précieux secours, madame Pickett. Merci.

— Eh bien, je ne sais pas ce que j'ai fait, mais c'était avec plaisir.

Je lui serre la main, vaguement consciente de son regard perplexe qui me suit, tandis que je gagne la porte. Je monte dans ma voiture et passe un bon moment immobile sur mon siège à me demander ce qu'il convient de faire maintenant. Et comment ont-ils fait pour tricher avec le contenu de l'estomac ? D'après le rapport d'autopsie, le groupe sanguin était 0 positif, le plus courant, donc pas de difficulté de ce côté-là. Marty et Elaine avaient à peu près la même taille et ce n'était pas comme si la victime avait été une inconnue. Tout le monde a supposé qu'il s'agissait de Marty. La radiographie dentaire n'a fait que confirmer son identité. Il n'y avait aucune raison d'imaginer que la morte était quelqu'un d'autre. Leonard et sa sœur Lily lui avaient parlé au téléphone à neuf heures et Lily a affirmé que Marty avait raccroché pour aller ouvrir la porte. Le coup de fil au poste de police avait été imaginé pour faire bien dans le tableau. Mike avait raison au sujet de l'heure. A huit heures et demi, ce soir-là, il y avait un corps de femme enroulé dans une couverture. Mais ce n'était pas celui de sa tante. Elaine avait dû être frappée à mort peu de temps avant, mais on avait veillé à laisser ses dents et ses mâchoires en assez bon état pour permettre l'identification. Quant à Wim Hoover, il a dû voir Marty entrer et sortir de l'appartement d'Elaine. Marty ou Leonard lui ont sans doute réglé son compte avant qu'il ne puisse mettre la main sur un téléphone.

Je démarre, tourne à gauche, puis prends la direction du poste de police. Je me gare juste en face, en zone verte, où le stationnement est autorisé pour quinze minutes. Un flic en civil que je n'ai jamais vu m'arrête au moment où je m'apprête à frapper à une porte au fond du couloir.

— Je peux vous aider?

— Je cherche le lieutenant Dolan.

— Je vais voir si je peux le trouver. En tout cas il n'est pas dans son bureau.

En attendant, je repasse le film des événements dans ma tête. Marty Grice est partie pour la Floride et s'est installée dans l'appartement d'Elaine. Elle a perdu du poids, s'est fait teindre les cheveux et a changé de coiffure. Comme personne là-bas ne la connaissait ni d'Adam ni d'Eve, elle n'a même pas eu besoin de se cacher. Je repense à ma rencontre avec elle: son visage gonflé et tuméfié, le sparadrap sur son nez. Ce n'était pas un accident de voiture mais une opération de chirurgie esthétique — un nouveau visage pour accompagner sa nouvelle identité. Elle m'avait dit elle-même qu'elle n'avait plus l'intention de travailler de sa vie. Leonard et elle étaient dans une mauvaise passe et Elaine était là, à deux pas de chez eux, avec de l'argent à la pelle et une tendance très nette à ne rien se refuser. Marty a dû en baver de jalousie. Le meurtre rétablissait l'ordre des choses. Elle n'avait plus qu'à attendre que Leonard règle ses affaires de son côté. Après, à eux la belle vie. C'est Dolan qui s'était occupé de cette affaire. Si l'arme du crime peut être retrouvée, il aura une preuve suffisante pour rouvrir le dossier. Pour l'instant, le moins que je puisse faire est de l'informer de ce qui se passe.

Le flic en civil revient.

— Il est sorti pour la journée. Je peux vous aider d'une manière ou d'une autre ?

— Parti ? dis-je, alors que j'ai bien envie de lâcher un « merde » bien sonore.

— Je le contacterai demain à la première heure.

— Comme vous voudrez. Je peux lui transmettre un message ?

Je sors une de mes cartes et la lui tends.

— Dites-lui simplement que je passerai.

— Comptez sur moi, dit-il.

Je retourne à ma voiture et démarre. J'ai bien une idée sur l'arme du crime mais je tiens à parler à Lily Howe d'abord. Si elle a compris ce qui se passe, elle est en danger. Il est 18 h 15. Je repère une cabine de téléphone dans une station service et me gare à côté. Mon cœur bat à n'en plus pouvoir. J'ai peur que Mike soit en danger lui aussi. S'il sait que sa tante est vivante, il risque gros. Comme nous tous d'ailleurs. Les mains tremblantes, je cherche dans l'annuaire les autres Grice. Il n'y en a qu'un seul, Horace Grice, à Anaconda. C'est sûrement le bon. Mais à la douzième sonnerie je raccroche. A tout hasard, j'arrache la page de l'annuaire.

Je retourne à ma voiture et file chez Lily. Où peuvent être Leonard et Marty à cette heure ? Il est possible qu'ils aient pris le large mais il est possible aussi qu'ils soient toujours en ville — peut-être chez Lily Howe ? J'en oublie de tourner à l'angle de Carolina Avenue, fais demi-tour et en arrivant près de chez les Howe je ralentis, ce que n'apprécie pas du tout la voiture qui me suit. Je manœuvre pour me dissimuler dans une allée un peu loin quand mon cœur fait un bond violent. Leonard et sa douce amie viennent de s'engager dans l'allée qui mène à la maison de Lily.

Je me recroqueville si brusquement sur mon siège que

je me cogne méchamment le genou au tableau de bord. Dieu que ça fait mal ! Je me relève avec précaution et regarde dehors par-dessus le volant. Apparemment ils ne m'ont pas vue. Ils sonnent à la porte de Lily qui vient leur ouvrir sans la moindre exclamation de surprise, d'horreur ou de panique. Je me demande depuis combien de temps elle sait que Marty est vivante. Est-elle de mèche avec eux depuis le début ? Je ne quitte pas la maison des yeux. Tant que Leonard est là, Lily ne risque en principe rien, mais je ne pense pas que Marty tienne à garder en vie un témoin aussi gênant après leur départ. Qu'elle sache ou non, Lily Howe va se trouver dotée à partir de maintenant d'un ange gardien.

CHAPITRE XXV

Je reste assise là, avec cette douleur qui me vrille le genou, en me demandant que faire maintenant. Je ne veux pas quitter la scène tant que l'ennemi y sera. Il n'y a pas une seule cabine téléphonique à des centaines de mètres à la ronde et d'ailleurs je ne sais pas qui appeler. Je pense un instant sortir de la voiture et ramper jusqu'à la maison mais je n'ai jamais de très bons résultats avec ce genre de méthodes. Les fenêtres ne sont jamais ouvertes là où il le faudrait et les rares fois où j'ai réussi à écouter aux portes je n'ai entendu que des choses insignifiantes. En général, les gens ne font pas salon pour s'entretenir des détails les plus significatifs de leurs derniers crimes. Donc je décide de rester dans ma voiture et d'attendre.

Il n'y a rien de plus suspect qu'une personne assise seule dans une voiture garée dans un quartier résidentiel. Avec un peu de chance, je vais me faire repérer par un voisin zélé qui s'empressera d'appeler les flics. Mais une heure trois quarts plus tard, la situation n'a pas évolué d'un pouce. Des lumières s'allument un peu partout, y compris chez Lily Howe. De plus, j'ai faim et envie de faire pipi, mais je n'arrive pas à me décider à quitter mon poste d'observation pour un bref aller-retour derrière un buisson.

A vingt-et-une heure vingt-trois, la porte d'entrée de la maison de Lily s'ouvre et Leonard et Marty en sortent. Je me penche en avant, les yeux plissés. Pas de longs adieux. Tous les deux montent dans leur voiture, claquent les portes et l'instant d'après ils ont disparu. C'est alors seulement que je m'approche de la maison. La lumière du porche s'est éteinte. Je sonne. Il y a un moment de silence puis j'entends un bruit de chaîne. Lily a visiblement lu tous les manuels de prévention contre le viol. Tant mieux pour elle.

— Qui est là ? demande sa voix étouffée.

— C'est moi, dis-je dans un chuchotement. J'ai oublié mon sac à main.

Il y a un nouveau bruit de chaîne, puis Lily entrebâille la porte. Je pousse le battant si vivement que je manque lui casser le nez. Quand elle se met à crier j'ai déjà refermé la porte derrière moi.

— Il faut que je vous parle, dis-je.

Elle a porté une main à son visage et les larmes lui sont montées aux yeux, pas parce que je lui ai fait mal, mais parce qu'elle meurt de peur.

— Elle a dit qu'elle me tuerait si je parlais à qui que ce soit.

— Elle vous tuera de toute façon, pauvre naïve. Qu'est-ce que vous croyez ? Qu'elle va s'en aller en vous laissant tranquillement vendre la mèche ? Vous a-t-elle dit ce qu'elle a fait à Wim Hoover ? Elle lui a collé une balle derrière l'oreille. Vous finirez comme lui. Vous n'avez aucune chance de vous en tirer.

Lily pâlit. Elle a un bref sanglot puis se reprend. Les yeux fermés, elle secoue la tête, comme un prisonnier face à un instrument de torture. Peu importe ce que je lui ferai, elle ne parlera pas.

— Enfin, Lily, bon sang ! Dites-moi ce qui se passe !

L'expression de son visage se durcit. J'imagine bien le genre de petite fille qu'elle a pu être : butée, fermée, développant au fil des années une sorte de résistance passive qui est devenue sa manière à elle de parer les attaques. Et en ce moment, elle se replie tout simplement sur elle-même, comme un mollusque.

Et soudain, à ma grande surprise, elle va s'asseoir dans un des fauteuils turquoise, sans un mot. Elle prend sur la table basse le boîtier de commande à distance du téléviseur et appuie sur un bouton, puis sur un autre, jusqu'à ce qu'elle trouve un sitcom à son goût. J'aurais aussi bien pu être ailleurs. Je m'installe dans un fauteuil derrière elle et lui parle avec le plus grand sérieux pendant qu'elle regarde sur l'écran une blonde platine et aux seins énormes moulés dans un bustier minuscule, en train de faire un gâteau d'anniversaire.

— Madame Howe, je ne suis pas sûre que vous compreniez ce qui se passe ici. Votre belle-sœur a tué deux personnes et, à part vous et moi, personne ne semble être au courant.

De la farine s'écrase sur la table dans un grand nuage blanc qui dissimule à moitié le visage de la blonde. Lily a un vague sourire. Je lui touche le bras.

— C'est une course contre la montre, Lily. Et vous savez pourquoi? Parce que je pense que Marty va revenir et nous tuer aussi. Il faut qu'elle le fasse.

Pas de réponse. Ce que je dis n'a peut-être pas plus de réalité pour elle que cette blondasse avec son gâteau d'anniversaire. Voilà qu'elle casse des œufs, en s'éclaboussant la figure de jaune. Tiens, son mari qui entre. Il ouvre la bouche toute grande en voyant le spectacle.

— Où sont-ils allés? Ils ont quitté la ville?

Lily éclate de rire. La blonde vient de retourner le bol du mixer sur la tête de son mari. Je tends la main vers le téléviseur pour couper le son. Sur l'écran, un chien silencieux patine sur le linoleum, suivi par une boîte de viande hachée.

— Hé! dis-je. Leonard a des ennuis. Allez-vous vous décider à l'aider, oui ou non?

Elle lève les yeux vers moi et je vois ses lèvres bouger. Je me penche plus près.

— Excusez-moi. Qu'avez-vous dit?

La tension tire les traits de son visage et ses yeux ont

l'air de ne plus rien voir. Elle me regarde avec toute la concentration d'une ivrogne, puérile et dépendante.

— Leonard n'a jamais fait de mal à personne, dit-elle. Il n'a compris ce qu'elle faisait que lorsqu'il a été trop tard.

Je pense à ce que m'a dit Mike de la passion de Leonard pour sa femme. Moi, je ne lui trouve rien de la victime innocente, mais je me garde bien de le lui dire.

— Il connaît une partie de la vérité, alors il est en danger. Si vous me dites où ils sont allés, je pourrai encore l'aider.

Quand Lily se remet à parler, c'est à peine un chuchotement.

— Juste à Los Angeles, le temps que le nouveau passeport de Marty soit prêt, après ils partiront pour l'Amérique du Sud.

Ses yeux se remplissent de larmes et elle ajoute :

— Je ne le reverrai peut-être plus jamais. Et nous étions si proches l'un de l'autre. Je ne peux pas le dénoncer. Je ne peux pas le trahir, vous comprenez ?

— Vous aurez essayé de faire de votre mieux pour lui, Lily. Il comprendra.

— C'était horrible. Un vrai cauchemar. Quand vous êtes venue nous voir, j'ai cru qu'il allait mourir de peur. Il a failli en faire une crise cardiaque, et c'est alors qu'elle est revenue. Elle croit que vous avez pris le passeport d'Elaine et elle est furieuse d'avoir pris tout ce retard. Il a peur d'elle. Il a toujours été terrifié par ses crises de rage.

— Evidemment. Moi aussi j'ai peur d'elle. Elle est folle ? Ils ont pris leurs bagages avec eux dans la voiture ?

Elle est complètement effondrée maintenant. La pensée que Leonard puisse l'abandonner est trop douloureuse et l'évocation des bagages lui brise littéralement le cœur. C'en est trop.

— Ils sont partis pour faire leurs bagages, dit-elle d'une voix entrecoupée, son nez commençant à couler.

C'est là-bas qu'ils sont partis. Le motel, juste à la sortie du col, puis la maison. Ils se sont disputés à ce sujet, mais elle ne voulait pas le laisser derrière eux, parce que c'est une preuve...

— Laisser quoi?

— Le... euh... vous savez bien.

— L'arme du crime?

Lily hoche la tête, encore et encore. J'ai l'impression qu'elle ne s'arrêtera plus jamais. C'est comme si les tendons de sa nuque s'étaient brisés et que sa tête soit destinée à remuer comme ça indéfiniment. Elle ressemble à ces chiens à tête articulée que les gens mettent sur la plage arrière de leur voiture.

— Lily, écoutez-moi. Je veux que vous appeliez la police. Allez chez des voisins et restez-y jusqu'à ce que quelqu'un arrive. Vous comprenez ce que je vous dis? Allons vite. Vous avez besoin de quelque chose? Un chandail, un sac?

J'ai envie de lui hurler de se dépêcher mais je n'ose pas.

Elle me regarde de ses yeux bleus délavés et inquiets, l'air aussi confiant qu'un petit chien. Je l'aide à se remettre debout, éteins le téléviseur et la tire vers la porte. Je balaie la rue du regard, mais il n'y a personne en vue. Je ne pense pas que Leonard laisserait Marty lui faire du mal, mais nous savons tous qui prend les décisions. D'une certaine manière, j'ai l'impression de perdre mon temps, mais je tiens à m'assurer que Lily sera en sécurité. Nous nous dirigeons vers la maison aux lumières allumées la plus proche, une construction en cèdre à deux pas de là.

Je sonne. Un homme m'ouvre la porte et je pousse Lily à l'intérieur, expliquant qu'elle a de graves ennuis et besoin d'aide. Je répète à Lily d'appeler la police puis je ressors. Je me demande si elle le fera ou pas.

Je remonte dans ma voiture et démarre dans un horrible hurlement de pneus. Il faut que j'arrive à la maison avant eux, alors je ne me gêne pas de brûler les feux rouges et d'enfiler les sens interdits les uns après les autres. Arrêt forcé à un carrefour, j'en profite pour sortir ma torche de la boîte à gants et vérifier l'état des piles. Tout va bien. Le passage se libère et je redémarre en flèche.

C'est seulement maintenant que je pense à mon pistolet. Il est bien sagement à l'abri dans l'armoire de classement fermée à clé de mon bureau. Trop tard pour faire demi-tour. S'ils passent d'abord au motel, font leurs bagages, règlent la note et chargent la voiture, il se peut que j'aie le temps de mettre la main sur l'arme du crime avant eux. S'ils me battent au poteau, je file tout droit chez Tillie et appelle la police. Je n'ai aucunement l'intention de me livrer à un combat singulier avec Marty Grice.

Je sens soudain une violente poussée d'adrénaline, en même temps que mes neurones entrent en ébullition. Je viens de trouver la réponse à une vieille question : comment ils s'y sont pris pour donner le change à propos du contenu de l'estomac. Marty a tout bonnement volé le sac poubelle d'Elaine. Ce n'était pas plus compliqué que ça. Le sac d'épicerie marron que Mike a vu dans l'entrée était celui contenant les détritus d'Elaine dont une boîte de thon et une boîte de soupe, son dîner de ce soir-là. Marty a eu des heures pour mettre ça au point et j'ai l'impression de voir la scène comme si j'avais tout à coup des pouvoirs de médium. Leonard est sorti dîner avec Lily et Marty a passé un coup de fil à Elaine, l'invitant chez elle sous un prétexte quelconque. Elaine se rend chez les Grice et, à un moment ou à un autre, elle est frappée à mort en plein visage. Marty prend les clés et, dès qu'il fait nuit, s'introduit chez Elaine, sort de la poubelle de la cuisine le sac contenant les détritus et le laisse une minute dans l'entrée, le temps de descendre à la cave chercher l'essence. C'est à ce moment-là que Mike est arrivé. Il a ouvert la porte d'entrée puis l'a refermée en s'apercevant que quelque chose de terrible était arrivé. Marty finit d'arroser la maison d'essence et attend tranquillement le coup de fil de Leonard, prévu pour neuf heures, indiquant à son mari ce qu'Elaine a pris pour son dîner, pour qu'il puisse le mentionner à la police plus tard. Peut-être Marty a-t-elle même volé des restes dans le réfrigérateur d'Elaine pour les mettre dans le sien et faire plus vrai. Ensuite, elle a mis le feu, puis s'est installée bien confortablement dans l'appartement d'Elaine jusqu'au moment de son départ pour la Floride le lundi suivant.

En arrivant près de la maison des Grice, je m'arrête un moment de l'autre côté de la rue, le temps d'examiner les lieux. Dans l'obscurité, les dégâts causés par l'incendie sont invisibles, mais l'endroit exalte toujours la même impression de ruine et d'abandon. Pas de voiture à proximité. Aucune lumière allumée. Personne dans la rue.

Je laisse les clés sur le contact et sors de la voiture en laissant la portière entrouverte. Si les choses tournent mal, je veux pouvoir filer en vitesse. J'ouvre le coffre et en sors les outils dont je pense avoir besoin. Dès que je suis sûre que personne n'approche, je traverse la rue et coupe par le jardin des Grice.

La plupart des vitres de la façade avant ont été brisées dans l'incendie et remplacées par des planches en bois mais sur la façade arrière il en reste deux intactes. J'en choisis une, qui ne me résiste pas longtemps. Il fait noir comme dans un four et le quartier est plongé dans un silence complet, troublé seulement par le chant des crickets. Je sais que je dois me ménager une issue de secours, mais je ne peux en prendre le risque. S'ils se pointent tous les deux, ils auront vite fait de repérer une porte ou une fenêtre ouverte. Il ne me reste plus qu'à travailler le plus vite possible, en espérant que mon hypothèse au sujet de l'arme du crime est la bonne. Je n'ai plus le temps de faire des erreurs.

Je grimpe jusque dans la cuisine et referme la fenêtre. Il y a un bruit de verre cassé quand je pose le pied par terre. Le faisceau de ma torche balaie des embrasures de portes noircies, des murs maculés de traces de fumée. Dans le couloir, je retiens mon souffle, l'oreille tendue. Rien. Pas un bruit. Comme le courant a été coupé, il n'y a même pas le ronronnement rassurant d'un réfrigérateur ou le tic tac apaisant d'une pendule. C'est sûrement ce qu'on appelle un silence de tombe.

J'avance lentement jusqu'au salon. Par la fenêtre, je vois M. Snyder regarder la télévision. La seule autre fenêtre située sur le même côté de la maison est celle de la cuisine. J'ai maintenant une théorie intéressante concernant les coups que May Snyder a entendu ce soir-là, une théorie que je m'en vais vérifier sur le champ.

Je passe mes doigts le long du châssis de la fenêtre, balayant de ma torche les restes de peinture calcinée, pareils à de la peau morte. Je distingue l'endroit où le bois a été endommagé avant. Je vois aussi qu'on l'a remis en place à l'aide de clous : d'où bang-bang-bang. Je dirige ma torche vers le rebord de la fenêtre. Il me faut quelques minutes pour caler la lampe de manière à avoir les deux mains libres. Je glisse le côté droit de la pince à levier dans le châssis et le dégage avec un craquement si sinistre que j'en tremble de terreur. Je suis persuadée qu'Elaine a été tuée à l'aide d'un contrepoids de fenêtre à guillotine que l'on a remis en place dans le châssis avec des clous. L'idée m'en est venue dans un de mes éclairs de génie, ou plus exactement quand j'ai entendu les contrepoids de la fenêtre de ma propre salle de bain cogner avec un bruit sourd contre les goujons.

L'idée ne manquait pas d'astuce. Si la maison avait brûlé entièrement cette nuit-là, personne n'y aurait jamais pensé. Mais pourquoi Marty tient-elle tant à récupérer cette chose ? Pourquoi ne pas la laisser où elle est ? Sans doute commence-t-elle à céder à la panique et s'imagine-t-elle qu'en brûlant tous les ponts derrière elle Leonard et elle seront en sécurité où qu'ils aillent. Et à supposer qu'elle se fasse arrêter, que pourra-t-on prouver contre elle ? L'arme du crime est certainement pleine de ses empreintes, peut-être même y reste-t-il encore accrochés des cheveux d'Elaine, des fragments d'os ou de dents cassés ou de minuscules particules de peau. Je me demande ce qu'elle a l'intention de faire de cette chose macabre. L'enterrer quelque part, la jeter à la mer... A l'aide d'un grand tournevis, je dégage le contrepoids. Côté empreintes, il n'y aura pas grand chose à espérer. Le métal est couvert d'une couche fine de poussière grasse. Et les six mois qui viennent de passer n'arrangeront pas les choses.

Je finis le travail au canif et glisse l'engin dans un sac en plastique. Le lieutenant Dolan et son équipe de fins limiers auraient sûrement une attaque s'ils me voyaient manipuler ainsi une pièce à conviction capitale. Mais je n'ai pas le choix. Je jette le canif dans le sac avec le tournevis et les autres outils, ce qui explique pourquoi je n'entends Leonard et Marty que lorsqu'ils sont déjà en train de monter l'escalier de l'entrée de derrière.

s'imagine-t-elle qu'en brûlant tous les ponts derrière elle Léonard et elle seront en sécurité où qu'ils aillent. Et à supposer qu'elle se fasse arrêter, que pourra-t-on prouver contre elle ? L'arme du crime est certainement pleine de ses empreintes ; peut-être même y reste-t-il encore accrochés des cheveux d'Elaine, des fragments d'os ou de dents cassés ou de minuscules particules de peau. Je me demande ce qu'elle a l'intention de faire de cette chose macabre. L'enterrer quelque part, la jeter à la mer... A l'aide d'un grand tournevis, je dégage le contrepoids. Côté empreintes, il n'y aura pas grand-chose à espérer. Le métal est couvert d'une épaisse couche de poussière grasse. Et les six mois qui viennent de passer n'arrangeront pas les choses.

Je finis le travail au [illegible] et glisse l'engin dans un sac en plastique. Le lieutenant Dolan et son équipe de fins limiers auraient sûrement une attaque s'ils me voyaient manipuler ainsi une pièce à conviction capitale. Mais je n'ai pas le choix. Je jette le [illegible] dans le sac avec le tournevis et les autres outils, ce qui explique pourquoi je n'entends Léonard et Marty que lorsqu'ils sont déjà en train de monter l'escalier de l'entrée de derrière.

CHAPITRE XXVI

Quand la clé tourne dans la serrure, la peur me transperce comme une décharge électrique. La seule chose qui joue en ma faveur est que je suis consciente de leur présence alors qu'ils ne le sont pas encore de la mienne. Je ramasse ma torche en vitesse et me coince sous le bras le sac en plastique contenant le contrepoids et mes outils. J'évalue mes chances mais j'ai l'impression d'avoir le cerveau en compote. Mon premier réflexe est de me ruer à l'étage, mais je renonce assez rapidement. Il n'y a là-haut aucun endroit pour se cacher et pas d'accès au toit.

Je me glisse vers la cuisine, les oreilles grandes ouvertes. Je perçois un vague murmure à l'extérieur. Ils sont sans doute en train d'essayer de s'orienter dans le noir ou à la faible lueur d'une torche. Si Marty n'est pas revenue ici depuis le soir du crime, elle prendra peut-être le temps d'évaluer, même brièvement, les dégâts. Mais dès qu'ils verront le châssis de la fenêtre, ils se lanceront sur mes traces.

La porte du sous-sol est entrebâillée. Je n'hésite pas. Je dégringole les marches aussi vite que possible et sans faire de bruit. Je sais que les portes du sous-sol donnant sur l'extérieur sont cadenassées, mais au moins j'aurais un endroit où me dissimuler. Du moins, je l'espère.

En bas des marches, je m'arrête pour me repérer dans le noir. J'entends des pas au-dessus de moi. Je n'y vois strictement rien. Mon Dieu, comment vais-je me sortir de ce guêpier ?

Tant pis. J'allume la torche. Juste une seconde. Il faut que je trouve une cachette pour le sac en plastique. Ils me coinceront peut-être mais je ne veux pas qu'ils mettent la main sur l'arme du crime, ce qui est exactement ce qu'ils cherchent. J'avance à tâtons jusqu'au fourneau, ouvre la porte et cale le sac bien au fond. En se refermant, la porte émet un grincement horrible qui me glace les sangs.

Au-dessus, c'est le silence. Ils doivent être dans l'entrée maintenant. Combien de secondes encore avant qu'ils ne découvrent les traces de mon passage ? Si ce n'est pas déjà fait. Peut-être ont-ils l'oreille aux aguets comme moi. Je rallume la torche et cherche frénétiquement du regard un endroit où me cacher. Tous les coins et recoins semblent désespérément petits et bien trop exposés. Le plancher craque au-dessus de ma tête. Il n'y en a plus pour longtemps. Ils sont deux. Ils se partageront le travail. L'un montera à l'étage et l'autre descendra au sous-sol.

Je marche sur la pointe des pieds jusqu'à la petite volée de marches en béton qui donne sur le monde extérieur. Je monte, presque collée au mur et me glisse dans l'étroit espace en haut des marches. Comme il n'y a plus de courant dans la maison et qu'ils seront forcés de me chercher à la torche ils passeront peut-être devant moi sans me voir. On peut toujours espérer. En attendant, la seule chose qui me sépare de la liberté est ce battant de bois contre lequel je suis appuyée. Je sens l'air humide de la nuit à travers les fissures. Je sens même une odeur de jasmin. Je pose délicatement la torche à mes pieds. Quelque chose de dur me rentre dans la cuisse. Les clés de la voiture. Avec leur anneau métallique dentelé, c'est la seule chose en ma possession qui puisse ressembler à un outil. Dire qu'à deux pas il y a mon marteau, mon tournevis, ma pince à levier et bien d'autres trésors.

Je promène ma main sur le bois de la porte, cherchant

la charnière. J'essaie de me servir de l'anneau comme d'un tournevis. Et quelques secondes plus tard j'ai l'impression que le bois commence à céder. Les mains tremblantes d'espoir, je cherche parmi mes clés la plus longue. Je la glisse entre la charnière et le bois en appliquant une légère pression. La charnière se met à bouger.

Je m'arrête. Aucun bruit si ce n'est celui de ma propre respiration, accélérée par l'effort et l'angoisse. C'est du bois de pin, vieux, pourri et ramolli. Je m'écarte légèrement, me ménageant un peu plus d'espace pour manœuvrer. C'est à ce moment-là que j'entends grincer la porte de la cave. Et aussitôt après il y a un bruit de pas. Je tourne la tête à droite. Je vois le faisceau jaune pâle d'une torche, un de ces trucs énormes qui vous éclairent une pièce comme en plein jour. Sauf que la lumière de cette torche-là est très pâle. Pat Usher... ou Marty Grice, car il s'agit bien de la femme que j'ai vue en Floride, aurait dû penser à changer les piles. Elle n'a pas bonne mine du tout. Ses cheveux couleur fauve pendent autour de son visage en mèches lamentables et elle a de vilains cernes sous les yeux. Elle dirige le faisceau vers le mur du fond. Je retiens mon souffle. Ai-je une chance, même toute petite, qu'elle passe à côté de moi sans me voir ? Je n'ose pas faire un geste. Le rayon de la torche se dirige lentement dans ma direction, s'approche, centimètre après centimètre. Dans une seconde elle m'aura découverte, alors je fais la seule chose possible. Je me jette contre la porte avec une telle force qu'elle manque se casser en deux. Mais je n'avais pas assez de prise ou elle a été trop rapide pour moi. Elle a dû traverser la cave comme une fusée. Je sens ses bras se verrouiller autour de ma tête. Cette attaque soudaine me déséquilibre complètement. J'essaie de la repousser sur le côté puis de la faire basculer dans l'escalier mais elle colle à moi comme une sangsue. J'essaie de lui envoyer un bon coup de coude mais je n'ai pas suffisamment d'élan pour lui faire mal. Quand je réussis enfin à libérer une de mes mains je l'attrape par les cheveux. Pas mal! Elle lâche prise et, entraînée par son propre poids, tombe sur le sol de béton avec un petit cri étranglé.

J'entends alors un sifflement dans l'air, mais trop tard pour plonger à terre. L'impact produit un craquement horrible. Elle est descendue avec ce qui ressemble à un manche de hache, qu'elle a projeté avec une telle violence que sur le moment je ne sens même pas la douleur. Mais quand l'engin s'élance vers moi une deuxième fois j'ai le réflexe de lever la main et me protéger le visage. Le coup m'atteint à l'avant-bras. Ma bouche s'ouvre mais il n'en sort aucun son. Elle revient sur moi, les yeux étincelants, la bouche tordue en une grimace qui doit passer pour un sourire chez les fous. Cette fois, c'est mon épaule qui écope. La douleur m'irradie tout le côté. Mes doigts se crispent sur la rampe. Un nuage aveuglant réduit mon champ de vision à une tête d'épingle. Je sais qu'une fois la tête d'épingle disparue je serais morte. J'aspire l'air à grandes goulées en secouant la tête. A mon grand soulagement je vois de nouveau normalement.

Je me jette sur elle et la saisis à la gorge, lui faisant perdre l'équilibre en même temps que je la force à reculer. Et soudain il y a un petit bruit mat. Est-ce que je lui ai brisé la nuque? Elle s'affaisse sans un cri. Je relâche mon étreinte pour éviter de basculer sur elle. Je la regarde un moment puis lève la tête. Leonard est là, un 22 pointé sur moi.

Marty siffle entre ses dents.

— Tu m'as tiré dessus, espèce d'idiot.

Le regard de Leonard se pose sur elle avec une expression de surprise infinie.

Je recule. La balle a atteint Marty sur le côté: la blessure n'a rien de mortel mais lui rabattra un peu son caquet. Elle est à genoux, les mains crispées à hauteur de la taille. Elle gémit autant de rage que de douleur.

Moi, j'essaie toujours de retrouver une respiration normale et d'envisager avec lucidité la suite des événements. Marty est hors jeu mais le regard que Leonard pose sur moi m'enlève toute envie de crier victoire. Je suis presque tentée de me laisser tomber à terre près de Marty et de ramper pour aller me cacher, comme un animal blessé. Il faut que je fasse quelque chose. J'ai déjà perdu trop de temps.

L'expression du visage de Leonard change soudain. Ou, plus exactement, il n'y a plus d'expression du tout sur son visage. Qu'est-ce que cela signifie ? Je crois que je ne comprendrai jamais rien à cet homme-là.

— Allons, Leonard, dis-je doucement. Donnez-moi ça.

Il ne dit rien. Je continue à lui parler, sur le ton de la conversation la plus anodine, comme s'il m'arrivait tous les jours de dissuader les gens de me tirer dessus.

— Je suis fatiguée et il est tard. Rentrons à la maison. Elle a besoin d'aide.

Erreur. Grossière erreur. Marty a l'air de se redresser, le foudroyant du regard. Elle-même n'est pas bien menaçante, mais on ne peut plus en dire autant de lui.

— Bute-moi cette garce ! siffle Marty entre ses dents. Bute-la.

Je réunis tout ce qui me reste de forces pour me ressaisir. Il me tire dessus au moment où je me projette en avant et lui file un tel coup de pied dans la rotule que je perçois nettement le craquement. Il s'affaisse en gémissant de douleur et l'arme lui échappe des mains. Je crains un instant que Mary ne se jette dessus mais elle se contente de me fixer, le regard vide et sans faire un geste tandis que je me baisse pour ramasser le pistolet. Il y a encore quatre balles dans le chargeur. Je recule pour les avoir tous les deux dans ma ligne de mire. Leonard est maintenant assis, se balançant d'avant en arrière. Ses yeux brillent de haine.

Je pointe l'arme vers lui.

— Si vous faites un seul geste, Leonard, je vous fais sauter la cervelle. Je me suis beaucoup entraînée ces derniers temps et je suis sûre de vous mettre une balle entre les deux yeux.

Marty sc met à pleurer. C'est un bruit étrange, un peu comme en font les enfants pris de coliques. Leonard se penche vers elle et lui entoure les épaules d'un bras protecteur.

En cet instant, j'aimerais bien avoir moi aussi quelqu'un pour me réconforter. Mon bras gauche pend comme un morceau de bois à l'axe de jonction desserré. En baissant les yeux je vois une tache de sang s'agrandir sur ma manche. Ce connard m'a bel et bien tiré dessus, me dis-je avec étonnement. Je serre bien fort le pistolet dans ma main valide et me mets à hurler à l'aide. C'est May Snyder qui finit par m'entendre et appeler les flics.

ÉPILOGUE

Il y a maintenant deux jours que je suis à l'hôpital, le bras dans le plâtre. Un orthopédiste doit passer me voir cet après-midi pour m'expliquer le résultat des radios et définir le type de rééducation dont je vais avoir besoin. J'ai eu Julia Ochsner au téléphone. Elle m'a invitée à venir passer ma convalescence chez elle en Floride. Elle m'a promis soleil et repos, mais je la soupçonne plutôt de chercher un quatrième pour le bridge. Ma note d'honoraires finale s'élève à 1 987,35 dollars mais elle n'a pas l'intention de me payer avant de me voir sonner à sa porte. Méfiez-vous des petites vieilles dames, ce sont souvent des dures à cuire, ce que je suis loin de pouvoir dire de moi-même. J'ai mal partout. Quand je me regarde dans la glace je ne me reconnais pas : bouche enflée, joues tuméfiées et l'arête de mon nez a l'air aplati. Je ressens aussi une douleur d'une autre nature, et que je suis incapable d'identifier. J'ai classé le dossier mais ce n'est pas la fin de l'histoire. Il nous faut attendre de savoir ce que décidera la justice et j'ai appris à être prudente dans ce domaine. Entre-temps, je regarde par la fenêtre les feuilles des palmiers se balancer en me demandant combien de fois encore je danserai avec la mort avant que l'orchestre ne plie bagages pour la nuit.

Bien à vous.
Kinsey Millhone

Mort subite

D comme Dérapage

Sue Grafton

C'est sous le nom d'Alvin Limardo que John Daggett, libéré depuis peu de la prison de San Luis, se présente à Kinsey Millhone : il veut que la détective retrouve un adolescent du nom de Tony Gahan, pour lui remettre un chèque de 25 000 dollars. Séduite par cet ex-détenu qui cherche à indemniser anonymement ses victimes, Kinsey s'exécute. Mais John essaye de la rouler, en lui fournissant un chèque en bois ! Et le pire, c'est que l'escroc a entre temps trouvé le moyen de se faire assassiner...

(Pocket n° 2919)

Prise au piège

E comme Explosif
Sue Grafton

Kinsey Millhone est engagée pour effectuer une simple enquête de routine concernant l'incendie d'un entrepôt. Mais l'affaire tourne mal : la jeune femme est accusée d'avoir touché des pots-de-vin pour trafiquer son rapport. La preuve ? Un versement de 5000 dollars effectué sur son compte en banque. Notre détective préférée n'aurait jamais imaginé avoir à prouver sa propre innocence…

(Pocket n° 2920)

Achevé d'imprimer sur les presses de

BUSSIÈRE

GROUPE CPI

à Saint-Amand-Montrond (Cher)
en avril 2007

POCKET - 12, avenue d'Italie - 75627 Paris Cedex 13

— N° d'imp. : 70557. —
Dépôt légal : février 1993.
Suite du premier tirage : avril 2007.

Imprimé en France